L'HEURE DE L'ANGE

Anne Rice

L'HEURE DE L'ANGE

Traduit de l'anglais (États-Unis)
par Pascal Loubet

Titre original : *Angel Time:*
The Songs of the Seraphim

© Anne O' Brien Rice, 2009.
© Éditions Michel Lafon, 2010, pour la traduction française.
7-13, bd Paul-Émile-Victor, Ile-de-la-Jatte – 92521 Neuilly-sur-Seine.
www.michel-lafon.com

Ce roman est dédié à
Christopher Rice, Karen O'Brien, Sue Tobbe
et
Becket Ghioto
ainsi qu'à la mémoire de ma sœur
Alice O'Brien Borchardt

Gardez-vous de mépriser un seul de ces petits ;
car je vous le dis,
leurs anges dans les cieux voient continuellement
la face de mon Père qui est dans les cieux.
Matthieu, XVIII : 10

De même, je vous le dis, il y a de la joie devant les anges
de Dieu pour un seul pécheur qui se repent.
Luc, XV : 10

Car il ordonnera à ses anges
De te garder dans toutes tes voies ;
Ils te porteront dans leurs mains,
De peur que ton pied ne heurte contre la pierre.
Psaume 91 : 11-12

CHAPITRE 1ᴱᴿ

OMBRES DE DÉSESPOIR

Il y avait eu des présages funestes depuis le début.

Pour commencer, je ne voulais pas travailler à Mission Inn. Partout ailleurs dans le pays, j'aurais accepté, mais pas à Mission Inn. Et dans la suite nuptiale, cette chambre qui avait été la mienne. Pire que de la malchance, m'étais-je dit.

Bien sûr, quand il m'avait confié cette tâche, mon chef, l'Homme Juste, ne pouvait pas savoir que c'était à Mission Inn que j'étais allé quand j'avais refusé d'être Lucky le Renard, lorsque j'avais refusé d'être son assassin.

Mission Inn faisait partie de ce tout petit univers où je ne portais aucun déguisement. J'étais moi-même quand je séjournais là-bas : un mètre quatre-vingt-treize, des cheveux blonds ras, des yeux gris – je ressemblais à tant d'autres que je ne ressemblais à personne en particulier. Quand j'y allais, je ne prenais pas la peine de porter un appareil dentaire pour déformer ma voix. Ni même les lunettes noires qui étaient de rigueur pour dissimuler mon identité partout ailleurs, sauf dans l'appartement et le quartier où j'habitais.

Là-bas, j'étais moi-même et rien d'autre ; même si celui que je suis n'était personne en dehors de l'homme qui portait tous ces déguisements compliqués quand il faisait ce que lui demandait l'Homme Juste.

Ainsi, Mission Inn était à moi, homme de rien que j'étais, tout comme la suite nuptiale, sous le dôme, baptisée Amistad Suite. Et, à présent, on m'ordonnait de la polluer. Personne d'autre que moi-même ne s'en apercevrait, bien sûr. Jamais je n'aurais fait le moindre mal à Mission Inn.

C'est dans cette gigantesque pièce montée de Riverside, en Californie, que j'allais souvent me réfugier ; dans ce lieu extravagant et fascinant qui s'étendait sur plus de deux pâtés de maisons, je pouvais faire semblant, pendant un jour, voire deux ou trois, de ne pas être recherché par le FBI, Interpol ou l'Homme Juste ; c'était un lieu où je pouvais me perdre et oublier ma conscience.

Depuis longtemps, l'Europe était peu sûre pour moi en raison des contrôles accrus à chaque frontière et parce que toutes les autorités rêvant de me prendre au piège avaient décidé que j'étais derrière le moindre crime consigné dans leurs archives.

Si je voulais retrouver l'atmosphère que j'aimais tant à Sienne, Assise, Vienne, Prague ou toute autre ville où je ne pouvais plus me rendre, j'allais à Mission Inn. Cet hôtel ne pouvait remplacer tous ces lieux, bien sûr, mais il m'offrait un refuge pareil à nul autre, et quand je retournais dans mon monde stérile, mon esprit était comme neuf.

Ce n'était pas le seul endroit où je n'étais personne, mais mon préféré, et celui que je fréquentais le plus.

Mission Inn n'était pas loin de là où je « vivais », si je puis m'exprimer ainsi. Et j'y allais généralement sur un coup de tête, dès qu'on pouvait m'y donner ma suite. J'aimais assez les autres chambres, surtout l'Innkeeper Suite, mais j'étais assez patient pour attendre que l'Amistad soit libre. On m'appelait alors sur l'un de mes nombreux portables pour m'annoncer qu'elle était disponible.

Parfois, je séjournais jusqu'à une semaine à Mission Inn. J'y apportais mon luth, et il m'arrivait d'en jouer un peu. Et j'avais toujours une pile de livres à lire, la plupart des livres d'histoire sur l'époque médiévale, la Renaissance ou la Rome antique. Je pouvais lire des heures durant dans l'Amistad, tant je m'y sentais étrangement à l'abri.

Et, depuis l'hôtel, il m'arrivait de visiter certains lieux.

Souvent, sans déguisement, je roulais jusqu'à Costa Mesa pour écouter la Pacific Symphony. J'aimais ce contraste qui me faisait passer des arches de plâtre et des cloches rouillées de l'Inn à l'immense miracle de Plexiglas de la salle de concert Segerstrom et à l'exquis Café rouge du premier étage. Derrière ses hautes baies vitrées tout en courbes, le restaurant semblait flotter dans l'espace. Quand j'y dînais, c'est vraiment l'impression que j'avais : flotter dans l'espace et le temps, détaché de tout mal et de toute laideur, et délicieusement seul.

Je venais d'entendre jouer *Le Sacre du printemps*, de Stravinski. J'avais adoré. Adoré ce furieux martèlement qui m'avait rappelé la première fois que je l'avais entendu, dix ans plus tôt, la nuit où j'avais fait la connaissance de l'Homme Juste. Cela m'avait fait penser à ma propre vie et à tout ce qui était arrivé depuis, alors que je dérivais dans le monde en attendant des appels signifiant immanquablement qu'une personne avait été marquée et que je devais m'en occuper.

Je ne tue pas de femmes, mais cela ne veut pas dire que je ne l'avais jamais fait avant de devenir le vassal de l'Homme Juste – son serf, son chevalier : tout dépend de la manière de voir. Il m'appelait son chevalier. Je considérais en des termes bien plus sinistres cette fonction à laquelle je ne m'étais jamais habitué durant ces dix années.

Souvent, il m'arrivait de quitter Mission Inn pour la mission de San Juan Capistrano, au sud, le long de la côte, un endroit tout aussi secret où je me sentais anonyme et parfois même heureux.

Je dois préciser que San Juan Capistrano est une vraie mission. Pas Mission Inn, qui est seulement un hommage à l'architecture et au patrimoine des missions. À Capistrano, je me promenais dans l'immense jardin carré aux cloîtres ouverts et visitais l'étroite et sombre Serra Chapel – la plus ancienne église catholique de l'État de Californie.

Je l'adorais. J'aimais que ce soit le seul sanctuaire connu de toute la côte où le bienheureux Junípero Serra, le grand franciscain, avait célébré la messe. Il l'a sans doute célébrée ailleurs, mais c'était le seul endroit où le fait était attesté.

Autrefois, il m'était arrivé de remonter vers le nord jusqu'à Carmel, de jeter un coup d'œil dans la petite cellule que l'on y avait reconstituée, comme celle de Serra, et de méditer sur sa simplicité : la chaise, le lit étroit, le crucifix sur le mur. Un saint n'avait besoin de rien de plus.

Et puis il y avait aussi San Juan Bautista, avec son réfectoire et son musée, et toutes les autres missions si laborieusement restaurées.

Quand j'étais enfant, j'avais voulu devenir prêtre – dominicain, en fait. Les dominicains et les franciscains des missions californiennes se mêlaient dans mon esprit, car c'étaient l'un et l'autre des ordres mendiants. Je les respectais tous les deux, et quelque chose en moi était toujours attaché à cet ancien rêve.

Je lisais encore des ouvrages sur ces deux ordres. J'avais une vieille biographie de saint Thomas d'Aquin, vestige de mes années d'études, remplie d'annotations. La lecture de l'histoire m'a toujours apaisé, et permis de me réfugier dans des époques enfuies. Il en était de même avec les missions, des îles hors de notre époque.

C'était la Serra Chapel de San Juan Capistrano que je visitais le plus souvent. J'y allais pour me rappeler la dévotion qui m'animait dans mon enfance. Elle avait entièrement disparu, mais je voulais simplement revoir les chemins que j'avais empruntés dans ma jeunesse. Peut-être voulais-je seulement fouler une terre consacrée, traverser des lieux de pèlerinage parce que je ne pouvais en réalité trop y penser.

J'aimais les solives du plafond de la Serra Chapel et les fresques sombres de ses murs. J'étais apaisé par cette pénombre, avec la lueur du retable doré tout au bout, ce cadre d'or, situé derrière l'autel, rempli de statues et de saints.

J'aimais la lumière rouge qui brûlait à gauche du tabernacle. Parfois, je m'agenouillais juste devant l'autel sur l'un des prie-Dieu destinés aux futurs époux. Bien sûr, le retable doré n'était pas là à l'époque des premiers franciscains. Il avait été installé plus tard, durant la restauration, mais la chapelle elle-même me semblait authentique. Le saint-sacrement s'y trouvait. Et saint-sacrement, quelles que fussent mes croyances, signifiait « vrai ».

Comment puis-je expliquer cela ?

Je m'agenouillais dans la pénombre un très long moment et j'allumais toujours un cierge avant de partir, sans trop savoir pour qui ni pour quoi. Peut-être murmurais-je : « En souvenir de vous, Jacob et Emily », mais ce n'était pas une prière. Je ne croyais pas plus à la prière qu'aux souvenirs.

J'avais besoin de rituels, de monuments, de repères. De l'histoire que recèlent livres, bâtiments et peintures ; et je croyais au danger, tout comme à l'assassinat de ceux que me désignait, où et quand bon lui semblait, mon chef, celui qu'au plus profond de moi j'appelais simplement l'Homme Juste.

La dernière fois que j'étais allé à Mission Inn – à peine un mois plus tôt –, j'avais passé un temps plus long que de coutume à me promener dans l'immense jardin.

Jamais je n'ai vu autant d'espèces de fleurs en un seul endroit. Il y avait des roses récentes, aux formes exquises, et d'autres, anciennes, ouvertes comme des camélias, des bignones, des ipomées, des lantanas et les plus gros buissons de plumbago que j'aie jamais vus. Des tournesols, des orangers et des marguerites parmi lesquels on pouvait se promener dans de larges allées nouvellement pavées.

J'avais marché lentement dans le cloître, dont j'adorais le sol de vieilles pierres inégales. J'avais aimé contempler le monde depuis ces arches rondes qui me remplissaient toujours d'une grande paix. Cette forme, typique des missions, se retrouvait à Mission Inn.

J'étais particulièrement heureux à Capistrano, dont le bâtiment suit le plan antique de tous les monastères du monde ; Thomas d'Aquin, le saint héros de mon enfance, s'est probablement promené durant de longues heures sous des arches semblables et dans les allées bien droites d'un jardin tout aussi fleuri.

Au fil du temps, les moines ont suivi ce plan maintes et maintes fois, comme si la brique et le mortier pouvaient repousser un monde mauvais et leur offrir, à eux et à leurs livres, un abri éternellement sûr.

J'étais resté longtemps dans l'immense coquille que formaient les ruines de l'église de Capistrano. Un séisme l'avait détruite en 1821, et il n'en restait qu'un ensemble éventré et gigantesque, sans toit. J'avais contemplé les amas de briques comme s'ils avaient dû signifier quelque chose pour moi, à l'instar de la musique du *Sacre du printemps*, en rapport avec le naufrage qu'était mon existence.

J'étais un homme secoué par un tremblement de terre, un homme paralysé par une dissonance. C'était tout ce que je savais. J'y pensais constamment, même si j'essayais de laisser cela de côté. Je tentais d'accepter ce qui était apparemment mon destin. Mais ce n'est pas facile quand on ne croit pas au destin.

Lors de ma dernière visite à la Serra Chapel, j'avais parlé à Dieu, Lui disant combien je Le haïssais de ne pas exister. Je Lui avais dit combien était cruelle cette illusion de Son existence, combien Il était injuste de faire subir cela aux mortels, surtout aux enfants, et combien je Lui en voulais.

Je sais, je sais, cela ne tient pas debout. Je faisais beaucoup de choses qui ne tenaient pas debout. Être un assassin et rien d'autre en est un exemple. Et c'est probablement pourquoi je tournais en rond dans ces mêmes lieux, de plus en plus souvent, libéré de mes nombreux déguisements.

On ne peut être un assassin à chaque instant de sa vie. Quoi que l'on fasse, une certaine humanité est vouée à poindre de temps en temps, une soif de normalité.

C'est pourquoi j'avais mes livres d'histoire, et les visites dans ces rares endroits me ramenaient à l'époque où je lisais avec un enthousiasme aveugle, me remplissant l'esprit d'anecdotes pour qu'il ne tourne pas à vide.

Et je brandissais le poing à la face de Dieu, à cause de toute cette absurdité. Cela me faisait du bien. Il n'existait pas, en réalité, mais je pouvais Le saisir ainsi, dans la colère ; j'aimais ces moments de conversation qui avaient autrefois tant représenté pour moi et qui ne m'inspiraient désormais que de la fureur.

Peut-être que, lorsque l'on est élevé en catholique, on s'accroche toute sa vie aux rituels. On vit dans un théâtre mental dont on ne peut se sortir, prisonnier toute sa vie de ces deux millénaires parce que l'on sent que l'on en fait partie.

La plupart des Américains pensent que le monde a été créé le jour de leur naissance, mais les catholiques font remonter cette création à Bethléem et au-delà, tout comme les juifs, même les plus laïcs d'entre eux, se rappellent l'Exode et les promesses d'Abraham. Jamais, au grand jamais, je n'ai considéré les étoiles du ciel ou les grains de sable d'une plage sans penser aux promesses que Dieu fit à Abraham pour sa progéniture ; et peu importait ce à quoi je croyais, Abraham était le père de la tribu à laquelle j'appartenais encore, que je le veuille ou non.

Je te bénirai et je multiplierai ta postérité, comme les étoiles du ciel et comme le sable qui est sur le bord de la mer.

C'est ainsi que nous continuons à jouer des pièces dans notre théâtre mental, même quand nous ne croyons plus au public ni à celui qui les a mises en scène.

Y penser me faisait rire, alors que je méditais dans la Serra Chapel – un rire de dément –, agenouillé, murmurant et secouant la tête dans la suave et délicieuse pénombre.

Ce qui m'avait rendu fou, lors de cette dernière visite, c'est que cela faisait tout juste dix ans jour pour jour que je travaillais pour l'Homme Juste.

Il s'était rappelé cette date, parlant d'anniversaire pour la toute première fois et m'offrant une énorme somme qui avait été virée sur un compte bancaire en Suisse où je recevais le plus souvent mon argent.

Il me l'avait dit au téléphone, la veille.

– Si je savais quoi que ce soit sur toi, Lucky, je t'offrirais bien plus que cet argent sans âme. Tout ce que je sais, c'est que tu joues du luth et que tu y passais des heures quand tu étais enfant. C'est ce que l'on m'a raconté. Si tu n'avais pas aimé autant cet instrument, peut-être que nous ne nous serions jamais connus. Te rends-tu compte depuis combien de temps je ne t'ai pas vu ? Et j'espère toujours que tu vas passer en apportant ton précieux luth. Quand tu viendras, je te demanderai de m'en jouer, Lucky. Mais je ne sais même pas où tu habites vraiment.

Il remettait tout le temps cette question sur le tapis, parce que je crois qu'il craignait, au fond de lui, que je ne lui fasse pas confiance, que mon travail n'ait érodé l'amour que j'éprouvais pour lui.

Mais je lui faisais confiance. Et je l'aimais vraiment. Je n'aimais personne d'autre au monde. Simplement, je ne voulais pas que quiconque sache où j'habitais.

Nulle part je n'étais chez moi, et je changeais souvent de lieu. Je n'emportais rien avec moi d'une maison à l'autre, hormis mon luth et mes livres. Et, bien sûr, quelques vêtements.

À cette époque où régnaient les mobiles et Internet, c'était si facile d'être introuvable ! Et si facile d'être atteint par une voix intime dans un silence télétronique parfait !

— Écoutez, vous pouvez me joindre à tout moment du jour ou de la nuit, lui avais-je rappelé un jour. Peu importe où j'habite. Si moi je m'en moque, pourquoi devriez-vous vous en soucier ? Un jour, peut-être, je vous enverrai un enregistrement de moi jouant du luth. Vous serez surpris. Je suis encore doué.

Il avait gloussé. Ce qui comptait pour lui était que je réponde au téléphone.

— Ai-je jamais failli ? avais-je demandé.

— Non, et je ne te laisserai jamais tomber non plus, avait-il répondu. Je regrette simplement que nous ne nous voyions pas plus souvent. Qui sait, tu pourrais très bien être à Paris, en ce moment, ou à Amsterdam.

— Je n'y suis pas. Vous le savez. Les postes frontières sont trop dangereux. Je suis aux États-Unis depuis le

11 septembre. Je suis plus près que vous ne le pensez et je viendrai vous voir un de ces jours ; peut-être vous emmènerai-je dîner. Nous prendrons place dans un restaurant comme des êtres humains. Mais, pour le moment, je ne suis pas prêt pour cette rencontre. J'aime à être seul.

Comme il ne m'avait pas donné d'ordre pour cet anniversaire, j'avais pu rester à Mission Inn et étais monté jusqu'à San Juan Capistrano le lendemain matin.

Je n'avais pas besoin de lui dire que j'avais alors un appartement à Beverly Hills, dans un quartier calme et arboré, et que je serais peut-être dans le désert de Palm Springs l'année suivante. Ni que je ne m'encombrais pas de déguisements dans cet appartement et dans ce quartier, qui n'était qu'à une heure de route de Mission Inn.

Naguère, je ne serais jamais sorti sans un quelconque déguisement, et c'est avec une froide équanimité que je remarquais ce changement en moi. Parfois, je me demandais si on me laisserait prendre mes livres au cas où j'irais en prison.

Mission Inn était donc ma seule constante. J'étais capable de prendre l'avion pour traverser le pays et rouler jusqu'à Riverside.

L'Homme Juste avait continué de parler, ce soir-là.

— Il y a des années, je t'ai acheté tous les enregistrements de luth qui existent au monde et le meilleur instrument qui se puisse trouver. Je t'ai acheté tous les livres que tu demandais. J'en ai même pris dans ma propre bibliothèque ! Est-ce que tu continues de lire constamment, Lucky ? Tu sais que tu devrais en profiter pour faire des études ? Peut-être que j'aurais dû m'occuper un peu plus de toi.

— Patron, vous vous faites du souci pour rien. J'ai plus de livres qu'il ne m'en faut. Deux fois par mois, j'en dépose un carton dans une bibliothèque. Je suis très bien comme ça.

– Qu'est-ce que tu dirais d'un penthouse quelque part, Lucky ? Ou de livres rares ? Il doit bien y avoir quelque chose que je puisse t'offrir à la place de l'argent. Un penthouse, ce serait bien, et sûr. Plus on est haut, plus on est en sécurité.

– Tout là-haut dans le ciel ? (En fait, mon appartement de Beverly Hills était un penthouse, mais l'immeuble ne faisait que cinq étages.) On ne peut arriver dans un penthouse que de deux façons, patron. Et je n'aime pas être coincé. Non, merci.

Je me sentais à l'abri dans mon penthouse de Beverly Hills aux murs tapissés de livres concernant les époques qui avaient précédé le XXe siècle.

Je savais depuis longtemps pourquoi j'aimais l'histoire. Parce que les historiens la rendaient cohérente, logique, autonome. Ils prenaient un siècle entier et lui imposaient une signification, une personnalité, un destin – ce qui était, bien entendu, un mensonge.

Mais, dans ma solitude, cela m'apaisait de lire ce genre de textes, de penser que le XIVe siècle était un « miroir lointain », pour paraphraser un titre célèbre, de croire que nous pouvions tirer des leçons d'époques entières comme si elles n'avaient existé que dans une merveilleuse continuité.

C'était agréable de lire dans mon appartement. Et aussi à Mission Inn. J'aimais mon appartement pour d'autres raisons. J'aimais me promener dans ce quartier calme sans me déguiser, m'arrêter au Four Seasons pour le petit déjeuner ou le déjeuner. Parfois, j'y prenais une chambre simplement pour être dans un lieu totalement différent, et j'y avais ma suite préférée, avec une longue table en granit et un piano à queue noir. J'en jouais, et, parfois, il m'arrivait même de chanter, avec le fantôme de ma voix d'autrefois.

Voilà des années, je pensais que je chanterais toute ma vie. C'était la musique qui m'avait détourné de ma vocation de prêtre dominicain – et aussi le fait de grandir, de vouloir fréquenter des filles et devenir un homme du monde. Mais c'était surtout la musique qui avait ravagé mon âme de douze ans, et le charme irrépressible du luth. Je crois que je me sentais supérieur aux gamins qui faisaient du rock quand je jouais de ce magnifique instrument.

Tout cela était révolu, le luth n'était plus qu'une relique, l'anniversaire était arrivé, et je ne donnai pas mon adresse à l'Homme Juste.

– Qu'est-ce que je pourrais t'offrir ? avait-il encore supplié. Je suis passé dans une boutique de livres rares, l'autre jour, tout à fait par hasard. Je rôdais dans Manhattan. Tu sais comme j'aime rôder. Et j'ai vu ce splendide livre médiéval.

– Patron, la réponse est non, avais-je dit avant de raccrocher.

Le lendemain, après ce coup de fil, j'en avais parlé au Dieu inexistant de la Serra Chapel, dans la lueur tremblotante de la veilleuse rouge et je Lui avais dit quel monstre j'étais, un soldat sans guerre, un tueur d'élite sans cause, un chanteur qui ne chantait pas. Comme si cela avait pu Le toucher de quelque façon.

Puis j'avais allumé un cierge au « Néant » qu'était ma vie : « Voici un cierge... pour moi. » Je crois que j'avais dit ça. Je n'en suis pas très sûr. Je sais que je parlais beaucoup trop fort, car des gens m'avaient remarqué. Et cela m'avait surpris, car la chose est rare.

Même mes déguisements étaient ternes et passe-partout. Ils avaient une cohérence, mais je doute que quiconque s'en soit jamais rendu compte. Des cheveux noirs brillantinés, de grosses lunettes de soleil, une casquette de base-ball, un blouson d'aviateur en cuir, une légère claudication, mais jamais du même pied.

Cela suffisait pour faire de moi un homme que personne ne voyait. Avant d'y aller tel qu'en moi-même, j'avais testé trois ou quatre déguisements à la réception de Mission Inn, avec autant de faux noms. Tout s'était passé sans problème. Quand le vrai Lucky le Renard était entré sous le nom de Tommy Crane, personne ne l'avait reconnu. Pour les agents qui me traquaient, j'étais un mode opératoire et non un homme avec un visage.

Cette dernière fois, j'étais sorti de la chapelle furieux, désorienté et malheureux, et je n'avais été réconforté qu'après avoir passé la journée dans la pittoresque petite ville de San Juan Capistrano, où j'avais acheté une statue de la Vierge à la boutique de souvenirs de la mission avant la fermeture.

Ce n'était pas une statuette ordinaire. Elle portait l'Enfant Jésus et n'était pas simplement faite de plâtre, mais de tissu plâtré. Elle avait l'air vêtue d'une douce étoffe, qui était, en réalité, raide. Et elle était charmante. Le petit Jésus avait beaucoup d'allure, avec sa tête penchée de côté, et la Vierge n'était qu'un visage en forme de larme et des mains qui émergeaient de sa splendide tunique toute d'or et de blanc. Sur le moment, je l'avais rangée dans la boîte à gants et n'y avais plus repensé.

Chaque fois que j'allais à Capistrano – et la dernière fois n'avais pas fait exception –, j'écoutais la messe dans la basilique neuve, grandiose reproduction de l'église écroulée. La vaste basilique m'impressionnait autant qu'elle me calmait. Elle était de style roman et, comme telle, baignée de lumière. Là aussi, partout, ce n'étaient qu'arches courbes et fresques exquises.

Derrière l'autel se dressait un autre retable doré, à côté duquel celui de la Serra Chapel semblait bien modeste. Ancien, il avait été apporté lui aussi du Vieux Continent et recouvrait le mur d'abside jusqu'à une hauteur vertigineuse, tout resplendissant d'or.

Personne ne le savait, mais j'envoyais de temps en temps de l'argent à la basilique. J'inventais des pseudonymes sur mes mandats postaux. L'argent arrivait, et c'était tout ce qui comptait.

Quatre saints figuraient comme il se doit dans des niches sur le retable : saint Joseph et son inévitable lis ; saint François d'Assise ; le bienheureux Junípero Serra portant dans la main droite un modèle réduit de la mission ; ainsi qu'une nouvelle venue, du moins pour moi, la bienheureuse Kateri Tekakwitha, une sainte amérindienne.

Mais c'est le centre du retable qui m'absorbait le plus lorsque j'assistais à la messe. On y voyait le Christ crucifié, vernissé, les mains et les pieds ensanglantés et, au-dessus de lui, la figure barbue de Dieu le Père, tous deux baignés dans les rayons dorés que surmontait la colombe blanche du Saint-Esprit. C'était la Sainte Trinité – ce qu'un protestant aurait pu ignorer –, avec ses trois figures représentées au sens le plus littéral.

Je trouvais dans la vision de ce tableau autant de plaisir que d'émerveillement. Cela me réconfortait de le voir, même quand je bouillonnais de haine, tout comme d'être entouré de gens qui exprimaient leur foi et de me trouver dans un lieu saint où l'on venait pour être en présence du sacré. Je vidais mon esprit des fautes que je me reprochais et regardais simplement ce qui était devant moi, tout comme lorsque je travaille et que je dois prendre une vie.

Quand je levais les yeux de mon prie-Dieu vers la croix, c'était comme de tomber sur un ami alors qu'on est de mauvaise humeur et de lui dire : « Eh bien, te revoilà, et moi je suis encore furieux contre toi. »

Sous le Seigneur agonisant se trouvait la sainte Mère, sous la forme de Notre-Dame de Guadalupe, que j'ai toujours admirée. Lors de ma dernière visite, j'avais passé des heures à admirer cette paroi d'or. Ce n'était pas de la foi mais de l'émotion devant l'art, une émotion excessive, maladroite et apaisante, même si je continuais de répéter : « Je ne crois pas en Toi, je ne Te pardonnerai jamais de ne pas être réel. »

Après la messe, j'avais sorti le rosaire que je porte depuis l'enfance et j'avais dit ma prière, mais je n'avais pas médité sur les anciens mystères, qui ne signifiaient rien pour moi. Je m'étais tout au plus perdu dans cette psalmodie. *Je vous salue, Marie, pleine de grâce, comme si je croyais que vous existiez. Maintenant et à l'heure de notre mort, amen et puis quoi encore, pour eux, êtes-vous vraiment là ?*

Notez bien, je n'étais certainement pas le seul tueur au monde à aller à la messe. Mais j'étais l'un des très rares qui y étaient attentifs, murmurant les répons et chantant parfois les psaumes. Il m'arrivait même de communier, baigné dans le péché mortel, comme par défi. Ensuite, je m'agenouillais, tête baissée, et je songeais : *C'est l'enfer. C'est l'enfer. Et l'enfer sera pire que cela.*

Il y a toujours eu des criminels, des grands comme des petits, qui vont à la messe avec leur famille. Je n'ai pas besoin de vous parler de ce mafieux italien de cinéma qui se rend à la première communion de sa fille. N'est-ce pas une pratique courante ?

Je n'avais pas de famille. Je n'avais personne. Je n'étais personne. J'allais à la messe pour moi-même, moi qui n'étais personne. Dans mon dossier à Interpol ou au FBI, il était écrit : il n'est personne. Nul ne sait à quoi il ressemble, d'où il vient ni où il réapparaîtra. Ils ne savaient même pas si je travaillais pour un seul homme.

Comme je l'ai dit, j'étais seulement pour eux un mode opératoire et ils avaient mis des années à le peaufiner, dressant la liste des vagues déguisements entraperçus par des caméras de sécurité et qu'aucun mot ne pouvait décrire précisément. Souvent, ils détaillaient mes coups en montrant une formidable incompréhension de ce qui s'était réellement passé. Mais ils avaient vu presque juste : je n'étais personne. J'étais un homme mort qui traversait le monde dans un corps vivant.

Et je ne travaillais effectivement que pour un seul homme, mon patron, celui que j'appelais, au fond de moi, l'Homme Juste. Il ne m'était tout simplement jamais venu à l'esprit de travailler pour quelqu'un d'autre. Et personne d'autre n'aurait pu ni voulu me contacter pour me confier une mission.

L'Homme Juste aurait très bien pu être ce Dieu le Père barbu du retable, et moi Son Fils ensanglanté. Le Saint-Esprit était ce qui nous liait, parce que nous étions liés, c'était certain, et je n'avais jamais songé à voir plus loin que les ordres de l'Homme Juste.

C'est blasphématoire. Et alors ?

Comment savais-je tout cela sur les dossiers de la police et des agences ? Mon bien-aimé patron avait des relations, et il gloussait avec moi au téléphone en m'informant de ce qu'il apprenait.

Il savait de quoi j'avais l'air : nous nous étions vus la nuit où nous nous étions rencontrés, une dizaine d'années plus tôt. Mais le fait de ne plus m'avoir aperçu pendant des années le troublait.

Pourtant, j'étais toujours là quand il appelait et, chaque fois que je jetais un portable, je l'appelais avec le nouveau. Au début, il m'avait aidé à me procurer de faux papiers, passeports, permis de conduire, etc. Mais je savais depuis longtemps comment les obtenir tout seul et comment tromper ceux qui me les fournissaient.

L'Homme Juste savait que j'étais loyal. Pas une semaine ne passait sans que je lui donne des nouvelles, qu'il m'ait ou non appelé. Parfois, j'avais le souffle coupé quand j'entendais sa voix, simplement parce qu'il était toujours là, que le destin ne me l'avait pas ravi. Après tout, si un seul homme représente votre vie, votre vocation, votre quête, eh bien, vous avez peur de le perdre.

— Lucky, je veux qu'on se retrouve quelque part, disait-il parfois. Tu sais, comme au début. Je veux savoir d'où tu viens.

Je riais le plus gentiment possible.

— J'adore entendre votre voix, patron, disais-je.

— Lucky, me demanda-t-il une fois, sais-tu toi-même d'où tu viens ?

Cela m'avait vraiment fait rire : mais pas de lui, de tout.

— Vous savez, patron, avais-je dit plus d'une fois, il y a des questions que j'aimerais vous poser, savoir par exemple qui vous êtes vraiment et pour qui vous travaillez. Mais je ne les pose pas...

— Tu serais étonné de mes réponses. Je t'ai dit un jour, mon petit, que tu travaillais pour les gentils.

Et nous en étions restés là.

Les gentils. La bande des gentils ou l'organisation des gentils ? Comment savoir ? Et qu'est-ce que cela changeait ? Puisque je faisais ce qu'il me demandait, comment pouvais-je être un gentil ?

Mais je pouvais rêver, de temps en temps, qu'il était du bon côté, que le gouvernement le légitimait et, faisant de moi un simple soldat, me dédouanait. C'est pourquoi je l'appelais l'Homme Juste et me disais : *Eh bien, peut-être qu'il est du FBI, après tout, ou d'Interpol, en mission ici. Peut-être faisons-nous quelque chose d'important*. Mais, en vérité, je n'y croyais pas. Je commettais des meurtres. C'est ainsi que je gagnais ma vie. C'était la seule raison pour laquelle je tuais, sans prévenir ni expliquer pourquoi. L'Homme Juste était peut-être du côté des gentils, mais moi, sûrement pas.

— Vous n'avez pas peur de moi, n'est-ce pas, patron ? lui avais-je demandé un jour. Pas peur que je pète un plomb et qu'un jour je vous lâche ou que je m'en prenne à vous ? Parce que vous n'avez aucune raison de me craindre, patron. Je serais le dernier à toucher à un cheveu de votre tête.

— Je n'ai pas peur de toi, non, mon fils, avait-il dit. Mais je me fais du souci pour toi, là-bas. Je m'inquiète parce que tu étais un gamin quand je t'ai pris. Je me demande... comment tu peux dormir la nuit. Tu es le meilleur que j'aie, et parfois cela me semble trop facile de t'appeler ; tu es toujours là, il me suffit de quelques mots, et tout se passe toujours à la perfection.

— Vous aimez parler, patron, c'est une de vos caractéristiques. Pas moi. Mais je vais vous dire une chose. Ce n'est pas facile. C'est excitant, mais jamais facile. Et, parfois, cela me suffoque.

Je ne me rappelle pas ce qu'il avait répondu à ce petit aveu, mais il avait parlé longtemps, disant, entre autres, qu'il voyait régulièrement tous les autres qui travaillaient pour lui. Il les voyait, les connaissait, leur rendait visite.

— Ça ne sera pas le cas avec moi, patron, avais-je répété. Vous n'aurez droit qu'à la voix.

Et, à présent, il m'envoyait à Mission Inn.

J'avais été appelé la veille et je m'étais réveillé dans mon appartement de Beverly Hills. Cela m'avait mis hors de moi.

CHAPITRE II

D'AMOUR ET DE LOYAUTÉ

Comme je l'ai déjà dit, il n'y a jamais eu ici de vraie mission comme celle de San Juan Capistrano. Ce n'était que le rêve d'un homme, un immense hôtel avec des cours, des tonnelles, des cloîtres d'inspiration monastique, une chapelle pour les mariages et une multitude de charmants éléments gothiques, notamment de lourdes portes voûtées en bois, des statues de saint François dans des niches et même des clochers, et la plus ancienne cloche connue de la chrétienté. C'était un ensemble rappelant l'univers des missions répandues d'un bout à l'autre de la Californie, un hommage que les gens trouvaient parfois plus étourdissant et plus merveilleux que les missions elles-mêmes, qui n'étaient plus que des vestiges. Mission Inn était, en outre, toujours animée, chaleureuse et accueillante, pleine de voix et de rires.

Au début c'était un labyrinthe ; l'endroit avait pris de l'ampleur avec les nouveaux propriétaires et possédait désormais toutes les installations d'un hôtel de luxe. Pourtant, on pouvait encore s'y perdre facilement en errant au hasard des innombrables vérandas, escaliers et patios – ou juste en essayant de retrouver sa chambre.

Certains édifient des lieux extravagants parce qu'ils ont en eux une vision, l'amour de la beauté, des espoirs et des rêves.

Souvent, en début de soirée, Mission Inn grouillait de gens heureux, de jeunes mariés que l'on photographiait aux balcons, de familles enjouées peuplant les terrasses, tandis que brillaient les lumières des restaurants et résonnaient les pianos.

J'avais en moi l'amour de la beauté qui animait les propriétaires de l'hôtel, ainsi qu'un amour de l'excès et des rêves dont on fait une réalité presque divine. Mais je n'avais ni projets ni rêves. J'étais *stricto sensu* un messager, l'incarnation d'un objectif – *Va faire cela*. Pas un homme. Mais, encore et toujours, le sans foyer, le sans nom, le sans rêves revenait à Mission Inn.

On pourrait dire que j'adorais ce lieu parce qu'il était rococo et dépourvu de sens. Non seulement c'était un hommage à toutes les missions de Californie, mais il avait également donné son ton architectural à une partie de la ville. Dans les rues alentour, les lampadaires étaient ornés de cloches. Des édifices publics étaient du même style « mission ». J'appréciais cette volonté de cohérence. Tout y était fabriqué, comme moi. C'était une création, comme j'étais une création portant le nom fortuit de Lucky le Renard.

Je me sentais toujours bien quand je passais l'entrée voûtée appelée *campanaire* à cause de ses nombreuses cloches. J'adorais les fougères arborescentes géantes et les immenses palmiers au tronc mince moucheté de lumière. Et les plates-bandes de pétunias aux couleurs vives qui bordaient l'allée principale.

À chacun de ces pèlerinages, je passais beaucoup de temps dans les salles publiques. Je jetais souvent mon dévolu sur le vaste hall sombre pour y voir la statue de marbre blanc représentant un jeune Romain retirant une épine de son pied. Cette pénombre m'apaisait. J'aimais les rires et la gaieté des familles. Je m'asseyais dans l'un des confortables fauteuils, respirant la poussière tout en regardant les gens. J'aimais la convivialité qui régnait en ce lieu.

Je ne manquais jamais de m'aventurer dans le restaurant pour déjeuner. La piazza était magnifique, avec ses hauts murs percés de fenêtres arrondies et de terrasses semi-circulaires ; je sortais le *New York Times*, que je lisais tout en déjeunant à l'ombre de dizaines de parasols rouges.

Mais l'intérieur du restaurant n'était pas moins attirant, avec ses murs recouverts de carreaux de faïence bleu vif et ses arches beiges artistement peintes de plantes grimpantes. Le plafond à solives figurait un ciel bleu avec des nuages et même de minuscules oiseaux. Les portes de plein cintre à meneaux étaient couvertes de miroirs, tandis que d'autres laissaient passer le soleil venant de la piazza. Le bavardage des gens rappelait le murmure d'une fontaine.

Je me promenais, dans les couloirs sombres, sur des tapis poussiéreux, de styles différents. Je m'arrêtais dans l'atrium devant la chapelle Saint-François, contemplant l'embrasure lourdement sculptée, chef-d'œuvre en ciment moulé de style churriguresque. Cela me réchauffait le cœur d'entrevoir les préparatifs des mariages, inévitablement luxueux et apparemment interminables, avec leurs buffets dressés dans de l'argenterie sur des tables drapées de nappes autour desquelles s'affairait le personnel.

Je montais jusqu'à la plus haute véranda et, appuyé sur la balustrade en fer laquée de vert, baissais les yeux vers la piazza du restaurant et l'énorme horloge située en face. J'attendais souvent son carillon, qui sonnait tous les quarts d'heure. Je voulais voir ses gros chiffres bouger lentement.

Un élément très puissant m'attire vers l'horlogerie. Quand je tuais quelqu'un, j'arrêtais sa montre. Et que font les horloges, les pendules, les montres, sinon mesurer le temps dont nous disposons pour devenir quelqu'un, découvrir en nous quelque chose dont nous ignorions la présence ?

Je pensais souvent au fantôme de *Hamlet* quand je tuais des gens. À la plainte tragique qu'il exprime à son fils.

« Sapé en pleine floraison de péchés, sans sacrement ni confession, désappointé, sans m'être mis en règle, il m'a jeté devant mon Juge avec le faix de mon imperfection. »

Je pensais à cela chaque fois que je méditais sur la vie, la mort ou les horloges. Il n'y avait rien à Mission Inn – pas même le salon de musique, le salon chinois, le moindre recoin – que je n'adorais totalement. Peut-être la chérissais-je à cause de toutes ses pendules, de toutes ses cloches sans âge ou si habilement fabriquées à partir d'objets de différentes époques que toute personne éprise d'ordre en serait devenue folle.

Quant à l'Amistad Suite, la suite nuptiale, je l'avais choisie pour son plafond en dôme, peint d'un paysage gris où des colombes montaient dans une brume pâle vers un ciel bleu en haut duquel était ménagée une coupole octogonale en vitraux. La forme de l'arche ronde était là aussi présente : entre le salon et la chambre, sur les lourdes doubles portes donnant sur la véranda et les trois hautes fenêtres encadrant le lit.

La chambre était pourvue d'une immense cheminée de pierre grise, froide, vide et noircie à l'intérieur, mais qui constituait un cadre magnifique pour des flammes imaginaires. Et j'ai une imagination fertile. C'est pourquoi je suis un aussi bon tueur : j'envisage des dizaines de façons de réussir mon forfait sans me faire prendre.

De lourdes tentures masquaient les trois hautes fenêtres entourant le lit ancien couronné d'un demi-baldaquin. La tête de lit était en bois sombre sculpté, et le pied orné de piliers surmontés de boules. Il me faisait toujours penser à La Nouvelle-Orléans, bien sûr.

La Nouvelle-Orléans avait été autrefois, chez moi, le foyer de l'enfant qui y était mort. Et cet enfant n'avait jamais connu le luxe de dormir dans un lit à demi-baldaquin. « C'était dans un autre pays, et, d'ailleurs, la fille est morte. »[1]

Je n'y étais pas retourné depuis que j'étais devenu Lucky le Renard, et je me disais que cela n'arriverait pas et que je ne dormirais jamais dans l'un de ses anciens lits à baldaquin.

La Nouvelle-Orléans était la ville où les cadavres d'importance étaient ensevelis, ce qui n'était pas le cas des hommes que je faisais disparaître pour l'Homme Juste.

Quand je pensais aux cadavres d'importance, c'étaient ceux de mes parents, de mon petit frère Jacob et de ma petite sœur Emily, morts là-bas, et je n'avais pas la moindre idée de l'endroit où leurs dépouilles avaient été enterrées. Je me rappelle avoir entendu parler d'une concession dans le vieux cimetière Saint-Joseph, dans le quartier dangereux de Washington Avenue. Ma grand-mère y reposait. Mais je ne me souvenais pas d'y être jamais allé. Mon père avait dû être enterré près de la prison où il avait été poignardé.

Mon père était un flic pourri, un mari pourri et un père pourri. Il avait été tué deux mois après avoir été jeté en prison à perpétuité. Non, je ne savais pas où trouver une tombe sur laquelle déposer des fleurs pour aucun d'entre eux, et, si je l'avais su, je ne serais pas allé sur sa tombe.

Vous pouvez donc imaginer ce que j'éprouvai quand l'Homme Juste m'annonça que ma prochaine victime serait à Mission Inn. Cet assassinat répugnant allait polluer ma consolation, ma distraction, mon doux délire, mon refuge.

---

1. Christopher Marlowe, *Le juif de Malte*.

Donnez-moi ses longues charmilles ombragées de plantes grimpantes, ses innombrables pots en terre de Toscane débordant de géraniums lavande et d'orangers, ses longues vérandas pavées de dalles rouges. Donnez-moi ses interminables balustrades ornées d'un motif de croix et de cloches. Donnez-moi ses fontaines, ses statuettes d'anges en pierre grise couronnant les portes des suites, et même ses niches vides et ses clochers capricieux. Donnez-moi les arcs-boutants entourant les trois fenêtres de la chambre d'angle la plus haute.

Et donnez-moi les cloches qui y sonnaient tout le long du jour. Donnez-moi la vue sur les montagnes, au loin, où l'on distinguait parfois un manteau de neige scintillante.

Et donnez-moi le grill sombre et confortable où l'on servait les meilleurs plats (à l'exception de New York).

Cela aurait pu être une tâche à accomplir à la mission de San Juan Capistrano – ce qui aurait été bien pire –, mais même ce lieu n'était pas celui où je me réfugiais pour dormir en paix.

L'Homme Juste me parlait toujours avec affection, et je pense que c'est ainsi que moi-même je lui parlais.

– C'est un Suisse, un banquier, blanchisseur d'argent, de mèche avec les Russes, et tu ne peux imaginer les rackets dans lesquels ces gens sont mouillés. Ce doit être fait dans une chambre d'hôtel.

Et c'était... la mienne.

Je n'avais rien laissé paraître.

Mais, silencieusement, j'avais prononcé un serment, une prière. *Mon Dieu, aidez-moi. Pas là*. Pour dire les choses simplement, une désagréable sensation m'avait envahi, j'avais l'impression de tomber.

La prière la plus stupide de mon ancien répertoire me vint, celle qui me mettait le plus en colère : *Ange glorieux qui m'avez en garde, priez pour moi. Mon cher ange gardien, donnez-moi votre bénédiction. Bienheureux esprit, défendez-moi contre l'ennemi. Mon cher protecteur, donnez-moi une grande fidélité à vos saintes inspirations.*

Je sentis une faiblesse en écoutant l'Homme Juste. *Peu importe, me dis-je. Transforme cela en souffrance. En obligation. Et tout ira bien. Après tout, l'un de tes principaux atouts est de penser que le monde se porterait mieux si tu étais mort...* Une bonne chose pour tous ceux que je devais encore anéantir.

Qu'est-ce qui pousse les gens comme moi à continuer jour après jour ?

Les gens continuent, même dans les pires circonstances, et j'étais bien placé pour le savoir.

— Cette fois, cela doit avoir l'air d'une crise cardiaque, dit le patron. Pas de message — juste une petite soustraction. Tu laisseras donc les mobiles et les ordinateurs portables. Tu ne toucheras à rien, tu vérifieras seulement qu'il est bien mort. Bien sûr, la femme ne peut pas te voir. Si tu la butes, tu gâcheras tout. C'est une prostituée de luxe.

— Que fait-il avec elle dans la suite nuptiale ? demandai-je.

— Elle veut se marier. Elle a essayé à Las Vegas, manqué son coup, et maintenant elle essaie de recommencer dans la chapelle de cet hôtel insensé où les gens se marient. C'est une sorte de monument. Tu n'auras aucun mal à le trouver ni à localiser la suite nuptiale. Elle est située sous un dôme recouvert de tuiles. On le voit de la rue. Tu sais ce que tu as à faire.

Tu sais ce que tu as à faire.

Cela voulait dire déguisement, méthode d'approche, choix du poison à injecter, puis départ, exactement comme j'étais arrivé.

— Voici ce que je sais, continua le patron. L'homme reste dans la chambre et la femme va faire du shopping. C'est ce qui s'est passé à Vegas, en tout cas. Elle part vers 10 heures après lui avoir hurlé dessus pendant une heure et demie. Peut-être qu'elle déjeune. Ou qu'elle prend un verre, mais on ne peut pas compter là-dessus. Entre dès qu'elle a quitté la chambre. Il aura deux ordinateurs allumés, et peut-être même deux mobiles. Ne te trompe pas. N'oublie pas. Crise cardiaque. Peu importe si ses appareils s'éteignent.

– Je peux télécharger le contenu des téléphones et des ordinateurs, dis-je.

J'étais fier de mes compétences ou, en tout cas, d'être capable de prendre tout ce qui pouvait se décoder. Ç'avait été décisif pour l'Homme Juste, dix ans plus tôt, et cela démontrait une absence totale de scrupule. Mais j'avais dix-huit ans à l'époque. Je n'avais pas encore compris à quel point j'étais dénué de scrupules.

À présent, je vivais avec.

– Trop facile à remarquer, dit-il. Ça trahirait l'assassinat, et je ne peux pas me le permettre. Ne t'en occupe pas, Lucky. Fais comme j'ai dit. C'est un banquier. Si tu rates ton coup, il prendra l'avion pour Zurich, et nous serons dans le pétrin.

Je ne répondis rien.

Parfois, nous laissions un message ; d'autres fois, nous arrivions et repartions comme un chat dans une ruelle, et c'est ainsi que cela devait être.

Je songeai que c'était peut-être une bonne chose. Personne ne parlerait de meurtre parmi les employés de l'unique lieu où je me sentais bien et un peu heureux d'être sur Terre.

– Alors, tu ne me poses pas la question ? dit-il avec son petit rire habituel.

Et je répondis, comme toujours :

– Non.

Il faisait allusion au fait que je ne me souciais pas de savoir pourquoi il voulait la mort de cet homme. Je me moquais de savoir qui il était. Ou de connaître son nom. Ce qui m'importait, c'était que lui voulait que je le fasse.

Mais il posait toujours la question, et je répondais toujours non. Russe, banquier, blanchiment d'argent – c'était un cadre courant, pas un mobile. C'était un jeu auquel nous jouions depuis la nuit où j'avais fait sa connaissance, celle où je lui avais été vendu, ou offert – tout dépend de la manière dont on décrit ce remarquable enchaînement d'événements.

– Pas de gardes du corps, pas d'assistants, continua-t-il. Il est seul. Même s'il y a quelqu'un, tu sais comment t'y prendre. Et quoi faire.

– J'y pense déjà. Pas d'inquiétude.

Il raccrocha sans me dire au revoir.

Tout cela me déplut au plus haut point. Ne riez pas. Je ne dis pas que tous les autres meurtres que j'avais commis me paraissaient tout à fait justifiés. Mais il y avait là quelque chose de dangereux pour mon équilibre et, par conséquent, pour l'avenir.

Et si j'étais incapable, par la suite, de retourner là-bas et de dormir en paix sous ce dôme ? En fait, c'était probablement ce qui allait se passer. Le jeune homme aux yeux clairs qui venait parfois avec son luth ne reviendrait jamais et ne donnerait plus ses vingt dollars de pourboire en souriant si chaleureusement à tout le monde. Car une autre incarnation de ce même jeune homme, lourdement déguisé, avait fait entrer le meurtre au cœur de tout ce rêve.

Il me parut soudain imprudent d'avoir osé être moi-même là-bas, d'avoir joué doucement du luth sous ce dôme, de m'être allongé sur le lit en levant les yeux vers le baldaquin et de m'être perdu pendant plus d'une heure dans la contemplation de ce ciel bleu. Après tout, le luth en lui-même était un lien avec le garçon qui avait disparu de La Nouvelle-Orléans ; et si quelque cousin rempli de bonnes intentions me cherchait encore ? J'avais eu des cousins de ce genre et je les avais adorés. Et les joueurs de luth ne couraient pas les rues.

Peut-être était-il temps de faire exploser une bombe avant qu'un autre s'en charge.

Il ne s'agissait pas d'une erreur. Jouer du luth dans cette chambre avait valu la peine, en pincer délicatement les cordes et en tirer les mélodies que j'aimais autrefois.

Combien de gens savent ce qu'est un luth ou à quoi ressemblent les sons qu'il produit ? Peut-être ont-ils vu des luths sur des peintures de la Renaissance et ne savent-ils même pas qu'il en existe encore. Peu importe. J'aimais tellement en jouer dans l'Amistad Suite que je me moquais bien que les garçons d'étage me voient ou m'entendent. Cela me plaisait, tout comme de jouer sur le piano à queue noir dans la suite du Four Seasons, à Beverly Hills. Il me semble que je ne jouais pas une seule note dans mon appartement. J'ignore pourquoi. Je regardais mon instrument et je pensais aux anges de Noël avec leurs luths sur les cartes de vœux. À ceux que l'on accrochait aux branches des sapins de Noël.

Ange glorieux qui m'avez en garde...

Une fois, bon sang, voilà deux mois peut-être, à Mission Inn, j'avais composé une mélodie sur cette ancienne prière, très Renaissance, envoûtante. Sauf que j'étais le seul envoûté.

À présent, je devais imaginer un déguisement pour duper ceux qui m'avaient vu plus d'une fois, et le patron avait dit que je devais agir maintenant. Après tout, la fille était capable de le convaincre de l'épouser le lendemain : la mission exerçait ce genre de charme.

CHAPITRE III

Péché mortel et mystère mortel

Je possédais à Los Angeles un garage semblable à celui que j'avais à New York : quatre camionnettes, l'une frappée de l'enseigne d'une entreprise de plomberie, une autre d'un fleuriste, la troisième blanche avec un gyrophare rouge qui lui donnait des airs d'ambulance, et la dernière, qui ressemblait au véhicule d'un dépanneur, avec du matériel rouillé à l'arrière. Elles étaient aussi transparentes pour les gens que le célèbre avion invisible de Wonder Woman. Un break un peu délabré aurait plus attiré l'attention. Je roulais toujours un peu trop vite, vitre baissée et le coude à la portière, passant tout à fait inaperçu. Parfois, je fumais, juste assez pour prendre l'odeur sur moi.

Cette fois, j'utilisai la camionnette du fleuriste. C'était sans aucun doute le meilleur choix, surtout pour un hôtel où tout le monde se balade en toute liberté et où l'on entre et sort sans que personne vous demande où vous allez ni si vous êtes client de l'établissement.

Ce qui marche, dans les hôtels et les hôpitaux, c'est une attitude résolue, une démarche décidée. Cela conviendrait très bien à Mission Inn.

Personne ne remarque un type brun et hirsute, le logo d'un fleuriste sur la poche de sa chemisette verte, un sac de toile souillé de terre sur l'épaule, qui porte un modeste bouquet de lis dans un pot enveloppé de papier aluminium ; et personne ne pose de question quand il entre avec un petit signe de tête aux portiers, si jamais ils se donnent la peine de lever le nez. Ajoutez à la perruque une paire de grosses lunettes qui déformaient complètement l'expression habituelle de mon visage. Grâce à un dentier, j'avais un défaut de prononciation parfait.

Les gants de jardinier dissimulaient ceux en latex, beaucoup plus importants. Le sac de toile sentait le terreau. Je tenais le pot de lis comme s'il risquait de se briser. Je marchais en traînant un peu la jambe gauche et en dodelinant de la tête, détail que l'on pouvait se rappeler si on oubliait tout le reste. J'écrasai une cigarette dans la plate-bande de l'allée. Quelqu'un le remarquerait peut-être.

J'avais deux seringues pour ma mission, mais je n'avais besoin que d'une. Sous mon pantalon était glissé un petit revolver fixé à la cheville, même si je redoutais de devoir l'utiliser. Je dissimulai aussi sous le revers de ma chemisette une longue et mince lame en plastique, suffisamment solide et effilée pour trancher une gorge ou crever des yeux.

Le plastique était l'arme que j'utilisais le plus volontiers quand je rencontrais une difficulté, mais je ne m'en étais jamais servi. J'avais peur du sang. Et de la cruauté du geste. Je détestais la cruauté sous toutes ses formes. J'aimais que tout soit parfait. Dans les dossiers, on m'appelait le Perfectionniste, l'Homme invisible et le Voleur de la nuit.

Bien sûr, je comptais entièrement sur la seringue pour cette mission, puisque le crime devait passer pour une crise cardiaque. C'était une seringue banale comme en achètent sans ordonnance les diabétiques, avec une minuscule aiguille dont certains ne sentent même pas la piqûre. Le poison était mélangé à un médicament à action rapide, également délivré sans ordonnance, afin que la victime sombre immédiatement dans l'inconscience avant que le cœur s'arrête. Les deux substances étaient éliminées de l'organisme en moins d'une heure. L'autopsie ne révélerait rien.

Presque toutes les combinaisons chimiques que j'utilisais se trouvaient dans n'importe quelle pharmacie. C'est étonnant ce que l'on peut apprendre sur le poison quand on veut faire du mal et que l'on ne se soucie pas de ce qui peut vous arriver ni d'avoir une âme ou un cœur. J'avais une vingtaine de poisons à ma disposition. J'achetais les médicaments en petites quantités dans des pharmacies de banlieue. Il m'arrivait d'utiliser de la feuille de laurier-rose de temps en temps – plante qui pousse partout en Californie. Je savais aussi utiliser le poison du ricin.

Tout se passa comme prévu.

J'arrivai à 9 h 30. Cheveux noirs, grosses lunettes à monture noire. Odeur de cigarette sur des gants sales.

Je pris le petit ascenseur grinçant menant au dernier étage, en compagnie de deux personnes qui ne me jetèrent pas un regard, et suivis les couloirs qui serpentaient jusqu'à l'extérieur, passai le potager et arrivai sur la terrasse. Je m'appuyai sur la balustrade verte et observai l'horloge.

Tout cela était à moi. À gauche se trouvait la véranda aux tuiles rouges, la longue fontaine rectangulaire avec ses jets gargouillants, la chambre, tout au bout, et la table et les chaises en fer forgé sous le parasol vert juste en face des doubles portes.

Bon sang ! Comme j'aimais m'asseoir au soleil à cette table dans la fraîche brise californienne ! Je fus tenté de renoncer à ma mission et de m'asseoir à cette table le temps que se calment les battements de mon cœur, puis de repartir calmement en laissant le pot de fleurs pour qui en voudrait.

Je fis lentement l'aller-retour sur la véranda, allant jusqu'à tourner autour de la rotonde avec son escalier en colimaçon, comme si je cherchais parmi les numéros des portes ou que j'admirais les lieux comme le font tous ceux qui viennent ici. Qui a dit que les livreurs n'avaient pas le droit de regarder autour d'eux ?

Finalement, la femme sortit de l'Amistad Suite en claquant la porte. Gros sac à main en cuir rouge et talons aiguilles vertigineux tout en paillettes dorées, jupe moulante, manches retroussées, cheveux blonds au vent. Belle et hors de prix, probablement. Elle marchait vite, comme si elle était fâchée, et elle l'était sûrement. Je me rapprochai de la chambre.

Par la fenêtre côté salon, je vis se profiler la silhouette du banquier derrière les rideaux blancs, penché au bureau sur son ordinateur sans même remarquer que je l'observais, probablement parce que des touristes en faisaient autant depuis le début de la matinée.

Il parlait au téléphone avec une oreillette tout en tapant sur son clavier.

Je m'approchai des doubles portes et frappai.

Il ne répondit pas tout de suite. Puis il se leva en grommelant, ouvrit, me jeta un regard noir et aboya :

– Quoi ?

– De la part de la direction, monsieur, avec ses compliments, dis-je avec mon chuchotement rauque habituel.

J'avais du mal à prononcer les mots à cause du dentier. Je soulevai le pot de lis. Ils étaient magnifiques.

Puis j'entrai pour gagner la salle de bains en marmonnant que la plante avait besoin d'eau ; avec un haussement d'épaules, le type retourna à son bureau.

L'Heure de l'Ange

La salle de bains était vide.

Il y avait peut-être quelqu'un dans les minuscules toilettes, mais j'en doutais et je n'entendis aucun bruit. Pour en être sûr, j'y entrai et fis couler l'eau dans la baignoire.

Il était seul.

La porte de la véranda était restée grande ouverte.

Il continuait de parler au téléphone tout en tapant. Je voyais une cascade de chiffres sur l'écran.

Il devait parler en allemand et je compris seulement qu'il était irrité par quelqu'un et en colère contre le monde entier. *Parfois*, me dis-je, *les banquiers font des cibles faciles. Ils croient être protégés par leur fortune. Ils ont rarement des gardes du corps comme ils le devraient.*

Je revins vers lui et déposai les fleurs au centre de la table, sans prêter attention aux restes du petit déjeuner. J'étais dans son dos, mais il n'en avait rien à faire.

Pendant un bref moment, je me détournai de lui pour contempler le dôme familier, les pins beiges peints à sa base, les colombes s'élevant dans les nuages vers le ciel bleu. Je tripotai les fleurs. J'adorais leur parfum. Et me revint le vague souvenir d'un endroit calme et délicieux où flottait ce parfum. Où était-ce ? Et puis quelle importance ?

La porte de la véranda était restée ouverte et laissait passer la brise. Quiconque serait passé devant la fenêtre aurait vu le lit, le dôme. Mais pas lui. Ni moi. Je me rapprochai d'un mouvement vif et lui injectai trente unités de la substance mortelle dans le cou. Sans un regard, il leva la main comme pour écraser un moustique, ce qu'ils font presque toujours ; alors, tout en glissant la seringue dans ma poche :

– Monsieur, vous n'auriez pas un petit pourboire pour un pauvre livreur, des fois ?

Il se retourna. J'étais penché sur lui, j'empestais le terreau et la cigarette.

Il posa sur moi un regard glacial et irrité. Soudain, son expression changea. Sa main gauche quitta le clavier tandis qu'il saisissait de l'autre son oreillette. Elle lui échappa. Sa main retomba. L'autre aussi, entraînant le téléphone.

Son visage s'était détendu, et toute agressivité l'avait quitté. Il chercha de l'air et essaya de se redresser en s'appuyant d'une main, mais il ne trouva pas le rebord du bureau. Puis il parvint à la lever vers moi.

J'ôtai rapidement mes gants de jardinier. Il ne remarqua rien. Il n'était plus en état de remarquer grand-chose. Il essaya vainement de se lever.

– Aidez-moi, murmura-t-il.

– Oui, monsieur. Restez bien assis le temps que ça se passe.

De mes mains gantées, j'éteignis son ordinateur et le retournai face au bureau pour qu'il pique du nez dessus sans bruit.

– Oui, dit-il. Oui.

– Vous n'avez pas l'air bien, monsieur, dis-je. Voulez-vous que j'appelle un médecin ?

Je levai les yeux vers la véranda déserte. Nous étions juste en face de la table en fer forgé noir, et je remarquai pour la première fois que les poteries italiennes débordantes de géraniums lavande contenaient également de gros plants d'hibiscus. Le soleil resplendissait.

Il essayait de reprendre son souffle.

Comme je l'ai dit, je déteste la cruauté. Je décrochai le poste fixe à côté de lui et, sans composer de numéro, je parlai dans le vide. Il fallait un médecin au plus vite.

Sa tête avait basculé sur le côté. Je vis ses yeux se fermer. Je crois qu'il essaya de parler encore, en vain.

L'Heure de l'Ange

– Ils arrivent, monsieur, lui dis-je.

J'aurais pu partir, mais, comme je l'ai dit, je déteste la cruauté sous toutes ses formes.

À présent, il ne voyait plus très clairement. Peut-être ne voyait-il plus du tout. Mais je me rappelai ce qu'on vous dit dans les hôpitaux : « C'est l'ouïe qui disparaît en dernier. » C'est ce que l'on m'avait dit quand ma grand-mère était en train de mourir, que je voulais regarder la télévision dans la chambre et que ma mère sanglotait.

Finalement, il ferma les yeux. Je fus surpris qu'il y parvienne. D'abord à demi, puis complètement. La peau de son cou était toute plissée. Je ne vis pas le moindre souffle s'échapper de lui, ni le reste du corps bouger.

Je regardai à nouveau derrière lui la véranda au-delà des rideaux blancs. À la table, entre les poteries débordantes de fleurs, un homme s'était assis et semblait nous regarder. À cette distance, il ne pouvait pas voir à travers les rideaux, sinon une masse blanche et peut-être une forme vague. Je m'en moquais. Je n'avais besoin que de quelques instants de plus, ensuite je pourrais partir en étant certain d'avoir accompli ma tâche.

Je ne touchai ni aux téléphones ni aux ordinateurs mais fis mentalement l'inventaire de ce qui se trouvait là. Deux portables sur le bureau, comme me l'avait signalé le patron. Un téléphone par terre. Et d'autres postes dans la salle de bains. Et un autre ordinateur portable, fermé, peut-être celui de la fille, posé sur la table devant la cheminée entre les deux fauteuils.

Je dressais cet inventaire surtout pour lui laisser le temps de mourir, mais plus je restais dans cette pièce, plus je me sentais mal. Pas au point de trembler, mais j'étais accablé.

L'inconnu sur la véranda ne m'inquiétait pas. Il pouvait regarder tant qu'il voulait dans la chambre.

Je m'assurai que les lis étaient joliment disposés et essuyai l'eau qui avait été répandue sur la table.

Désormais, l'homme était sûrement mort. Je me sentis envahi par un profond désespoir, une immense sensation de vide. Pourquoi pas ? Je lui pris le pouls. Introuvable. Mais il était encore en vie. Il me suffit de toucher son poignet pour en être certain. Je tendis l'oreille, guettant un souffle et, à ma désagréable surprise, j'entendis un léger soupir venant de quelqu'un d'autre.

Quelqu'un d'autre.

Ce ne pouvait pas être le type sur la véranda, même s'il continuait de regarder dans la chambre. Un couple passa. Puis un homme qui regarda autour de lui et continua vers l'escalier de la rotonde.

Je mis ce soupir sur le compte de mon trouble. Il m'avait paru proche, comme si quelqu'un chuchotait à mon oreille. *C'est cette chambre qui me trouble*, pensai-je, *parce que je l'aime tant et que l'horreur de ce meurtre me déchire l'âme*. Peut-être la chambre soupirait-elle devant cette tragédie. En tout cas, moi, j'en avais envie. Et de partir. C'est alors que l'accablement se fit plus pesant, comme souvent en pareille occasion. Mais bien plus cette fois ; et il s'accompagnait d'un murmure dans ma tête auquel je ne m'attendais pas.

Pourquoi ne le rejoins-tu pas ? Tu sais que tu devrais aller là où il va. Tu devrais prendre le petit revolver à ta cheville, tout de suite, et le braquer sur ton menton. Tirer. Ta cervelle volera au plafond, peut-être, mais tu seras enfin mort, et tout sera plongé dans une obscurité plus noire encore qu'en cet instant, et tu seras séparé d'eux pour toujours, de tous, maman, Emily, Jacob, ton père, ton innommable père, et de tous ceux que tu as tués de ta main, sans aucune pitié, comme celui-ci. Fais-le. N'attends plus. Fais-le.

Il n'y avait rien d'inhabituel à cet accablement, me répétai-je, à cette obsession paralysante, à ce désir irrépressible de mettre un terme à tout cela, de lever l'arme et de faire ce que me demandait la voix. Ce qui était inhabituel, c'était la clarté de cette voix. Comme si elle était à côté de moi, et non en moi – Lucky en train de parler à Lucky, cela arrivait souvent.

Dehors, l'inconnu se leva, et je me surpris à le fixer, interdit, passer par la porte-fenêtre ouverte, se planter sous le dôme et me scruter par-dessus ma victime agonisante. C'était un personnage assez impressionnant, grand, svelte, avec des cheveux noirs ondulés et des yeux bleus avenants.

– Cet homme est malade, monsieur, dis-je immédiatement en me débattant contre le dentier. Je crois qu'il lui faut un médecin.

– Il est mort, Lucky, prononça l'inconnu. Et n'écoute pas la voix dans ta tête.

C'était si inattendu que je ne sus que dire ni que faire. Mais à peine eut-il achevé que j'entendis de nouveau la voix dans ma tête.

Mets fin à tout cela. Oublie le revolver, cela ferait trop de gâchis. Tu as une autre seringue dans ta poche. Vas-tu te laisser prendre ? Ta vie est déjà un enfer. Imagine ce que ce sera en prison. La seringue. Fais-le maintenant.

– Ne fais pas attention à lui, Lucky, dit l'inconnu.

Une immense générosité semblait émaner de lui. Il posait sur moi un regard si pénétrant que c'était presque de la dévotion, et je sentis, sans savoir pourquoi, qu'il éprouvait de l'amour.

La lumière changea. Un nuage devait voiler le soleil jusque-là, car la chambre était devenue claire, et je le vis avec une netteté inaccoutumée, quand bien même j'ai l'habitude de mémoriser les gens. Il était de ma taille et me regardait avec une tendresse manifeste, voire une certaine inquiétude.

Impossible.

Quand on sait que quelque chose est impossible, que fait-on ? Que faire ? Je glissai la main dans ma poche, cherchant la seringue.

C'est cela. Ne perds pas les dernières précieuses minutes de ta détestable existence à essayer de comprendre. Ne vois-tu pas que l'Homme Juste a organisé cette trahison ?

– Pas du tout, dit l'inconnu.

Il fixa le cadavre des yeux, et une expression douloureuse envahit son visage, puis il s'adressa de nouveau à moi.

– Il est temps de partir avec moi, Lucky. Le moment est venu d'écouter ce que j'ai à te dire.

J'étais incapable d'avoir une pensée cohérente. Le sang me battait aux tempes, et, du bout du doigt, je commençai à ôter le capuchon de la seringue.

Oui, tire ta révérence et fuis leurs contradictions, leurs pièges, leurs mensonges et leur capacité infinie à se servir de toi. Tiens-les en échec. Viens, maintenant.

– Viens, maintenant ? chuchotai-je.

Ces mots se détachèrent du sentiment de fureur qui m'envahissait. Pourquoi avais-je pensé à cela ? *Viens, maintenant ?*

– Tu n'as pas pensé à cela, dit l'inconnu. Ne vois-tu pas qu'il fait tout ce qu'il peut pour nous vaincre tous les deux ? Laisse cette seringue.

Il semblait jeune et plein d'allant, presque irrésistible dans son affection alors qu'il me regardait, mais il n'y avait rien de jeune en lui ; le soleil l'illuminait, et tout en lui était fascinant. C'est alors que je remarquai, un peu affolé, qu'il portait un simple costume gris et une très belle cravate en soie bleue.

L'Heure de l'Ange

Il n'y avait là rien de remarquable, mais son visage et ses mains l'étaient. Et ce qu'il exprimait était attirant et indulgent.
Indulgent.

Pourquoi quelqu'un m'aurait-il regardé ainsi ? Pourtant, j'avais le sentiment qu'il me connaissait mieux que je ne me connaissais moi-même. C'était comme s'il avait tout su de moi, et c'est seulement à ce moment-là que je me rendis compte qu'il m'avait appelé à trois reprises par mon prénom.

C'était sûrement parce que l'Homme Juste l'avait envoyé, parce que j'avais été piégé. C'était la dernière mission que j'accomplissais pour l'Homme Juste, et là venait d'arriver l'assassin supérieur capable de mettre à mort un ancien assassin.

Alors dupe-les et fais-le maintenant.

— Je te connais, dit l'étranger. Je te connais depuis toujours. Et je ne suis pas envoyé par l'Homme Juste. (Il eut un petit rire.) Enfin, pas l'Homme Juste que tu rêveres tant, Lucky, mais un autre, le véritable Homme Juste.

— Que veux-tu ?

— Que tu viennes avec moi. Que tu fasses la sourde oreille à cette voix qui te hante. Tu l'as écoutée trop longtemps.

Je réfléchis. Qu'est-ce qui pouvait expliquer tout cela ? Ce n'était pas seulement l'épreuve consistant à me retrouver dans ma chambre à Mission Inn, ce n'était pas suffisant. Ce devait être le poison, j'avais dû en absorber un peu en le préparant, malgré les deux paires de gants ; j'avais dû commettre une erreur.

— Tu es trop habile pour cela, dit l'inconnu.

Tu te résignes donc à la folie ? Alors que tu as le pouvoir de leur tourner à tous le dos ?

Je regardai autour de moi. Le lit à baldaquin. Les tentures marron si familières. L'immense cheminée, juste derrière l'inconnu. Tous les meubles et objets de cette chambre que je connaissais si bien. Comment la folie pouvait-elle se déclarer aussi brusquement et créer une illusion aussi précise ? Il était évident que ce personnage n'était pas là, que je ne lui parlais pas et que son expression chaleureuse et affectueuse n'était qu'un artifice conçu par mon esprit malade.

Il eut le même petit rire. Mais l'autre voix continuait.

Ne lui laisse pas l'occasion de te prendre la seringue. Si tu ne veux pas mourir dans cette chambre, bon sang, sors ! Trouve un coin dans cet hôtel, voyons, tu les connais tous, et mets fin à tes jours une bonne fois pour toutes.

L'espace d'une précieuse seconde, je fus convaincu que l'homme allait s'évaporer si je m'avançais vers lui. Je fis quelques pas. Il demeura aussi matériel et palpable. Il recula et s'effaça en me faisant signe de sortir le premier.

Et, soudain, je me retrouvai sur la véranda, en plein soleil. Tout, autour de moi, était merveilleusement lumineux et coloré, et je n'éprouvai pas la moindre hâte ; aucune horloge n'égrenait les secondes.

Je l'entendis refermer la porte de la suite et levai les yeux vers lui.

— Ne me parle pas, dis-je, irrité. Je ne sais pas qui tu es ni ce que tu veux et encore moins d'où tu viens.

— C'est toi qui m'as appelé, répondit-il de sa voix calme et agréable. Tu m'as déjà appelé autrefois, mais jamais avec autant de désespoir qu'aujourd'hui.

De nouveau je sentis l'amour irradier de lui ; il savait tout de moi et acceptait sans condition ce que j'étais.

— Je t'ai appelé ?

— Tu as prié, Lucky. Tu as prié ton ange gardien, et ton ange gardien m'a transmis ta prière.

Il était tout bonnement impossible que j'accepte une chose pareille. Mais ce qui me sidéra, c'était que l'Homme

Juste ne pouvait savoir que j'avais prié ni ce qui me traversait l'esprit.

— Je sais ce qui te traverse l'esprit, dit l'inconnu.

Son visage était tout aussi attirant et confiant. Voilà : confiant, comme s'il n'avait rien eu à craindre de moi, des armes que je portais ou du moindre geste désespéré que j'aurais pu tenter.

— Tu te trompes, dit-il doucement en se rapprochant. Il y a des gestes désespérés que je ne veux pas te voir faire.

Ne sais-tu donc pas reconnaître le diable quand il se présente à toi ? Ne sais-tu pas que c'est le père des mensonges ? Peut-être qu'il y a des diables particuliers pour les gens comme toi, Lucky.

Je glissai de nouveau la main dans ma poche, à la recherche de la seringue, mais je la ressortis aussitôt.

— Des diables particuliers, c'est probable, dit l'inconnu. Et aussi des anges particuliers. Tu le sais, tu l'as étudié, autrefois. Les gens particuliers ont des anges particuliers et je suis ton ange, Lucky. Je suis venu t'offrir le moyen de te sortir de tout cela, et tu ne dois pas, absolument pas, saisir cette seringue.

J'allais parler quand ce désespoir me submergea aussi sûrement que si j'avais été enveloppé dans un linceul, moi qui n'en ai jamais vu — c'était l'image qui me venait à l'esprit.

C'est ainsi que tu veux mourir ? Fou, dans une cellule, avec des individus qui te torturent pour t'extorquer des informations ? File. Va-t'en. Va quelque part où tu pourras braquer ce revolver sur ton menton et appuyer sur la détente. Tu savais, quand tu es venu ici, dans cette chambre, que tu le ferais. Depuis toujours, ce devait être ton dernier meurtre. C'est pourquoi tu as apporté une deuxième seringue.

L'inconnu se mit à rire, d'un rire irrépressible.

— Il essaie par tous les moyens, dit-il à mi-voix. N'écoute pas. Il n'aurait pas autant élevé la voix si je n'étais pas là.

— Je ne veux pas que tu me parles, bafouillai-je.

Un jeune couple arrivait nonchalamment vers nous. Je me demande ce qu'ils virent. Ils nous évitèrent, détournant les yeux vers les murs et les lourdes portes. Je crois qu'ils s'extasièrent devant les fleurs.

— Ce sont les géraniums lavande, dit l'inconnu en regardant les pots autour de nous. Puisqu'ils veulent s'asseoir à cette table, pourquoi ne pas nous en aller, toi et moi ?

— Je m'en vais, répondis-je, agacé, mais pas parce que tu me le dis. Je ne sais pas qui tu es. Mais écoute-moi bien. Si c'est l'Homme Juste qui t'a envoyé, tu ferais bien de te préparer à te défendre, car j'ai l'intention de te liquider avant de partir.

Je le laissai et commençai à descendre l'escalier de la rotonde. J'allais vite, tout en faisant taire la voix dans ma tête à mesure que je descendais pour arriver enfin au rez-de-chaussée. Je le trouvai qui m'attendait.

— « Ange glorieux qui m'avez en garde », chuchota-t-il.

Il était appuyé contre le mur, bras croisés, l'air recueilli, puis il se redressa et m'emboîta le pas alors que je marchais aussi vite que je le pouvais.

— Ne me raconte pas d'histoires, dis-je à mi-voix. Qui es-tu ?

— Je ne pense pas que tu sois prêt à me croire, rétorqua-t-il sans se départir de sa sollicitude. Je préférerais que nous soyons en route pour Los Angeles, mais si tu insistes…

Je sentis la sueur m'inonder. J'arrachai le dentier et les gants en latex, et fourrai le tout dans ma poche.

— Prends garde. Ôte le capuchon de cette seringue, et je t'aurai perdu, dit-il en se rapprochant de moi.

Il marchait aussi vite que moi, et nous arrivions sur l'allée principale.

Tu connais la folie. Tu l'as vue. Ignore-le. Si tu succombes, tu es perdu. Monte dans la camionnette et va-t'en d'ici. Trouve un endroit au bord de la route. Tu sais quoi faire.

Le désespoir était presque aveuglant. Je m'immobilisai. Nous étions sous le campanaire, et il ne pouvait y avoir endroit plus charmant. Le lierre envahissait les cloches ; des gens, dans l'allée, nous dépassaient, j'entendais les rires et les conversations venant du restaurant mexicain voisin, les oiseaux chantaient dans les arbres.

Il était juste à côté de moi et me considérait avec attention, comme j'aurais voulu qu'un frère me regarde ; mais je n'avais pas de frère, le mien était mort depuis très longtemps. *Par ma faute. Les premiers meurtres.*

L'air me manquait. Je plongeai mon regard dans le sien et vis de nouveau cet amour pur et cette indulgence sans mélange, puis, très doucement, prudemment, il posa la main sur mon bras.

— Très bien, chuchotai-je, tremblant. Tu es venu me tuer parce qu'il t'a envoyé. Il a décidé que j'étais incontrôlable et il m'a dénoncé.

— Non, non et non.

— C'est moi qui suis mort ? Je me suis injecté je ne sais comment ce poison dans les veines ? C'est ce qui s'est passé ?

— Non, non et non. Tu es tout ce qu'il y a de plus vivant, et c'est pourquoi je te veux. Ta camionnette est à dix mètres. Tu leur as dit de la surveiller, à l'entrée. Sors le ticket de ta poche. Fais les gestes qu'il faut.

— Tu m'aides à terminer ce meurtre ! m'étonnai-je. Tu prétends être un ange, mais tu aides un assassin.

— L'homme dans la chambre n'est plus, Lucky. Il avait ses anges avec lui. C'est pour toi que je suis venu.

Il y avait en lui une beauté indescriptible tandis qu'il prononçait ces mots, et toujours cette affectueuse sincérité, comme s'il était capable de tout arranger dans ce monde brisé.

Je n'étais pas en train de devenir fou. Et je ne pensais pas que l'Homme Juste aurait pu dénicher un tueur de ce genre, même s'il l'avait cherché pendant des siècles. Je repris ma marche d'un pas mal assuré, tendis le ticket au jeune voiturier avec un billet de vingt dollars et montai dans la camionnette.

Évidemment, il y monta aussi. Il sembla ne prêter aucune attention à la poussière et à la terre qui la tapissaient, au journal froissé et aux autres détails destinés à la faire passer pour un véhicule de travail.

Je démarrai, fis demi-tour et me dirigeai vers l'autoroute.

– Je comprends ce qui se passe, dis-je par-dessus le sifflement de l'air qui s'engouffrait par les vitres ouvertes.

– Et qu'est-ce donc, précisément ?

– Je t'ai inventé. Concocté. C'est une forme de folie. Pour y mettre fin, il suffit que j'envoie ma camionnette contre un mur. Il n'arrivera rien de mal à personne d'autre qu'à toi et à moi. Tu es une illusion, une chose que mon imagination a créée parce que je suis arrivé dans une impasse. C'est à cause de la chambre. Je le sais.

Il eut un petit rire et continua à regarder la route.

– Tu roules à cent quatre-vingts. Tu vas te faire arrêter, dit-il après un moment.

– Tu prétends bien être un ange, non ?

– Je suis vraiment un ange, répondit-il sans quitter la route des yeux. Ralentis.

– Tu sais, j'ai lu un livre sur les anges, récemment. J'aime bien ce genre de livre, figure-toi.

– Oui, tu as beaucoup de livres qui traitent de ce en quoi tu ne crois pas et que tu ne considères plus comme sacré. Et tu étais un gentil garçon quand tu étais chez les jésuites.

J'eus de nouveau le souffle coupé.

— Oh, tu es un drôle d'assassin, toi, pour me balancer tout ça en pleine figure. Si c'est bien ce que tu es.

— Je n'ai jamais été un assassin et je ne le serai jamais, dit-il calmement.

— Tu es complice, maintenant, en tout cas !

— Si j'avais été destiné à empêcher ce meurtre, dit-il en souriant, je l'aurais fait. Ne te rappelles-tu pas avoir lu que les anges sont essentiellement des messagers, l'incarnation de leur fonction, pour ainsi dire ? Ce que je te dis ne te surprend pas, ce qui te surprend, c'est que je t'aie été envoyé comme messager.

Un embouteillage nous obligea à ralentir et finalement à nous arrêter. Je le dévisageai.

Je fus envahi par une sensation de calme qui me rendit conscient d'avoir trempé de sueur mon affreuse chemisette verte et de sentir mes jambes flageoler.

— Je vais te dire ce que je sais d'après ce que j'ai lu dans ce livre sur les anges, dis-je. Les trois quarts du temps, ils interviennent dans les accidents de la route. Votre espèce faisait quoi, au juste, avant que les voitures soient inventées ? Je me suis vraiment posé la question en refermant le livre.

Il se mit à rire.

On klaxonna derrière moi. Le flot de voitures s'ébranla.

— C'est une question tout à fait légitime, répondit-il, surtout après avoir lu ce livre. Peu importe ce que nous faisions dans le passé. Ce qui compte, c'est ce que toi et moi pouvons faire ensemble.

— Et tu n'as pas de nom.

Nous roulions de nouveau à toute allure, mais je n'allais pas plus vite que les autres voitures de la voie rapide.

— Tu peux m'appeler Malchiah, mais je t'assure qu'aucun séraphin ne te révélera jamais son vrai nom.

– Un séraphin ? Tu es en train de me dire que c'est ce que tu es ?

– J'ai besoin de toi pour une mission particulière et je t'offre l'occasion d'utiliser tous tes dons pour m'aider et aider ceux qui prient pour que nous intervenions au plus vite.

J'étais abasourdi. Sous le choc. Comme sous celui de la fraîcheur de la brise alors que nous nous rapprochions de Los Angeles et de la côte.

Tu l'as imaginé. Fonce dans le bas-côté. Ne te laisse pas abuser par une projection de ton esprit malade.

– Tu ne m'as pas imaginé, dit-il. Ne vois-tu pas ce qui se passe ?

Le désespoir menaçait de submerger mes propres paroles. *C'est une imposture. Tu as tué un homme. Tu mérites la mort et l'oubli, qui t'attend.*

– L'oubli ? murmura l'inconnu. Tu penses que l'oubli t'attend ? Que tu ne reverras jamais Emily et Jacob ?

Emily et Jacob !

– Ne me parle pas d'eux ! Comment oses-tu prononcer leurs noms devant moi ? Je ne sais pas qui tu es ni ce que tu es, mais tu n'as pas à parler d'eux devant moi. Si tu te nourris de mon imagination, trouve autre chose !

Cette fois, son rire résonna avec innocence.

– Pourquoi ne me suis-je pas douté que ce serait ainsi avec toi ? remarqua-t-il.

Il posa doucement une main sur mon épaule. Il avait l'air mélancolique, perdu dans de tristes pensées.

Je fixai la route.

– Je perds la tête, dis-je.

Nous entrions dans le centre de Los Angeles et, quelques minutes plus tard, nous prîmes la direction du garage où je devais déposer la camionnette.

L'Heure de l'Ange

— Perdre la tête, répéta-t-il pensivement en contemplant les environs, le bas-côté couvert de lierre et les gratte-ciel de verre. C'est exactement cela, mon cher Lucky. En croyant en moi, qu'as-tu à perdre ?

— Comment es-tu au courant, pour mon frère et ma sœur ? Comment connais-tu leur nom ?

— En dehors de l'explication la plus évidente ? Autrement qu'en te disant que je suis ce que je te dis être ? (Il poussa un soupir, le même que j'avais entendu à mon oreille dans l'Amistad Suite. Il reprit d'une voix caressante :) Je connais ta vie depuis tes premiers instants dans le ventre de ta mère.

Sa réponse dépassait tout ce que j'aurais pu imaginer. Soudain, ce fut clair, merveilleusement clair.

— Tu es vraiment là, alors ?

— Je suis là pour te dire que tout peut changer pour toi. Je suis venu te dire que tu peux cesser d'être Lucky le Renard. Je suis venu pour t'emmener dans un endroit où tu pourras devenir celui que tu aurais pu être... si certaines choses n'étaient pas arrivées. Je suis venu te dire...

Il n'acheva pas.

Nous étions arrivés au garage, et, après avoir appuyé sur la télécommande, je garai ma camionnette.

— Me dire quoi ?

Nous étions face à face, et il semblait baigné d'un calme que ma peur ne pouvait pénétrer. Le garage était sombre, éclairé par une unique lucarne poussiéreuse et par la porte que nous venions de franchir. L'endroit était vaste, rempli de glacières, de placards et de tas de vêtements qui me servaient pour mes missions. Soudain, il me parut dépourvu de sens ; ce lieu, je pouvais sans aucun doute le quitter la tête haute.

Je connaissais cette exaltation : le sentiment que l'on éprouve au sortir d'une longue maladie, quand on a enfin l'esprit clair et que la vie semble valoir à nouveau la peine d'être vécue.

L'homme restait immobile, et je vis un minuscule reflet de lumière dans ses yeux.

– Le Créateur t'aime, murmura-t-il comme dans un songe. Je suis venu t'offrir une autre voie qui mène à cet amour si tu veux bien la suivre.

Je me tus. Je ne pouvais rien dire. Je n'étais pas épuisé par l'inquiétude qui m'avait saisi tout à l'heure, mais plutôt débarrassé d'elle. Et la beauté parfaite de cette possibilité me clouait sur place, comme auraient pu le faire les géraniums lavande, le lierre ruisselant sur le campanaire ou le balancement des arbres dans la brise.

Brusquement, tout cela déferla en moi, dans ce garage sombre qui empestait l'essence, et je ne vis plus la pénombre qui nous environnait. Je me rendis compte que ce lieu était, à présent, baigné d'une clarté pâle. Lentement, je descendis de la camionnette, gagnai le fond du garage, sortis la seringue de ma poche et la posai sur l'établi. J'ôtai mon affreuse tenue verte et la jetai dans un grand fût rempli de kérosène, vidai le contenu de la seringue sur les vêtements et jetai les gants. Je craquai une allumette et la lançai dans le fût.

Le feu jaillit. J'y balançai mes chaussures et regardai fondre le tout, fis de même avec la perruque et passai avec soulagement les mains sur mes cheveux ras. J'ôtai les lunettes, que je portais encore, les brisai et les jetai à leur tour dans le feu. Tout était en synthétique et fondait, bientôt réduit à rien. J'en sentais l'odeur. Tout aurait disparu sous peu. Le poison s'était déjà sûrement consumé. L'odeur ne resta pas longtemps. Quand le feu se fut éteint, je versai encore un peu de kérosène sur les restes et le rallumai. Dans les flammes vacillantes, je regardai mes vêtements habituels soigneusement disposés sur un cintre accroché au mur. Lentement, je les enfilai. La chemise, le pantalon gris, les chaussettes noires et les chaussures marron, enfin, la cravate rouge.

Le feu mourut.

J'enfilai ma veste, me retournai et le vis devant moi, appuyé contre la camionnette. Chevilles et bras croisés, dans la lumière, je le trouvais toujours aussi attirant, avec la même expression affectueuse.

Le désespoir me saisit de nouveau, sourd, insondable, et je faillis me détourner en me jurant de ne plus jamais le regarder.

— Il se donne du mal pour toi, dit-il. Il a toujours chuchoté pendant toutes ces années, et maintenant il hausse la voix. Il pense pouvoir te reprendre à moi. Il pense que tu crois à ses mensonges, même quand je suis là.

— Qui est-il ?

— Tu sais qui il est. Il te parle depuis longtemps, très longtemps. Et tu lui prêtes l'oreille avec attention. Ne l'écoute plus. Viens avec moi.

— Tu es en train de me dire qu'on se bat pour mon âme ?

— Oui, c'est exactement cela.

Je me sentis de nouveau pris de tremblements. J'étais calme, mais mes jambes chancelaient. Mon esprit refusait de céder à la peur, mais mon corps accusait l'impact et ne parvenait pas à le supporter.

Ma voiture était là, une petite Bentley décapotable que je n'avais pas jugé utile de remplacer depuis des années. J'ouvris la portière et montai. Je fermai les yeux. Quand je les rouvris, il était à côté de moi, comme je m'y attendais. Je fis marche arrière et quittai le garage.

Je n'ai jamais roulé aussi vite en ville. C'était comme si la circulation m'emportait aussi rapidement que le courant d'une rivière.

Quelques minutes plus tard, nous roulions dans les artères de Beverly Hills puis arrivions dans ma rue bordée des deux côtés par de magnifiques jacarandas en fleur. Presque toutes leurs feuilles étaient tombées, et leurs branches étaient chargées de boutons bleus dont les pétales jonchaient les trottoirs et la chaussée.

Je ne le regardais pas. Je ne pensais pas à lui. Je songeais à ma vie et luttais contre le désespoir comme on réprime une nausée, me demandant : *Et si c'était vrai, et s'il était vraiment ce qu'il prétend être ? Et si, moi, moi qui ai commis tous ces forfaits, je pouvais vraiment être racheté ?*

Nous nous arrêtâmes dans le parking de mon immeuble avant que j'aie prononcé un mot, et, comme je m'y attendais, il descendit de la voiture en même temps que moi et m'accompagna dans l'ascenseur jusqu'au cinquième. Comme je ne ferme jamais les portes-fenêtres de l'appartement, je sortis directement sur la terrasse et, depuis le balcon, baissai les yeux vers les jacarandas. Je haletais ; mon corps supportait un poids accablant, mais mon esprit me paraissait merveilleusement clair.

Quand je me retournai vers lui, je le vis aussi réel et vivant que les jacarandas et leurs boutons bleus. Dans l'embrasure, il me regardait à peine, et, de nouveau, je vis sur son visage cette promesse de compréhension et d'amour. J'eus soudain envie de pleurer, de me dissoudre dans un état de faiblesse, un état où je succomberais à son charme.

– Pourquoi ? Pourquoi es-tu venu pour moi ? questionnai-je. Je sais que je te l'ai déjà demandé, mais tu dois m'expliquer, tout me dire, pourquoi moi et pas un autre ? Comment quelqu'un comme moi peut-il connaître la rédemption ?

Il s'approcha de la balustrade en ciment et baissa les yeux vers les fleurs bleues.

– Si parfaites, si délicieuses, murmura-t-il.

L'Heure de l'Ange

— C'est pour elles que j'habite ici. Parce que, chaque année, elles fleurissent...

Ma voix se brisa. Je me retournai pour ne pas pleurer à la vue des arbres. Dans le salon, je vis les trois murs tapissés de livres, du sol au plafond, et une partie de l'entrée avec ses bibliothèques tout aussi remplies.

— La rédemption est quelque chose qu'il faut demander, me glissa-t-il à l'oreille. Tu le sais.

— Je ne peux pas demander ! Je ne peux pas.

— Pourquoi ? Simplement parce que tu ne crois pas ?

— C'est une excellente raison.

—.Donne-moi la possibilité de te faire croire.

— Dans ce cas, il va falloir que tu te décides à m'expliquer : pourquoi moi ?

— Je suis venu à toi parce que l'on m'a envoyé, dit-il calmement, et à cause de ce que tu es, de ce que tu as fait et de ce que tu peux faire. Ce n'est pas un hasard si je suis venu à toi. C'est pour toi, et pour toi seul, que je suis là. Chaque décision prise par le ciel est ainsi. C'est dire combien il est immense, et tu sais combien la Terre est vaste, et tu dois la considérer, ne serait-ce qu'un instant, comme un lieu qui existe depuis d'innombrables années. Et il n'y a pas une âme au monde que le ciel ne considère d'une manière particulière. Il n'y a pas un soupir ni un mot que le ciel ne puisse entendre.

J'entendis. Je compris ce qu'il voulait dire. Je regardai de nouveau les arbres. Je me demandai ce que signifiait pour un arbre de perdre ses fleurs dans le vent, quand elles sont tout ce qu'il possède. L'étrangeté de cette pensée me frappa. Je frissonnai. L'envie de pleurer était presque insoutenable. Mais je la réprimai. Je me forçai à le regarder.

— Je connais toute ta vie, dit-il. Si tu le désires, je te la montrerai. En fait, il semble que ce soit précisément ce que je dois faire avant que tu me fasses vraiment confiance.

Cela m'est égal. Tu dois comprendre. Tu ne pourras rien décider, sinon.

— Décider quoi ? De quoi parles-tu ?

— Je parle d'une mission, je te l'ai dit. C'est une manière de t'utiliser, toi, et ce que tu es. D'utiliser le moindre détail de ce que tu es. Ma mission, c'est de sauver une vie au lieu de la prendre, de répondre aux prières au lieu de les faire taire. Pour toi, c'est la possibilité de faire quelque chose qui compte terriblement pour les autres tout en faisant uniquement le bien pour toi-même. C'est cela, faire le bien, tu le sais. C'est comme travailler pour l'Homme Juste, sauf que tu y crois de tout ton cœur et de toute ton âme, au point que cela devient ta volonté et ton but, que tu recherches avec amour.

— J'ai une âme, c'est ce à quoi tu veux que je croie ?

— Bien sûr. Tu as une âme immortelle. Tu le sais. Tu as vingt-huit ans, et c'est très jeune pour n'importe qui. Et tu te sens immortel, malgré toutes tes sombres pensées et ton désir de mettre fin à tes jours, mais tu ne saisis pas que cette part immortelle est ce qui est le plus réel en toi, et que tout le reste disparaîtra avec le temps.

— Je sais tout cela, chuchotai-je. Je le sais.

Je ne disais pas cela par impatience. Je disais la vérité et j'étais ébloui.

Je me retournai et, sans trop m'en rendre compte, j'entrai dans le salon de mon petit appartement. Je considérai de nouveau les murs tapissés de livres. Le bureau où je lisais souvent. Le livre ouvert sur le sous-main vert. Un texte obscur de théologie ; et cette ironie me frappa de plein fouet.

— Oh oui, tu es bien préparé, remarqua-t-il.

Il était de nouveau à côté de moi, comme si nous ne nous étions pas quittés un instant.

— Et je suis censé croire que c'est toi, l'Homme Juste, à présent ?

Cela le fit sourire. Je le vis du coin de l'œil.

— L'Homme Juste, répéta-t-il à mi-voix. Non, je ne suis pas l'Homme Juste. Je suis Malchiah, je suis un séraphin, je te l'ai dit, et je suis venu te donner le choix. C'est la réponse à ta prière, Lucky, mais si tu ne peux accepter ce terme, disons que c'est la réponse à tes rêves les plus insensés.

— Quels rêves ?

— Toutes ces années, tu as prié pour que l'Homme Juste soit d'Interpol. Qu'il soit du FBI. Qu'il soit du côté des gentils et que tous ses ordres soient du côté du bien. C'est ce dont tu as toujours rêvé.

— Peu importe, tu le sais. Je les ai tués. J'ai transformé tout cela en jeu.

— Oui, je le sais, mais c'était toujours ton rêve. Si tu viens avec moi, tu n'auras pas de doute, Lucky. Tu seras du côté des anges.

Nous nous dévisageâmes. Je tremblais. Ma voix était mal assurée.

— Si seulement c'était vrai, dis-je, je ferais n'importe quoi, tout ce que tu me demandes, pour toi, et pour Dieu.

Il sourit, d'un sourire calme, comme s'il cherchait tout au fond de moi pour y trouver de la réserve, et peut-être n'en vit-il aucune. Peut-être me rendis-je compte que je n'en éprouvais aucune. Je me laissai tomber dans le fauteuil en cuir à côté du canapé. Il s'assit en face de moi.

— Je vais te montrer ta vie, à présent, reprit-il. Non parce que je le dois, mais parce que tu as besoin de la voir. Et c'est seulement après l'avoir vue que tu auras foi en moi.

J'acquiesçai.

— Si tu en es capable, dis-je, accablé, eh bien, je croirai tout ce que tu diras.

– Prépare-toi. Tu vas entendre ma voix et voir ce que je décris d'une manière peut-être plus vivante que ce que tu as jamais vu, mais c'est moi qui ordonnerai et organiserai, et ce sera souvent plus difficile à supporter pour toi qu'un simple déroulement chronologique. C'est l'âme de Toby O'Dare que nous examinerons ici, et pas simplement l'histoire d'un jeune homme. Et n'oublie pas, quoi que tu voies et éprouves, que je suis là, avec toi. Je ne t'abandonnerai jamais.

CHAPITRE IV

Malchiah me révèle ma vie

Quand les anges comme moi racontent une histoire, ils ne commencent pas toujours par le début. Quand ils font défiler l'existence d'un être humain, ils peuvent commencer avec la chaleur du présent puis remonter d'un bon tiers, continuer jusqu'aux premiers jours et revenir au moment présent, à mesure qu'ils recueillent les données de leur attachement émotionnel et le renforcent. Et ne croyez pas celui qui prétend que nous n'avons aucune attache affective.

Nos émotions sont différentes, mais nous en avons. Nous ne jetons jamais un regard froid sur la vie ou la mort. Ne vous méprenez pas sur notre apparente sérénité. Après tout, nous vivons dans un monde de foi parfaite envers le Créateur, nous sommes très conscients que, le plus souvent, les humains n'y croient pas et nous éprouvons une grande peine pour eux.

Mais je ne pus m'empêcher de remarquer, à peine eus-je commencé à me plonger dans la vie de Toby O'Dare, enfant anxieux et accablé d'innombrables soucis, qu'il n'aimait rien tant que regarder la nuit, à la télévision, les émissions policières les plus violentes qui lui faisaient oublier les réalités hideuses du monde qui s'écroulait autour de lui ; les tirs des balles opéraient toujours en lui une catharsis, exactement comme l'espèrent les producteurs de ces émissions. Il apprit à lire de bonne heure, à terminer ses devoirs en salle d'études, et, pour le plaisir, il lisait des livres inspirés de crimes réels.

Ces livres sur le crime organisé, les meurtriers pathologiques, les pervers, il les récupérait dans les poubelles d'une librairie de Magazine Street, à La Nouvelle-Orléans, où il vivait, même si, à cette époque, il n'avait jamais rêvé ne fût-ce qu'un instant de devenir un jour le sujet d'un de ces ouvrages.

Quand il ne pouvait dormir, au cœur de la nuit, il regardait policiers et tueurs sur le petit écran, oubliant que le moteur de ces émissions était l'accomplissement d'un crime et non la vertueuse colère et les actions d'un détective génial ou d'un officier de police artificiellement dépeint comme un héros.

Mais ce goût précoce pour le policier, documentaire ou romanesque, est l'un des traits les moins importants de Toby O'Dare ; aussi permettez-moi de revenir à l'histoire dont je m'inspirai, à peine eus-je fixé sur lui mon regard inaltérable.

Toby ne grandit pas en rêvant de devenir un assassin ou un policier. Il rêvait d'être musicien et de sauver tous les membres de sa petite famille.

Ce qui m'attira vers lui, ce n'était pas la colère qui bouillonnait et le dévorait vivant. Non, cette noirceur, j'ai du mal à la contempler, tout comme un être humain trouverait difficile de sortir dans un vent glacial d'hiver qui pique le visage et les yeux, et gèle les doigts. Ce qui m'attira vers lui, c'était une bonté vive et rayonnante que rien ne pouvait complètement effacer, un sens du bien et du mal qui n'avait jamais succombé au mensonge, quelque tour qu'ait pris sa vie.

Mais je dois être clair : ce n'est pas parce que je choisis un mortel que ce mortel acceptera de venir avec moi. En trouver un comme Toby est déjà assez difficile ; le convaincre de me suivre l'est encore plus. On s'imagine que l'élan est irrésistible, mais rien n'est plus faux : les gens se dérobent devant le salut avec une remarquable régularité. Cependant, il y avait chez Toby O'Dare trop de choses pour que je renonce et le laisse à la garde d'anges mineurs.

Toby était né à La Nouvelle-Orléans. Il était d'origine irlandaise et allemande. Avec un peu de sang italien, mais il l'ignorait, et son arrière-grand-mère paternelle était juive, mais il ne le savait pas non plus, parce qu'il était d'une famille de travailleurs qui ne se préoccupaient pas de leurs racines. Il avait aussi un peu de sang espagnol, du côté de son père, remontant à l'époque où l'Armada s'était fracassée sur les côtes d'Irlande. Et bien qu'on en parlât dans sa famille, puisque certains avaient les cheveux noirs de jais et les yeux bleus, il n'y avait jamais beaucoup songé. Chez lui, on se souciait surtout de survivre.

La généalogie appartient aux riches dans l'histoire humaine. Les pauvres apparaissent et disparaissent sans laisser d'empreintes. C'est seulement de nos jours, à l'époque des analyses d'ADN, que le commun se soucie de connaître son bagage génétique ; les gens ne savent pas trop quoi faire de cette information, mais une sorte de révolution intime se produit tandis qu'ils cherchent à comprendre quel sang coule dans leurs veines.

Plus Toby O'Dare devenait un tueur à gages célèbre dans son milieu, moins il se préoccupait de ce qu'il avait été ou de ceux qui l'avaient précédé. Aussi, alors qu'il avait désormais les moyens de s'offrir une enquête sur son passé, il s'éloignait chaque jour davantage de la chaîne humaine à laquelle il était relié. Après tout, il avait détruit le « passé » tel qu'il le connaissait. Dès lors, pourquoi aurait-il dû se pencher sur ce qui était advenu, longtemps avant sa naissance, à tous ceux qui s'étaient débattus dans les mêmes malheurs ?

Toby grandit dans un appartement du centre-ville, à quelques rues d'un quartier prestigieux, et chez lui il n'y avait au mur aucune image d'ancêtre.

Il avait pourtant chéri ses grand-mères, de robustes femmes, mères de huit enfants chacune, aimantes, tendres et aux mains calleuses. Mais elles moururent quand il était très jeune, car ses parents étaient les derniers-nés.

Ces grand-mères étaient épuisées par la vie qu'elles avaient menée et leur mort fut prompte, sans beaucoup de drame, dans une chambre d'hôpital.

D'immenses funérailles eurent lieu, avec de nombreux cousins, beaucoup de fleurs et de pleurs, car cette génération, celle des grandes familles, disparaissait en Amérique. Toby n'oublia jamais tous ces cousins, dont la plupart connurent une grande réussite sans jamais commettre le moindre crime ni péché. Mais, à l'âge de dix-neuf ans, il avait coupé les ponts.

Pourtant, le tueur à gages enquêtait de temps en temps, secrètement, sur les mariages, et usait de ses grandes compétences en informatique pour suivre à la trace les carrières impressionnantes d'avocats, de juges et de prêtres issus de cette vaste famille. Il avait beaucoup joué avec ses cousins quand il était tout petit et il ne pouvait entièrement oublier les grand-mères qui les avaient réunis.

Elles l'avaient bercé, parfois, dans un grand fauteuil de bois qui avait été vendu à un brocanteur longtemps après leur mort. Il avait entendu leurs vieilles chansons avant qu'elles quittent ce monde. Et, de temps à autre, il en fredonnait des bribes, telle la mélodie tourmentée de *Go Tell Aunt Rhodie :* « Va dire à tante Rho-oh-die que la vieille oie grise est morte, celle qu'elle gardait pour garnir l'édredon de Fatty. »

Et puis il y avait aussi les chansons des Noirs dont les Blancs avaient hérité.

« Allons, mon chéri, va jouer dans ta cour, n'écoute pas ce que dit le petit Blanc. Car tu as l'âme aussi blanche que neige, c'est ce que le Seigneur a dit. »

C'étaient les chansons d'un jardin spirituel qui existait encore avant que ses grand-mères quittent ce monde, et, dès ses dix-huit ans, Toby avait tourné le dos à tout ce qui avait été son passé, sauf les chansons, bien sûr, et la musique.

À dix-huit ans, voilà dix ans, il avait quitté ce monde pour toujours. Il avait simplement disparu aux yeux de ceux qui le connaissaient, et si aucun de ses cousins, de ses cousines, de ses oncles et de ses tantes ne lui en voulut, tous furent surpris et désorientés par cette disparition. Avec raison, ils l'imaginaient en âme perdue, quelque part. Ils le crurent même fou, clochard, imbécile bégayant et mendiant sa pitance. Le fait qu'il eut emporté une valise de vêtements et son précieux luth leur donnait un espoir, mais ils ne le revirent pas et ne reçurent plus jamais de ses nouvelles. Au cours des années suivantes, on tenta une ou deux fois de le retrouver ; mais comme on cherchait Toby O'Dare, un garçon diplômé du lycée jésuite et un joueur de luth, on n'avait guère de chances d'aboutir.

L'un de ses cousins écoutait souvent une cassette où il l'avait enregistré en train de jouer au coin d'une rue. Mais Toby l'ignorait ; aussi cette affection potentielle ne l'avait-elle jamais atteint. L'un de ses anciens professeurs chez les jésuites avait même appelé tous les conservatoires des États-Unis, mais aucun Toby O'Dare ne s'était jamais inscrit nulle part.

On pourrait penser que certains, dans sa famille, furent peinés d'être privés de la douce musique si particulière de Toby O'Dare et d'avoir perdu le garçon qui aimait tant son instrument qu'il avait renoncé à s'en expliquer lorsqu'on l'interrogeait sur ce sujet ou qu'on lui demandait pourquoi il préférait en jouer au coin des rues au lieu de la guitare qu'affectionnaient les rock stars.

Je pense que vous voyez où je veux en venir : sa famille était de bon aloi, les O'Dare, les O'Brien, les McNamara, McGowen et tous ceux qui avaient noué des alliances avec eux. Mais, dans toute famille, il y a les mauvais, les faibles, et d'autres qui refusent de subir les épreuves de la vie ou en sont incapables, et échouent de manière spectaculaire. Leurs anges gardiens versent des pleurs ; les démons qui les possèdent dansent de joie.

Seul le Créateur décide en dernier recours de leur sort.

Il en fut ainsi du père et de la mère de Toby.

Les lignées maternelle et paternelle accordèrent à Toby des avantages exceptionnels : le talent et l'amour de la musique en furent certainement les plus impressionnants. Mais il hérita également d'une intelligence passionnée et d'un sens de l'humour aussi irrépressible que peu commun. Il avait une imagination féconde qui lui permettait de faire des projets et de nourrir des rêves. Et une tendance mystique s'emparait parfois de lui. Son puissant désir de devenir prêtre dominicain à l'âge de douze ans ne passa pas si facilement avec l'apparition d'une ambition matérielle, comme cela aurait pu arriver pour un autre adolescent.

Toby ne cessa jamais d'aller à l'église durant ses années de lycée les plus dures, et, même s'il fut tenté d'esquiver la messe du dimanche, il devait tenir compte de son frère et de sa sœur, et leur donner l'exemple. S'il avait seulement pu remonter à cinq générations et voir ses aïeux étudier la Torah nuit et jour dans leurs synagogues d'Europe centrale, peut-être ne serait-il pas devenu un tueur. S'il avait pu remonter plus loin encore et voir ses ancêtres peindre des tableaux à Sienne, peut-être aurait-il eu plus de courage pour réaliser ses projets les plus chers.

Mais il ignorait que de telles personnes avaient existé ou que, du côté de sa mère, des générations plus tôt, il y avait eu des prêtres anglais martyrisés pour leur foi sous le règne d'Henri VIII, ou que son arrière-grand-père paternel avait lui aussi voulu devenir prêtre mais n'avait pas eu d'assez bonnes notes.

Presque aucun mortel ne connaît sa lignée au-delà du Moyen Âge, et seules les grandes familles peuvent pénétrer les épaisseurs du temps pour en extraire des exemples qui suscitent l'inspiration. Et le mot « inspiration » n'est pas galvaudé dans le cas de Toby, car, en tant que tueur, il a toujours été inspiré, tout comme lorsqu'il était musicien. Sa réussite en tant que tueur était en grande partie due au fait que, bien que grand, charmant et d'une remarquable beauté, il ne ressemblait à personne en particulier.

Lorsqu'il eut douze ans, ses traits portaient l'empreinte indélébile de l'intelligence, et, quand il était angoissé, une expression de froideur et de ferme défiance se peignait sur son visage. Mais elle disparaissait presque aussitôt, car c'était quelque chose qu'il ne désirait pas exprimer ni laisser demeurer en lui. Il tendait vers le calme, et on le trouvait presque toujours remarquable et attirant.

Il mesurait un mètre quatre-vingt-treize à la fin du lycée, et ses cheveux blonds avaient pris une teinte cendrée, tandis que ses calmes yeux gris reflétaient une concentration et une aimable curiosité sans jamais offenser. À quiconque l'aurait vu lorsqu'il partait se promener seul, il aurait paru un peu préoccupé, comme une personne qui espère qu'un avion atterrira à l'heure ou qui attend avec une certaine appréhension un rendez-vous important.

Lorsqu'il était surpris, il exprimait fugitivement rancune et méfiance mais redevenait presque immédiatement serein. Il ne voulait pas être quelqu'un d'aigri ou de malheureux, et, s'il eut pendant ces années toutes les raisons d'être l'un et l'autre, il y résista vaillamment. Il ne but jamais une goutte d'alcool : il détestait cela.

Déjà dans son enfance il s'habillait avec soin, principalement parce que les enfants de l'école qu'il fréquentait dans les beaux quartiers étaient ainsi et qu'il voulait être comme eux. Il ne dédaignait pas d'hériter des vêtements devenus trop petits de ses cousins, blazers bleu marine, pantalons de toile et polos pastel. Ces vêtements étaient caractéristiques des garçons de ce quartier de La Nouvelle-Orléans, et il cultiva cette allure. Il tenta aussi de parler comme eux et élimina peu à peu de son langage tout ce qui trahissait la pauvreté et la brutalité qui avaient empreint les bravades de son père, ses pleurnicheries et ses odieuses menaces. La voix de sa mère, elle, était dépourvue d'accent et agréable, et il s'exprimait comme elle.

Il lut le *Guide officiel du BCBG* non comme une satire, mais comme un manuel à observer strictement. Et il savait dénicher dans les friperies le modèle de cartable qu'il fallait. Pour se rendre dans la paroisse où était située l'école du Saint-Nom-de-Jésus, il empruntait les rues éclatantes de verdure, et les élégantes maisons le remplissaient d'une admiration rêveuse. Palmer Avenue, dans le beau quartier, était sa rue préférée, et il lui semblait parfois que, s'il parvenait à habiter un jour dans l'une de ces maisons blanches à un étage, il connaîtrait la perfection du bonheur.

Il se familiarisa également, dès son jeune âge, avec la musique au Loyola Conservatory. Ce fut le son du luth, lors d'un concert de musique Renaissance, qui l'éloigna de son ardent désir de devenir prêtre. D'enfant de chœur, il devint un élève passionné dès qu'il fit la connaissance d'une enseignante qui fut assez bonne pour lui donner gratuitement des cours. La pureté des sons qu'il tirait du luth étonna la dame. Son doigté était vif, l'expression de son jeu excellente, et son professeur s'émerveilla des magnifiques airs qu'il jouait d'oreille, notamment les chansons dont j'ai parlé plus haut et qui le hantaient – il entendait dans sa tête ses grand-mères les chanter. Il jouait également sur son luth des chansons pop, avec une grande dextérité, leur donnant ainsi une nouvelle forme.

Un jour, l'un de ses professeurs lui offrit des disques de Roy Orbison, et il découvrit qu'il pouvait jouer les morceaux les plus lents de ce grand chanteur et leur donner, avec son instrument, la tendre expression qu'Orbison leur apportait avec sa voix. Il sut bientôt toutes les ballades qu'Orbison avait enregistrées.

Et, tout en jouant sa version personnelle des chansons pop, il assimila la technique de chacune d'elles, pouvant ainsi aller de l'une à l'autre, passant sans transition de la virtuose beauté de Vivaldi à la mélancolie d'Orbison.

Sa vie était bien remplie, entre les devoirs et les exigences du lycée jésuite. Aussi n'eut-il aucun mal à tenir à distance les riches garçons et filles qu'il connaissait, car, même s'il les appréciait, il refusait qu'ils entrent dans l'appartement miteux où il vivait avec ses parents ivrognes, qui risquaient de l'humilier au-delà de tout.

Enfant minutieux, il devint un assassin minutieux. Mais, en vérité, cet enfant secret était rongé par la peur permanente de la violence mesquine.

Plus tard, devenu un tueur à gages accompli, il se grisa du danger, se rappelant parfois avec amusement les séries policières qu'il avait tant aimées autrefois, songeant qu'il vivait désormais une existence bien plus sombre et plus glorieuse que ce qu'on lui avait donné à voir. Bien qu'il ne se l'avouât jamais, il tirait une certaine fierté de ses méfaits.

Outre sa passion pour la traque, il possédait un trait précieux qui le distinguait des tueurs de moindre envergure : peu lui importait de vivre ou de mourir. Il ne croyait pas à l'enfer, parce qu'il ne croyait pas au paradis. Il ne croyait pas au diable, parce qu'il ne croyait pas en Dieu. Et s'il se rappelait la foi ardente et parfois hypnotique de son enfance, s'il la respectait plus qu'on n'aurait pu le croire, elle ne réchauffait pas son âme.

Répétons-le : ce n'était pas quelque disgrâce qui l'avait détourné de la vocation religieuse. Même lorsqu'il jouait du luth, il priait constamment pour en tirer une musique magnifique, et il composait souvent de nouvelles mélodies pour les prières qu'il adorait.

Il faut noter ici qu'il avait aussi voulu devenir un saint. Et, si jeune qu'il fût, comprendre toute l'histoire de son Église ; il avait notamment apprécié ce qu'il avait lu sur Thomas d'Aquin. Ses professeurs en parlaient constamment, et, lorsqu'un jésuite vint de l'université voisine pour une conférence, il raconta sur saint Thomas une anecdote qui resta à jamais gravée dans la mémoire de Toby.

Dans ses dernières années, le grand théologien avait eu une vision qui l'avait conduit à renier son grand œuvre, la *Somme théologique*. Il répondit alors à ceux qui le priaient en vain d'en poursuivre la rédaction qu'elle lui paraissait « comme de la paille ».

Toby méditait encore cette anecdote le jour même où il tomba sous mon regard implacable. Mais il ne savait pas si c'était un fait authentique ou une légende. Beaucoup de choses que l'on racontait sur les saints n'étaient pas vraies. Mais cela semblait n'avoir aucune importance.

Plus tard, durant sa carrière impitoyable, parfois, quand il était las de jouer du luth, il griffonnait ses méditations sur ces souvenirs qui avaient autrefois tant représenté pour lui. Il imagina un livre qui choquerait le monde entier : *Le Journal d'un tueur à gages*. Oh, il savait que d'autres avaient écrit de tels mémoires, mais ils n'étaient pas Toby O'Dare, qui continuait de lire des ouvrages de théologie quand il n'abattait pas des banquiers à Genève ou à Zurich ; qui, sans se séparer de son rosaire, était allé à Moscou et à Londres pour perpétrer quatre meurtres en soixante-deux heures. Ils n'étaient pas Toby O'Dare, qui avait autrefois voulu célébrer la messe devant la multitude.

J'ai dit qu'il ne se souciait guère de vivre ou de mourir. Permettez-moi de m'expliquer : il n'entreprenait pas de missions-suicides. Il aimait trop la vie pour ça, même s'il ne se l'avouait jamais.

Mais peu lui importait, en vérité, de mourir aujourd'hui ou demain. Et il était convaincu que le monde serait mieux sans lui. Parfois, il voulait véritablement être mort. Mais ces moments ne duraient pas longtemps, et la musique, plus que tout, l'en sortait. Il restait allongé dans son luxueux appartement à écouter les vieilles mélodies de Roy Orbison ou les nombreux enregistrements d'opéra qu'il possédait, ou encore des pièces pour luth de la Renaissance, époque où cet instrument était en vogue.

Comment était-il devenu cette créature, cet être humain ténébreux qui encaissait des sommes d'argent dont il n'avait aucun usage, tuant des êtres dont il ignorait le nom, pénétrant les plus imprenables forteresses que ses victimes pussent édifier, apportant la mort sous les traits d'un serveur, d'un médecin en blouse blanche, d'un livreur ou même d'un clochard ivre dans la rue qui heurtait en titubant un homme qu'il perçait de son aiguille fatale ? Le mal, en lui, me faisait frissonner, pour autant qu'un ange puisse frémir, mais le bien que je voyais scintiller m'attirait irrésistiblement.

Revenons à ces années de jeunesse, où il était Toby O'Dare, avec un frère et une sœur cadets, Jacob et Emily, époque où il s'efforçait de poursuivre ses études dans l'école la plus chic et la plus stricte de La Nouvelle-Orléans, grâce à une bourse, bien sûr, car il travaillait près de soixante heures par semaine en jouant de la musique dans la rue pour nourrir et vêtir sa mère et les enfants, et régler le loyer d'un appartement où nul ne pénétrait hormis la famille.

Toby payait les factures. Il remplissait le réfrigérateur. Il parlait au propriétaire quand les hurlements de sa mère réveillaient le voisin. C'était lui qui nettoyait les vomissures et éteignait le feu lorsque l'huile se répandait sur le brûleur et que sa mère tombait à la renverse en criant, les cheveux en feu.

Mariée à un autre, elle aurait pu être une femme aimante et tendre, mais son mari était allé en prison quand elle était enceinte de leur dernier enfant, et elle ne s'en était jamais remise. Ce policier qui s'en prenait aux prostituées des rues du Quartier français fut mortellement poignardé à la prison d'Angola. Toby avait dix ans.

Pendant des années, elle but et, ivre morte, gisant sur le parquet, murmurait le prénom de son mari : « Dan, Dan, Dan ». Rien de ce que fit Toby ne put la réconforter. Il lui achetait de jolies robes, rapportait des corbeilles de fruits et de confiseries. Pendant quelques années, avant que les petits aillent à la maternelle, tout en passant ses soirées à boire, elle parvenait à se laver et à apprêter ses enfants pour les conduire à la messe du dimanche.

Toby regardait avec elle la télévision, sur son lit, et elle partageait son amour des policiers qui défonçaient des portes et capturaient des criminels dépravés. Quand elle n'eut plus à s'occuper des petits, elle se mit à boire le jour et à dormir la nuit, et Toby dut devenir l'homme de la maison, habiller soigneusement chaque matin Emily et Jacob et les amener à l'école assez tôt pour arriver à temps à son lycée, à quelque distance en bus, tout en se réservant un moment pour ses devoirs.

Toby consacra deux ans à étudier le luth et la composition chaque après-midi ; désormais, Jacob et Emily faisaient leurs devoirs dans une salle voisine tandis que ses professeurs continuaient de lui donner gratuitement des cours.

– Tu es très doué, lui dit un jour son enseignante avant de lui conseiller de passer à d'autres instruments qui pourraient lui permettre de gagner sa vie plus tard.

Mais Toby savait qu'il ne pourrait y consacrer assez de temps. Ayant appris à ses frère et sœur à s'occuper de leur mère, il partait chaque samedi et chaque dimanche soir dans les rues du Quartier français et jouait, l'étui de son luth posé à ses pieds, pour gagner, sou après sou, de quoi compléter la maigre pension de son père. En fait de pension, il y avait juste l'argent que donnaient discrètement la famille et d'autres policiers qui n'étaient ni pires ni meilleurs que son père.

Toby payait tout ce qui ne relevait pas de la pure nécessité, les uniformes scolaires de son frère et de sa sœur, leurs jouets pour égayer le misérable appartement qu'il détestait tant. Même s'il s'inquiétait à chaque instant de l'état de sa mère et de la capacité de Jacob à la calmer si elle piquait une crise, Toby tirait une grande fierté de sa musique et des réactions des passants, qui, lorsqu'ils s'attardaient, ne manquaient jamais de déposer de gros billets dans l'étui ouvert.

Même si l'étude de la musique, qui le passionnait, avançait laborieusement, le jeune homme rêvait encore d'entrer au Conservatoire quand il sortirait de l'adolescence et de décrocher, comme musicien dans un restaurant, un travail qui lui apporterait un revenu régulier. Ces deux projets étaient tout à fait envisageables, et il vivait pour l'avenir tout en s'efforçant de subsister dans le présent. Cependant, quand il jouait du luth et gagnait facilement assez pour payer le loyer et la nourriture, il éprouvait de la joie et un sentiment de triomphe.

Il ne cessa jamais de réconforter sa mère et de lui assurer que tout s'arrangerait, qu'elle ne connaîtrait plus le chagrin et qu'un jour ils auraient une vraie maison, dans une banlieue résidentielle, avec un jardin et une pelouse pour les enfants, et tout ce qui fait une vie normale.

Quelque part en son for intérieur, il pensait qu'un jour, quand Jacob et Emily seraient grands et mariés, et que sa mère serait guérie grâce à tout l'argent qu'il gagnerait, il pourrait de nouveau envisager le séminaire. Il n'arrivait pas à oublier ce que servir la messe avait représenté autrefois pour lui. Il ne pouvait oublier qu'il avait été saisi du désir de prendre l'hostie dans ses mains et de dire : « Ceci est mon corps », accueillant par ce geste la chair même du Seigneur Jésus-Christ. Et bien des fois, lorsqu'il jouait le samedi après-midi, il choisissait des airs liturgiques qui ravissaient autant les passants que les chansons familières de Johnny Cash et de Frank Sinatra. Il avait fière allure, en musicien de rue, sans chapeau, soigné, avec sa veste de laine bleue et son pantalon de laine sombre, et même cela lui conférait un avantage.

Meilleur il devenait, jouant sans peine ce qu'on lui demandait tout en tirant parti de son instrument, plus les touristes et les gens du quartier l'appréciaient. Il en vint très vite à reconnaître des habitués, certains soirs, qui ne manquaient jamais de se montrer généreux.

Il chantait un psaume moderne : « Je suis le pain de la vie, celui qui m'accompagne ne connaîtra point la faim... » C'était un psaume exaltant, auquel il donnait tout ce qu'il avait en lui, en oubliant tout le reste, et ceux qui se rassemblaient pour l'écouter l'en récompensaient toujours. Le regard embué, il baissait les yeux et comptait l'argent qui allait acheter sa tranquillité une semaine ou davantage. Et il avait envie de pleurer.

Il jouait et chantait également des airs qu'il avait composés, des variations sur des thèmes entendus sur les disques que lui donnait son professeur. Il mêlait des airs de Bach, de Mozart ou même de Beethoven à ceux d'autres compositeurs dont il ne se rappelait pas les noms.

À un moment, il commença à noter ses compositions. Son professeur l'aidait à les mettre au propre. Les partitions pour luth ne s'écrivent pas comme la musique ordinaire. Elles s'écrivent en tablatures, et c'était ce qu'il aimait tout particulièrement. Mais la véritable théorie et la pratique de la musique écrite étaient difficiles pour lui. Si seulement il pouvait en apprendre assez pour enseigner la musique un jour, se disait-il, même à des enfants, ce serait une existence viable.

Bientôt, Jacob et Emily furent capables de s'habiller eux-mêmes, et eux aussi eurent l'air grave de petits adultes, comme lui, alors qu'ils prenaient seuls le tramway Saint-Charles pour l'école, dont ils ne pouvaient ramener aucun camarade, leur frère le leur ayant interdit. Ils apprirent à faire la lessive, à repasser les chemises et les chemisiers pour l'école, à dissimuler l'argent aux yeux de leur mère et à faire diversion quand elle entrait en crise et commençait à tout casser dans la maison.

– Si vous devez la faire boire, n'hésitez pas, leur avait dit Toby, car, en vérité, il arrivait que seul l'alcool pût calmer leur mère.

J'observais tout cela.

Je tournais les pages de sa vie et j'élevais ma chandelle pour en lire les plus petits caractères.

Je l'aimais.

Je voyais le psautier monastique toujours sur son bureau et, à côté, un autre livre, dont il se lisait de temps en temps des pages par pur plaisir, et parfois à Jacob et Emily.

Ce livre, c'était *Les Anges,* du frère Pascal Parente. Il l'avait trouvé dans la librairie de Magazine Street où il dénichait ses romans policiers et l'avait acheté avec la vie de saint Thomas d'Aquin par G. K. Chesterton, qu'il s'efforçait de lire bien que l'ouvrage fût difficile.

On pourrait dire qu'il menait une existence dans laquelle ce qu'il lisait était aussi important que la musique qu'il jouait, et cela comptait pour lui autant que sa mère, Jacob et Emily.

Son ange gardien, qui s'efforçait de le guider sur la juste voie en une époque des plus troublées, semblait désorienté par ce mélange d'amours qui habitaient son âme ; moi, je n'étais pas venu pour observer cet ange, j'étais venu seulement pour voir Toby, et non pas l'ange qui œuvrait si laborieusement afin que la foi continue de rayonner dans son cœur.

Un jour d'été, alors que Toby lisait dans son lit, il se retourna à plat ventre et souligna d'un trait de stylo ces mots : « Concernant la foi, nous devons seulement tenir que les anges ne sont pas doués de *cardiognosis* (connaissance des secrets du cœur), ni d'une certaine connaissance des actes à venir issus du libre arbitre, ceux-ci étant des prérogatives exclusives du divin. »

Il avait adoré cette phrase et l'atmosphère de mystère qui l'enveloppait lorsqu'il lisait ce livre.

En vérité, il ne voulait pas croire que les anges étaient sans cœur. Autrefois, il avait vu quelque part une peinture ancienne représentant la Crucifixion, où les anges pleuraient, et il aimait à penser que l'ange gardien de sa mère pleurait quand il la voyait ivre et déprimée. Que les anges n'aient pas de cœur ou ne connaissent pas les cœurs, il ne voulait pas le savoir, mais l'idée l'enthousiasmait, les anges le passionnaient, et il parlait à son ange personnel le plus souvent possible.

Il apprit à Jacob et à Emily à s'agenouiller chaque soir et à prononcer cette prière séculaire : « Ange glorieux qui m'avez en garde, priez pour moi. Mon cher ange gardien, donnez-moi votre bénédiction. Bienheureux esprit, défendez-moi de l'Ennemi. Mon cher protecteur, donnez-moi une grande fidélité à vos saintes inspirations. »

Il leur acheta même une illustration d'ange gardien. C'était une image assez répandue qu'il avait déjà vue dans la salle de classe, à l'école. Il la vernit, l'encadra et l'accrocha au mur de la chambre qu'ils partageaient tous les trois, Jacob et lui dans les lits superposés et Emily de l'autre côté, sur un lit de camp qu'ils repliaient chaque matin. Il avait choisi un cadre doré dont il appréciait les moulures perlées, les feuilles ornant les coins et la large séparation qu'il formait entre l'univers de l'image et le papier peint jauni de leur petite chambre.

L'ange gardien, immense, féminin, avec d'abondants cheveux d'or et de grandes ailes blanches aux pointes bleutées, portait un manteau par-dessus sa tunique blanche. Il veillait au-dessus d'un garçonnet et d'une fillette qui marchaient sur un pont délabré criblé de trous béants.

Combien de millions de petits enfants avaient admiré cette image ?

– Regardez, leur disait-il quand ils s'agenouillaient pour la prière du soir. Vous pouvez toujours parler à votre ange gardien. (Il leur expliquait comment il parlait au sien, surtout les nuits, en ville, où les pourboires se faisaient rares.)

Je lui demande : « Amène-moi plus de gens », et à chaque fois il exauce mon vœu.

Et il insistait, alors même qu'Emily et Jacob riaient.

Mais ce fut Emily qui demanda s'ils pouvaient prier aussi l'ange gardien de leur mère pour qu'il l'empêche de boire et de finir ivre. Toby fut choqué, car il n'avait jamais prononcé le mot « ivre » sous son propre toit devant quiconque, ni même devant son confesseur. Et il fut sidéré qu'Emily, qui n'avait que sept ans à l'époque, ait tout compris. À ce mot, un frisson glacé le parcourut, et il dit à son petit frère et à sa petite sœur que la vie ne serait pas toujours ainsi et qu'il ferait en sorte qu'elle s'améliore de jour en jour.

Il s'évertua à respecter sa promesse.

Au lycée, Toby fut bientôt parmi les premiers de sa classe. Il jouait quinze heures d'affilée le samedi et le dimanche pour gagner suffisamment d'argent afin de ne pas avoir à jouer après les cours, et il put ainsi poursuivre ses études musicales.

Il avait seize ans quand un restaurant l'engagea pour les soirées de week-end, et, bien qu'il gagnât un peu moins, il était sûr d'avoir des rentrées régulières. En cas de besoin, il faisait le serveur et empochait de bons pourboires. Mais c'était sa musique inspirée que l'on attendait de lui, et il en était heureux.

Au cours des années, il dissimula cet argent en divers endroits de l'appartement – dans des gants, dans sa commode, sous une lame de parquet disjointe, sous le matelas d'Emily, sous la cuisinière, et même, dans le réfrigérateur, enveloppé dans du papier d'aluminium.

Certains week-ends, il lui arrivait de gagner des centaines de dollars, et, lorsqu'il fêta son dix-septième anniversaire, le Conservatoire lui accorda une bourse universitaire pour qu'il puisse étudier sérieusement la musique. Il avait réussi.

Ce fut le jour le plus heureux de sa vie, et il rentra, impatient d'annoncer la nouvelle : « Maman, j'ai réussi, j'ai réussi. Tout va s'arranger, je t'assure. » Alors, comme il ne voulait pas donner à sa mère de l'argent pour boire, elle prit son luth et le fracassa contre le rebord de la table.

Il fut anéanti. Il crut en mourir. Il se demanda s'il pouvait mourir simplement en refusant de respirer. Pris d'une nausée, il s'assit, la tête basse, les mains entre les genoux, et écouta sa mère parcourir l'appartement en sanglotant et en couvrant de grossièretés tous ceux qu'elle accusait de son triste sort, tantôt se disputant avec sa propre mère défunte, tantôt pleurnichant « Dan, Dan, Dan », encore et encore.

— Tu sais ce que ton père m'a donné ? hurla-t-elle. Tu sais ce que ces femmes lui ont refilé et qu'il m'a donné ? Tu sais ce qu'il m'a laissé en héritage ?

Ces paroles terrifièrent Toby.

L'appartement empestait l'alcool. Toby avait envie de mourir. Mais Emily et Jacob devaient aller à l'école. Il se rendit à l'épicerie du coin de la rue, acheta, bien que mineur, une fiasque de bourbon, rentra et la lui fit avaler jusqu'à la dernière goutte, jusqu'à ce qu'elle s'effondre sur le lit. Après quoi les jurons reprirent. Elle traita ses enfants de tous les noms alors qu'ils étaient en train de se préparer. À croire qu'un démon l'habitait. Mais ce n'était pas un démon. Toby le savait : l'alcool la rongeait.

Son professeur lui offrit un luth neuf, un luth précieux bien plus cher que celui qui avait été brisé.

— Vous avez toute mon affection pour cela, la remercia-t-il.

Il déposa un baiser sur la joue poudrée de la dame, qui lui répéta qu'un jour il se ferait un nom grâce à son luth et à de nombreux enregistrements.

— Dieu me pardonne, pria-t-il en s'agenouillant dans l'église du Saint-Nom et en levant les yeux dans la pénombre de la nef vers l'autel. Je voudrais que ma mère meure, mais je n'ai pas le droit de le souhaiter.

Le week-end, les trois enfants nettoyèrent l'appartement de fond en comble, comme d'habitude. Pendant ce temps, la mère était affalée, ivre morte, comme une princesse de conte de fées victime d'un enchantement, bouche ouverte, le visage rajeuni et apaisé, et son haleine d'ivrogne était suave comme du sherry.

– Pauvre maman ivre, chuchota Jacob.

Cela choqua Toby autant que lorsque Emily avait prononcé ce mot.

À mi-chemin de sa dernière année de lycée, Toby tomba amoureux d'une jeune fille juive du lycée Newman, un établissement mixte de La Nouvelle-Orléans aussi réputé que celui des jésuites. Elle s'appelait Liona et était venue dans leur lycée de garçons chanter le premier rôle d'une comédie musicale pour laquelle Toby avait pris sa soirée. Lorsqu'il lui demanda d'être sa cavalière pour le bal de fin d'année, elle accepta aussitôt. Il en fut bouleversé. C'était une délicieuse beauté brune douée d'une merveilleuse voix de soprano et elle s'éprit profondément de lui.

Après le bal, ils se rendirent chez la jeune fille, devant sa magnifique maison de Nashville Avenue. Assis dans le jardin qui embaumait, il craqua et lui parla de sa mère. Compréhensive, elle n'eut pour lui que compassion. Avant le matin, ils s'étaient glissés dans la maison d'amis et avaient fait l'amour. Il ne voulait pas qu'elle sache que c'était sa première fois, mais, lorsqu'elle lui avoua que c'était son cas, il s'en ouvrit à son tour. Il lui déclara qu'il l'aimait. Cela la fit pleurer, et elle lui dit qu'elle n'avait jamais connu quelqu'un comme lui.

Avec ses longs cheveux noirs et ses yeux noirs, sa douce voix apaisante et sa compréhension, elle rassemblait en elle tout ce qu'il pouvait désirer. Elle possédait une force de caractère qu'il admirait et une intelligence pénétrante. Il fut saisi par la crainte de la perdre.

Liona allait le rejoindre dans la chaleur du printemps alors qu'il jouait sur Bourbon Street ; elle lui apportait des Coca-Cola glacés de l'épicerie voisine et se tenait à l'écart pour l'écouter. Seules ses études l'empêchaient de le voir plus souvent. Elle était douée et avait un grand sens de l'humour. Elle adorait le son du luth et comprenait qu'il chérît cet instrument pour sa sonorité unique et sa forme magnifique. Il aimait sa voix (bien plus belle que la sienne), et ils s'essayèrent rapidement à des duos. Comme son répertoire se composait d'airs de comédies musicales, cela apporta à Toby une nouveauté rafraîchissante, et, lorsque leurs emplois du temps le leur permettaient, ils jouaient et chantaient ensemble.

Un après-midi – alors que sa mère allait mieux depuis un certain temps –, il amena Liona chez lui ; malgré ses efforts, elle eut du mal à dissimuler sa surprise quand elle vit le petit appartement encombré et sa mère, vêtue comme une souillon, qui faisait des réussites sur la table de la cuisine en fumant. Il se rendit compte que Jacob et Emily avaient honte. Plus tard, son petit frère lui demanda : « Toby, pourquoi l'as-tu amenée ici, avec maman dans cet état ? Comment as-tu pu faire ça ? ». Jacob et Emily l'avaient regardé comme un traître.

Cette nuit-là, après qu'il eut terminé de jouer sur Royal Street, Liona vint le retrouver, et ils discutèrent à nouveau des heures avant de se glisser dans la maison d'amis.

Mais Toby éprouvait une honte toujours grandissante d'avoir confié à quelqu'un ses plus profonds secrets, et il se jugeait indigne de Liona. Sa tendresse et sa chaleur le laissaient perplexe. En outre, il pensait que c'était un péché de lui faire l'amour alors qu'ils n'avaient aucune chance de se marier un jour. Il avait tant de soucis que l'idée de continuer à la fréquenter une fois à l'université lui paraissait impossible. Et puis il craignait par-dessus tout que Liona le prenne en pitié.

Lorsque arriva la période des examens de fin d'année, ils n'eurent pas le temps de se voir.

Le soir de la remise des diplômes, la mère de Toby commença à boire dès 16 heures, et il lui ordonna, finalement, de rester à la maison. Il ne pouvait supporter la perspective qu'elle sorte en ville avec sa petite culotte qui dépassait de sa jupe, son rouge à lèvres dégoulinant, ses joues trop fardées et ses cheveux hirsutes. Il essaya un moment de la coiffer, mais elle le gifla à plusieurs reprises, jusqu'à ce que, serrant les dents, il lui maintienne les poignets et dise : « Arrête, maman. » Puis il éclata en sanglots comme un enfant. Emily et Jacob étaient terrifiés. Sa mère s'effondra en pleurant, sur ses bras croisés sur la table de la cuisine alors qu'il ôtait ses plus beaux habits. Lui non plus n'irait pas à la cérémonie. Les jésuites lui enverraient son diplôme par courrier.

Mais il était en colère, comme jamais de toute sa vie, et pour la première fois, frémissant et en pleurs, il la traita d'ivrogne et de traînée.

Emily et Jacob sanglotaient dans la chambre.

Sa mère se mit à geindre qu'elle voulait se tuer. Il s'efforça de lui faire lâcher un couteau de cuisine. « Arrête, arrête, grinça-t-il. D'accord, je vais aller le chercher, ton fichu alcool. » Il sortit acheter un paquet de cannettes de bière, une bouteille de vin et une fiasque de bourbon. Elle aurait donc tout ce qu'il lui fallait.

Après avoir bu une bière, elle le supplia de s'allonger avec lui sur le lit. Elle avala de longues lampées de vin, pleura et lui demanda de réciter le rosaire avec elle. « C'est un besoin que j'ai dans le sang », dit-elle. Il ne répondit pas. Il l'avait emmenée bien des fois aux réunions des Alcooliques anonymes. Elle n'y restait même pas un quart d'heure.

Finalement, il s'installa à côté d'elle. Et ils dirent le rosaire ensemble. À voix basse, sans dramatiser ni se plaindre, elle lui confia que son propre père, qu'il n'avait pas connu, était mort d'alcoolisme, tout comme son grand-père. Elle lui parla de tous ses oncles décédés qui étaient des ivrognes.

– C'est un besoin qu'on a dans le sang, répéta-t-elle. Il faut que tu restes avec moi, Toby. Il faut encore réciter le rosaire avec moi. Mon Dieu, aidez-moi, aidez-moi, aidez-moi.

– Écoute, maman, je vais gagner encore plus d'argent avec la musique. Cet été, j'aurai un travail à plein temps au restaurant. Pendant toute la saison, je gagnerai de l'argent sept soirs par semaine. Tu ne comprends donc pas ? Je gagnerai encore plus. (Il continua alors qu'elle sombrait dans les vapeurs de l'alcool, l'œil vitreux.) Maman, je vais avoir mon diplôme du Conservatoire. Je pourrai enseigner la musique. Peut-être que je pourrai enregistrer un disque un jour, tu sais. Mais j'aurai mon diplôme de musique, maman. Je pourrai enseigner. Il faut que tu tiennes le coup. Que tu croies en moi. (Elle posa sur lui un regard vide.) Écoute, la semaine prochaine, j'aurai assez d'argent pour employer une femme à faire la lessive et aider les enfants à faire leurs devoirs. Je travaillerai tout le temps. Je jouerai dans la rue avant l'ouverture du restaurant. (Il posa les mains sur ses épaules, et elle parvint à esquisser un sourire de travers.) Je suis un homme, à présent, maman. Je vais réussir !

Elle sombra lentement dans le sommeil. Il était 21 heures passées.

Les anges sont-ils vraiment dépourvus de la connaissance du cœur ? Je pleurais en le regardant et en l'écoutant.

Il continua de lui parler alors qu'elle dormait ; il lui dit qu'ils quitteraient ce minable petit appartement. Emily et Jacob continueraient d'aller à l'école du Saint-Nom, il les conduirait dans la voiture qu'il achèterait. Il l'avait déjà repérée.

– Maman, quand je jouerai au Conservatoire pour la première fois, je veux que tu sois là. Avec Jacob et Emily, au balcon. Bientôt. Ma prof m'aide. J'aurai des billets pour tout le monde. Maman, je vais tout arranger, tu comprends ? Je vais te trouver un docteur qui saura quoi faire.

– Oui, mon chéri, oui, mon chéri, marmonna-t-elle dans son demi-sommeil d'ivrogne.

Vers 23 heures, il donna une autre bière à sa mère, qui s'endormit. Il laissa le vin à côté d'elle. Il vérifia qu'Emily et Jacob étaient en pyjama et couchés, puis il endossa le beau smoking noir et la chemise à plastron qu'il avait achetés pour la cérémonie. C'étaient bien sûr ses plus beaux vêtements. Il les avait achetés sans se poser de question, car il savait que vêtu ainsi il ferait son effet dans la rue et peut-être même dans les grands restaurants.

Il descendit jouer en ville.

On donnait des fêtes partout cette nuit-là pour les diplômés, mais pas pour Toby.

Il se gara tout près des plus célèbres bars de Bourbon Street, ouvrit son étui et commença à jouer. Il se donna corps et âme aux airs les plus tristes composés par Roy Orbison. Et, bientôt, les billets de vingt dollars commencèrent à pleuvoir.

Quel spectacle il offrait, déjà très grand et si élégamment vêtu en comparaison des musiciens de rue loqueteux qui parsemaient les alentours, des mendiants qui tendaient la main en marmonnant ou des danseurs de claquettes, habillés de guenilles, mais si doués !

Ce soir-là, il joua *Danny Boy* au moins six fois rien que pour un couple, qui lui donna un billet de cent dollars qu'il glissa dans son portefeuille. Il joua tous les tire-larmes à succès qu'il connaissait, et, si on lui réclamait du *bluegrass*, il se lançait, tel un violoneux de campagne, avec son luth, et on dansait la gigue autour de lui. Il avait tout balayé de son esprit, hormis la musique.

Quand vint l'aube, il se rendit à la cathédrale Saint-Louis et récita le psaume qu'il avait lu dans la bible catholique de sa grand-mère et tant aimé.

« Sauve-moi, ô Dieu ! Car les eaux menacent ma vie. J'enfonce dans la boue, sans pouvoir me tenir. Je suis tombé dans un gouffre, et les eaux m'inondent. Je m'épuise à crier, mon gosier se dessèche. Mes yeux se consument tandis que je regarde vers mon Dieu. »

Puis il murmura :

– Mon Dieu, puisses-Tu mettre fin à cette peine !

Il possédait désormais plus de six cents dollars pour payer les factures. Il avait de l'avance. Mais à quoi cela servait-il s'il ne pouvait la sauver ?

– Mon Dieu, pria-t-il, je ne veux pas qu'elle meure. Pardonne-moi d'avoir prié pour qu'elle meure. Dieu tout-puissant, sauve-la.

Une mendiante l'aborda alors qu'il quittait la cathédrale. Elle était en loques et lui murmura qu'elle avait besoin de médicaments pour sauver un enfant qui se mourait. Il savait qu'elle mentait. Il l'avait vue bien des fois et l'avait entendue raconter la même histoire. Il la considéra un long moment, puis il la fit taire d'un geste de la main et d'un sourire avant de lui donner vingt dollars.

Malgré sa fatigue, il traversa le Quartier français à pied plutôt que de dépenser de l'argent pour un taxi et prit le tramway Saint-Charles pour rentrer en regardant les rues défiler à travers la vitre. Il avait terriblement envie de retrouver Liona. Il savait qu'elle était venue à la soirée pour le voir recevoir son diplôme, avec ses parents, d'ailleurs, et il voulait lui expliquer pourquoi il n'y était pas allé.

Il se rappelait qu'ils avaient fait des projets pour la suite de la soirée, mais tout cela lui paraissait lointain, à présent, et il était trop fatigué pour songer à ce qu'il allait lui dire. Il pensa à ses grands yeux affectueux, à l'esprit vif, à la prompte intelligence qu'elle maintenait toujours en action et à son rire cristallin. Il pensait à toutes ses qualités et savait qu'avec les années il la perdrait. Elle aussi avait une bourse pour le Conservatoire, mais comment pourrait-il rivaliser avec les jeunes gens qui l'entoureraient ?

Elle avait une voix magnifique et, au cours de la représentation au lycée jésuite, elle avait paru naturellement à l'aise sur scène, recevant avec grâce et assurance applaudissements, fleurs et compliments. Il ne comprenait pas pourquoi elle s'était intéressée à lui et se disait qu'il devait s'effacer et la laisser partir ; pourtant, il fut près de pleurer en songeant à elle.

Et, dans le cliquetis du tramway branlant qui regagnait la banlieue, il serra son luth entre ses bras et se laissa même aller à dormir un moment contre lui. Mais il se réveilla en sursaut à son arrêt, descendit et regagna l'appartement en traînant des pieds. À peine fut-il entré qu'il sentit que quelque chose n'allait pas.

Il découvrit Jacob et Emily noyés dans la baignoire. Leur mère, les poignets ouverts, gisait, morte, sur le lit, dans son sang qui avait imprégné l'édredon et la moitié de l'oreiller.

Un long moment, il fixa les dépouilles de son frère et de sa sœur. La baignoire avait commencé à se vider, mais leurs pyjamas froissés étaient encore trempés. Il vit le corps couvert de bleus de Jacob. Comme s'il s'était débattu. Mais le visage d'Emily, de l'autre côté, était intact, parfait, avec ses yeux fermés. Peut-être dormait-elle quand leur mère les avait noyés. Il y avait des taches de sang au fond de la baignoire. Du sang sur le robinet, que Jacob avait dû heurter de son front quand elle l'avait enfoncé sous l'eau.

Le couteau de cuisine gisait près du corps de sa mère. Elle s'était presque tranché la main gauche, tant la blessure était profonde – elle avait perdu tout son sang.

Tout cela était arrivé des heures plus tôt, il le savait. Le sang était presque sec. Pourtant, il sortit son frère de la baignoire et essaya de le ranimer. Le corps était glacé. Gonflé d'eau. Il ne put se résigner à toucher sa mère et sa sœur.

Sa mère avait les paupières à demi fermées, la bouche ouverte. Elle semblait déjà desséchée, comme une cosse. Une cosse vide, se dit-il. Il regarda le rosaire baignant dans le sang. Le sang qui avait coulé partout sur le parquet.

Seule l'odeur du vin flottait sur ce spectacle. L'odeur de malt de la bière. Des voitures passèrent dans la rue. Plus loin, il entendit le grondement du tramway.

Toby se rendit dans le salon et resta longtemps assis, son luth sur les genoux.

Pourquoi n'avait-il pas deviné que cela pourrait arriver ? Pourquoi avait-il laissé Jacob et Emily seuls avec elle ? Mon Dieu, pourquoi n'avait-il pas vu que cela finirait ainsi ? Jacob avait dix ans seulement. Comment avait-il pu laisser cela leur arriver ?

Tout était sa faute. Il n'en doutait pas un instant. Qu'elle se blesserait, oui, cela, il y avait pensé, et, Dieu lui pardonne, peut-être même avait-il prié pour cela à la cathédrale. Mais son frère et sa sœur ? L'air lui manquait. Un long moment, il crut qu'il ne parviendrait jamais à retrouver son souffle.

C'est seulement quand il se leva qu'il le laissa échapper en un sanglot muet et sec.

L'esprit vide, il contempla l'appartement sordide avec ses affreux meubles dépareillés, le vieux bureau en chêne et le motif floral des fauteuils bon marché ; le monde tout entier lui sembla gris et sale, et il sentit monter en lui une peur qui se mua bientôt en terreur. Son cœur se mit à battre la chamade. Il regarda les posters de fleurs et leurs cadres hideux – ces sottises qu'il avait achetées –, accrochés sur le papier peint de l'appartement. Les tentures trop fines qu'il avait aussi achetées et les voilages blancs à trois sous.

Il ne voulut pas aller dans la chambre, ne voulut pas voir l'image de l'ange gardien. Il craignait de la déchirer en mille morceaux. Jamais, plus jamais il ne lèverait les yeux sur une telle illusion.

La peine céda place à l'accablement. Un accablement qui le submergea quand plus rien ne put nourrir sa peine. L'idée de l'amour et de la chaleur lui parut irréelle, ces sentiments lui semblèrent pour toujours hors de sa portée, tandis qu'il se rasseyait au milieu de ce gâchis.

De temps à autre, durant tout le temps où il resta prostré, il entendait le répondeur. C'était Liona qui l'appelait. Il savait qu'il ne pouvait pas décrocher. Qu'il ne pourrait plus jamais la revoir, ni lui parler, ni lui dire ce qui s'était passé.

Il ne pria pas. Cela ne lui vint pas à l'esprit. Il ne pensa même pas à parler à l'ange à ses côtés ou au Seigneur qu'il avait prié deux heures plus tôt seulement. Jamais il ne reverrait son frère et sa sœur vivants, ni sa mère, ni son père, ni quiconque. C'est ce qu'il pensa. Ils étaient morts, irrévocablement morts. Il ne croyait en rien. Si quelqu'un était venu à lui en cet instant, comme cherchait à le faire son ange gardien, et lui avait dit : « Tu les reverras tous », peut-être lui aurait-il craché au visage tant il était indigné.

L'Heure de l'Ange

Toute la journée, il resta dans l'appartement avec sa famille morte autour de lui. Il avait laissé les portes de la chambre et de la salle de bains ouvertes, car il ne voulait pas que les cadavres soient seuls. Cela lui aurait paru affreusement irrespectueux.

Liona téléphona deux fois encore, et, la seconde, il était à moitié assoupi et ne fut pas sûr d'avoir entendu la sonnerie. Il finit par s'endormir profondément sur le sofa et, quand il ouvrit les yeux, il avait oublié ce qui s'était passé et crut qu'ils étaient tous en vie, que tout était comme avant. La vérité le frappa aussitôt comme une massue. Il revêtit son blazer et son pantalon de toile, et empaqueta tous ses beaux habits. Il rangea le tout dans la valise que sa mère avait emportée à l'hôpital des années plus tôt, quand elle avait accouché. Il rassembla l'argent qu'il avait dissimulé.

Il embrassa son petit frère. Retroussant sa manche, il plongea la main dans la baignoire pour déposer du bout des doigts un baiser sur la joue de sa sœur. Puis il embrassa sa mère sur l'épaule. Et contempla de nouveau le rosaire. Elle l'avait récité en mourant. Il était là, emmêlé dans les plis du couvre-lit, oublié. Il le prit et alla le rincer dans la salle de bains. Puis il le sécha dans une serviette et le glissa dans sa poche.

Tous paraissaient bien morts, désormais, et comme vidés. Il n'y avait pas encore d'odeur, mais ils étaient bien morts. Le visage figé de sa mère le fascina. Par terre, le corps de Jacob semblait sec et ridé.

Alors qu'il s'apprêtait à partir, il retourna à son bureau. Il voulait emporter deux livres : son missel et le livre du frère Pascal Parente, *Les Anges*.

J'observais tout cela. Je l'observais avec le plus grand intérêt. Je remarquai la manière dont il rangea ces livres chéris dans la valise pleine à craquer. Il pensa à d'autres ouvrages religieux qu'il aimait, notamment une vie des saints, mais il n'avait plus de place.

Il descendit en tramway au centre-ville et, devant le premier hôtel, prit un taxi pour l'aéroport. Une seule fois il lui vint à l'esprit d'appeler la police pour lui signaler ce qui était arrivé. Mais il éprouva un tel accès de fureur qu'il chassa pour toujours cette pensée de son esprit. Il choisit New York. *Personne ne te trouvera, à New York*, se disait-il.

Dans l'avion, il serra contre lui son luth, comme pour le protéger. Alors qu'il regardait par le hublot, il éprouvait une telle peine qu'il comprit qu'il serait impossible désormais que la vie lui réserve jamais la moindre joie. Même se murmurer les mélodies des chansons qu'il aimait ne signifiait plus rien pour lui. Dans ses oreilles résonnait un vacarme, comme si tous les diables de l'enfer jouaient une musique à le rendre fou. Il se mit à chuchoter pour lui-même afin de les réduire au silence. Il glissa la main dans sa poche, trouva le rosaire et prononça les paroles de la prière, sans pouvoir méditer sur leurs mystères.

« Je vous salue, Marie, murmura-t-il à mi-voix. Maintenant et à l'heure de notre mort. Amen. »

Ce ne sont que des mots, pensa-t-il. Il ne pouvait plus imaginer l'éternité.

À l'hôtesse qui lui demandait s'il désirait une boisson, il répondit : « Quelqu'un les enterrera. »

Elle lui tendit un Coca-Cola avec des glaçons. Il ne dormit pas. Il n'y avait que deux heures et demie de vol jusqu'à New York, mais l'avion dut patienter pendant plus longtemps avant d'avoir l'autorisation d'atterrir.

Il pensa à sa mère. Qu'aurait-il pu faire ? Où aurait-il pu la placer ? Il avait cherché des établissements, des médecins, n'importe quelle solution pour gagner du temps afin de pouvoir sauver tout le monde. Peut-être n'avait-il pas été assez rapide ni assez malin. Peut-être aurait-il dû en parler à ses professeurs.

Peu importait, désormais, se dit-il.

C'était le soir. Les sombres immeubles géants de l'East Side ressemblaient à l'enfer. La rumeur même de la ville était assourdissante. Elle l'enveloppait dans le taxi cahotant et l'agressait à chaque feu rouge. Derrière son épaisse paroi de Plexiglas, le chauffeur avait l'air d'un spectre.

Il finit par frapper à la vitre et lui dire qu'il cherchait un hôtel bon marché. Il craignait que l'homme ne pense qu'il n'était qu'un enfant et ne le conduise à la police. Il ne se rendait pas compte qu'il mesurait un mètre quatre-vingt-treize et qu'avec son expression sinistre il n'avait pas l'air d'un enfant. L'hôtel ne fut pas aussi minable qu'il s'y attendait.

De sombres pensées l'habitaient tandis qu'il arpentait les rues à la recherche d'un travail, portant son luth. Il songeait aux après-midi de son enfance, quand il rentrait chez lui et trouvait ses parents ivres. Son père était un mauvais policier, tout le monde le savait. Personne, dans la famille de sa mère, ne le supportait. Seule sa grand-mère paternelle le suppliait sans cesse de mieux traiter son épouse et leurs enfants. Même lorsqu'il était petit, Toby savait que son père harcelait les femmes légères du Quartier français, leur extorquant des faveurs en échange de leur tranquillité. Il l'avait entendu s'en vanter auprès de ses rares collègues qui venaient à la maison boire des bières et jouer au poker. Ils partageaient leurs histoires. Quand les autres disaient à son père qu'il aurait dû être fier d'avoir un fils comme Toby, il répondait : « Qui ça, la jolie frimousse, là-bas ? Ma petite fille ? ».

De temps en temps, quand il était ivre mort, son père le malmenait ou le sommait de montrer ce qu'il avait entre les jambes. Parfois, Toby allait chercher une ou deux bières dans la glacière pour le calmer, le temps qu'il perde connaissance et s'endorme sur la table, la tête dans les bras.

Toby avait été heureux que son père aille en prison. Cet homme avait toujours été vulgaire et froid, son visage rouge était mou. Le séduisant jeune homme qu'il avait vu sur des photos était devenu un ivrogne obèse et rougeaud, avec des bajoues et une voix éraillée. Toby avait été heureux quand on avait poignardé son père. Il ne se rappelait pas ses obsèques.

Sa mère avait toujours été jolie. À l'époque, elle était douce. Et elle aimait à appeler son fils « mon gentil garçon ». Toby lui ressemblait, de visage comme de caractère, et il en avait toujours été fier, quoi qu'il arrive. Il avait toujours été fier de sa haute taille et de ses vêtements, capables de soutirer de l'argent aux touristes.

À présent, dans les rues de New York, il essayait de ne pas prêter attention au bruit qui l'assaillait et, tout en essayant de se frayer un chemin dans la foule sans se faire bousculer, il ne cessait de se dire : *Jamais je n'ai été à la hauteur, pour elle, jamais. Rien de ce que j'ai fait n'a suffi. Rien.* Rien de ce qu'il avait fait n'avait jamais suffi à personne, sauf peut-être à son professeur de musique. Il pensait à elle et aurait aimé pouvoir l'appeler et lui dire combien il l'aimait. Mais il savait qu'il ne le ferait pas.

L'interminable journée new-yorkaise céda brusquement la place à la nuit. Des lumières pleines de gaieté s'allumèrent partout. Les devantures scintillaient. Des couples pressaient le pas vers des théâtres et des cinémas. Il comprit sans peine qu'il se trouvait dans le quartier des spectacles et prit plaisir à regarder à travers les vitres des restaurants. Mais il n'avait pas faim. L'idée même de manger le révulsait.

Quand les théâtres commencèrent à se vider, Toby prit son luth, déposa à ses pieds l'étui doublé de velours vert et commença à jouer, les yeux fermés, la bouche entrouverte.

Il joua les morceaux de Bach les plus sombres et les plus compliqués qu'il connût, et vit, lorsqu'il entrouvrit les yeux de temps à autre, les billets s'amonceler dans l'étui ; il entendit même çà et là les applaudissements de ceux qui s'arrêtaient pour l'écouter. Son pécule s'arrondissait.

Il regagna sa chambre d'hôtel et décida qu'elle lui plaisait. Cela lui était égal qu'elle donne sur des toits et sur une impasse luisante de pluie. Il aimait ce vrai lit, cette petite table, et la grande télévision était infiniment plus agréable que celle qu'il avait regardée pendant toutes ces années dans l'appartement. Il y avait des serviettes blanches et propres dans la salle de bains.

Le lendemain soir, sur la recommandation d'un chauffeur de taxi, il se rendit dans Little Italy. Il joua dans la rue, entre deux restaurants très fréquentés. Et cette fois, tous les airs d'opéra qu'il connaissait y passèrent, ceux, poignants, de *Madame Butterfly* et d'autres de Puccini. Il plaqua des accords bouleversants et entremêla des airs de Verdi.

Un serveur sortit d'un restaurant et lui demanda de partir. Mais quelqu'un intervint. C'était un grand gaillard ceint d'un tablier blanc.

– Rejoue ça ! lui lança l'homme.

Il avait des cheveux noirs un peu grisonnants aux tempes. Il se balança tandis que Toby jouait des extraits de *La Bohème* et, à nouveau, l'air le plus déchirant. Puis il passa à la musique plus gaie et plus entraînante de *Carmen*. Le vieil homme applaudit, s'essuya les mains sur son tablier et applaudit de plus belle pour qu'il continue. Toby joua toutes les chansons les plus tendres qu'il connaissait. Les gens passaient, payaient, bientôt remplacés par d'autres. Le gros homme resta à l'écouter jusqu'à la fin.

De temps en temps, il lui rappelait de ramasser l'argent dans l'étui et de l'empocher. On continua de lui en donner.

Quand Toby fut trop fatigué pour jouer, il s'apprêta à remballer son instrument, mais le gros homme l'arrêta.

– Attends un instant, mon gars.

Et il lui demanda des chansons napolitaines que Toby n'avait jamais jouées, mais qu'il connaissait d'oreille et qui ne présentèrent aucune difficulté.

– Qu'est-ce que tu fais ici, mon gars ? lui demanda l'homme.

– Je cherche un travail. N'importe lequel, plongeur, serveur, peu importe. Du moment que c'est du travail, un travail sérieux.

Son interlocuteur portait un beau pantalon, et une chemise élégante au col ouvert et aux manches retroussées jusqu'au coude. Son visage plein était doux, empreint de gentillesse.

– Je vais t'en donner un. Entre. Je vais te préparer à manger. Tu as passé toute la soirée à jouer.

À la fin de sa première semaine, il avait un petit appartement au deuxième étage d'un hôtel du centre-ville, et de faux papiers indiquant qu'il avait vingt et un ans (l'âge minimum pour servir du vin) et s'appelait Vincenzo Valenti, nom que lui avait proposé le gentil Italien qui l'avait engagé. Un certificat de naissance authentique avait accompagné la proposition.

L'homme s'appelait Alonso. Le restaurant était magnifique. Sa vaste devanture donnait sur la rue, il était brillamment éclairé, et, durant le service, le personnel, garçons et filles, tous étudiants, chantait de l'opéra. Toby les accompagnait au luth avec le pianiste. C'était bien, très bien pour Toby, qui ne voulait pas se rappeler qu'il s'était appelé Toby.

Jamais il n'avait entendu d'aussi jolies voix.

Bien des soirs, quand le restaurant était bondé, que les airs d'opéra étaient suaves et qu'il pouvait se donner tout entier à son luth, il se sentait presque heureux, ne voulait plus que les portes se referment, ni se retrouver sur les trottoirs mouillés.

Alonso était un homme au grand cœur, souriant, qui se prit d'affection pour ce Toby qui était son Vincenzo.

– Qu'est-ce que je ne donnerais pas, dit-il un jour à Toby, pour voir ne serait-ce qu'un de mes petits-enfants !

Il lui offrit un revolver à crosse de nacre et lui apprit à tirer. La détente était douce. Ce n'était qu'une arme de défense. Alonso lui montra les armes qu'il gardait dans sa cuisine. Toby fut fasciné, et quand Alonso l'emmena dans la ruelle derrière le restaurant et le laissa s'exercer, il apprécia la sensation et la détonation assourdissante qui résonna entre les hauts murs.

Alonso lui décrochait des engagements à des réceptions de mariage et de fiançailles, le payait bien, lui achetait de beaux costumes italiens pour ses prestations et l'envoyait parfois servir dans des dîners privés dans une maison à quelques rues du restaurant. Les convives trouvaient immanquablement le luth élégant.

La maison où il jouait était très belle, mais Toby s'y sentait mal à l'aise. La plupart des femmes qui y vivaient étaient âgées et aimables, mais il y en avait aussi de jeunes, que les hommes venaient voir. La dame qui dirigeait l'endroit s'appelait Violet, elle avait une voix rendue rauque par le whisky, était lourdement maquillée et traitait toutes les autres femmes comme ses petites sœurs ou ses filles. Alonso adorait venir bavarder des heures avec elle. Ils parlaient le plus souvent italien, mais parfois anglais, et semblaient absorbés dans des souvenirs qui laissaient entendre qu'ils avaient été amants autrefois.

Là, on organisait aussi, parfois, des parties de cartes ou de petites fêtes d'anniversaire, surtout d'hommes et de femmes âgés ; les jeunes femmes lançaient à Toby d'affectueux et séduisants sourires.

Une fois, derrière un paravent, il joua du luth pour un homme qui faisait l'amour à une femme et qui lui fit mal. Elle le frappa et il la gifla.

Alonso balaya l'incident d'un revers de main.

– Elle fait ça tout le temps, expliqua-t-il, comme si l'homme n'y était pour rien.

Il lui apprit que la fille s'appelait Elsbeth.

– Qu'est-ce que c'est que ce nom ? demanda Toby.

– C'est russe, ou bosniaque, que sais-je ? répondit Alonso en souriant. Elles sont blondes, les hommes les adorent. Et elle a quitté un Russe, ça, je peux te le dire. J'aurai de la chance si ce gredin ne vient pas la rechercher.

Toby commença à apprécier Elsbeth. Elle avait un accent qui pouvait être russe et, un jour, lui confia qu'elle avait inventé ce prénom ; comme lui se faisait appeler Vincenzo, il n'eut pas de peine à comprendre. Elsbeth était très jeune – avait-elle plus de seize ans ? se demandait-il. Son maquillage la faisait paraître plus âgée. Quand elle ne portait qu'un peu de rouge, le dimanche matin, elle était très belle. Tandis qu'ils bavardaient sur l'escalier de secours, elle fumait des cigarettes noires.

Parfois, Alonso emmenait Toby manger un plat de spaghettis chez sa mère, à Brooklyn. Alonso servait de la cuisine d'Italie du Nord dans son restaurant, car c'était ce que demandait la clientèle, mais le vieil homme préférait les boulettes de viande en sauce. Ses fils vivaient en Californie. Sa fille était morte d'overdose à quatorze ans. Il lui montra un jour sa photo, et ce fut tout. Puis il ricana et balaya d'un geste toute question concernant ses fils.

Sa mère ne parlait pas anglais et ne s'asseyait jamais à la table. Elle servait le vin, débarrassait et restait auprès de la cuisinière, les bras croisés, à regarder les hommes manger. Elle rappelait à Toby ses grand-mères. C'étaient des femmes comme elle, qui regardaient les hommes manger. Comme ce souvenir était lointain !

Alonso et Toby allèrent au Metropolitan Opera plusieurs fois, et Toby dissimula que c'était une immense révélation pour lui d'entendre les plus grandes compagnies du monde et d'être assis à de bonnes places en compagnie d'un homme qui connaissait l'histoire de la musique à la perfection. Toby connut, durant ces heures, quelque chose qui était une imitation parfaite du bonheur.

Il était allé à l'opéra, à La Nouvelle-Orléans, avec son professeur. Il y avait aussi entendu les élèves de Loyola chanter, et ces spectacles l'avaient ému. Mais le Metropolitan Opera était infiniment plus impressionnant. Ils allèrent aussi au Carnegie Hall écouter des symphonies.

C'était une émotion bien mince, ce bonheur, comme un voile diaphane jeté sur ses souvenirs. Il voulait être joyeux alors qu'il balayait du regard les salles grandioses et écoutait cette splendide musique, mais il n'osait se fier à rien.

Un jour, il dit à Alonso qu'il voulait acheter un beau collier et l'envoyer à une femme.

Alonso éclata de rire en secouant la tête.

– Pour ma prof de musique, précisa Toby. Elle m'a donné de cours gratuitement. J'ai économisé deux mille dollars.

– Laisse-moi m'en occuper, dit Alonso.

Le collier, éblouissant, était un « bien de famille ». Alonso refusa que Toby lui donne le moindre sou.

Toby l'envoya au Conservatoire, car c'était la seule adresse qu'il connaissait pour joindre la dame. Il n'inscrivit aucune adresse d'expéditeur sur le paquet.

Un après-midi, il alla à la cathédrale Saint-Patrick et resta une heure à contempler le grand autel. Il ne croyait en rien. N'éprouvait rien. Les paroles des psaumes qu'il avait tant aimés ne lui revinrent pas. Alors qu'il s'attardait dans l'entrée, en partant, comme pour regarder un monde qu'il ne reverrait jamais, un policier chassa brutalement un couple qui s'était embrassé. Toby lui jeta un regard noir, et le policier lui fit signe de sortir. Mais Toby sortit son rosaire de sa poche, et l'homme hocha la tête et le laissa tranquille.

Il se considérait comme un raté. Le monde dans lequel il vivait, à New York, n'était pas réel. Il n'avait pas été à la hauteur avec son petit frère, sa sœur et sa mère, et il avait déçu son père, pour qui il n'était qu'une « jolie frimousse ».

Parfois, la colère brûlait en lui, mais elle n'était dirigée contre personne. C'est une colère que les anges ont du mal à comprendre, car ce que Toby avait autrefois souligné dans le livre de Pascal Parente était vrai. Nous autres, anges, manquons à certains égards de la connaissance du cœur. Mais, par l'intellect, je savais ce qu'éprouvait Toby ; je le savais en voyant son visage et ses mains, et même à sa manière de jouer du luth, plus sombrement, et avec un entrain forcé. Son instrument, au son profond et âpre, prit un ton mélancolique. Le chagrin et la joie faisaient partie de lui. Toby ne pouvait y insuffler sa propre peine.

Un soir, son patron, Alonso, vint le voir à son petit appartement. Il portait une grosse sacoche de cuir en bandoulière. C'était un logis qu'Alonso avait sous-loué à Toby aux abords de Little Italy. L'endroit était joli, pour le jeune homme, même si les fenêtres donnaient sur des murs, et il trouvait le mobilier joli aussi et même un peu luxueux.

Toby fut surpris de trouver Alonso sur le pas de sa porte. Son patron n'était jamais venu. Il le mettait dans un taxi après l'opéra, mais il n'était jamais rentré avec lui.

Alonso s'assit et lui demanda du vin. Toby dut sortir en acheter. Il n'avait jamais d'alcool à la maison. Le vieil homme se mit à boire. Puis il sortit de son manteau un gros revolver et le posa sur la table de la cuisine, lui annonçant qu'il était confronté à un adversaire qui ne l'avait encore jamais inquiété : des mafieux russes voulaient son restaurant et son affaire de traiteur ; ils lui avaient déjà pris sa « maison ».

— Ils voudraient aussi prendre cet hôtel s'ils savaient qu'il est à moi.

Un petit groupe d'entre eux étaient allés à la maison où Toby jouait pour les dames et les joueurs de poker. Ils avaient abattu les hommes et quatre des femmes, et chassé toutes les autres afin de mettre leurs propres filles à la place.

— Je n'ai jamais vu d'êtres aussi malfaisant, dit Alonso. Mes amis ne me soutiennent pas. Qu'est-ce que c'est que ces amis ? Je pense qu'ils sont complices, sinon pourquoi laisseraient-ils faire ça ? Je ne sais pas comment m'en sortir, et mes amis me disent que c'est ma faute.

Toby regarda fixement le revolver. Alonso sortit le chargeur et le remit en place.

— Tu sais ce que c'est ? Cette arme peut tirer plus de coups que tu n'imagines.

— Ont-ils tué Elsbeth ?

— D'une balle dans la tête. Une balle dans la tête ! s'écria-t-il.

C'était à cause d'Elsbeth que ces hommes étaient venus, et ses amis avaient estimé que Violet et lui avaient eu tort de lui offrir un refuge.

— Ont-ils tué Violet ? demanda Toby.

— Oui, ils l'ont tuée, répondit Alonso, qui fut pris de sanglots. Ils l'ont tuée la première, une femme de son âge. Mais pourquoi ont-ils fait ça ?

Toby réfléchit. Il ne pensait pas aux feuilletons policiers qu'il regardait autrefois à la télévision ni aux romans qu'il avait lus, mais à ceux qui occupent une position dominante dans le monde et aux autres, aux puissants, pleins de ressources, et aux faibles.

Il vit qu'Alonso commençait à être ivre. Cela lui déplut. Après avoir longuement réfléchi, il déclara :

— Vous devez leur faire ce qu'ils essaient de vous faire.

Alonso redressa la tête et se mit à rire.

– Je suis un vieillard. Et ces hommes, ils vont me tuer. Je ne peux pas lutter contre eux ! Je n'ai jamais tiré avec une telle arme de toute ma vie.

Il continua de parler tout en buvant du vin, de plus en plus ivre, de plus en plus emporté, expliquant qu'il avait toujours pris soin du « nécessaire », un bon restaurant, une ou deux maisons où les hommes peuvent se détendre, jouer aux cartes en agréable compagnie.

– C'est l'immobilier, soupira-t-il. Si tu veux savoir, c'est ce qu'ils cherchent. J'aurais dû quitter Manhattan. À présent, il est trop tard. Je suis fini.

Toby l'écouta avec attention.

Ces Russes s'étaient installés dans sa maison et avaient apporté des actes notariés. C'était l'heure où le restaurant était plein, et Alonso, protégé par de nombreux témoins, avait refusé de signer.

Ils s'étaient vantés d'avoir des avocats et des banquiers qui travaillaient pour eux. Alonso devait signer et renoncer à ses biens. Ils avaient promis que, s'il acceptait de signer et de partir, ils lui donneraient quelque chose et ne lui feraient aucun mal.

– Me donner un morceau de ma propre maison ? pleurnicha-t-il. Elle ne leur suffit pas, ma maison. Ils veulent le restaurant que mon grand-père a ouvert. C'est ça qu'ils veulent, en réalité. Et ils se jetteront sur cet hôtel dès qu'ils apprendront son existence. Ils m'ont prévenu que si je ne signais pas, leur avocat s'en occuperait et que personne ne retrouverait jamais mon corps. Qu'ils pouvaient faire dans le restaurant la même chose qu'à la maison. Que, pour la police, ça aurait l'air d'un vol à main armée. C'est ce qu'ils m'ont dit : « Tu auras la mort des tiens sur la conscience si tu ne signes pas. » Ces Russes sont des monstres.

Toby médita tout cela : ce que cela signifierait si ces gangsters arrivaient un soir dans le restaurant, baissaient les rideaux et assassinaient tous les employés. Un frisson le parcourut quand il comprit que la mort venait si près de lui.

Silencieux, il se rappela les corps de Jacob et d'Emily. Emily, les yeux ouverts sous l'eau.

Alonso but un autre verre de vin. Toby remercia le ciel d'avoir acheté deux bouteilles du meilleur cabernet.

– Quand je serai mort, se lamenta Alonso, que feront-ils s'ils trouvent ma mère ?

Il se mura dans un silence boudeur.

Je voyais son ange gardien à côté de lui, apparemment impassible, bien que s'efforçant de le réconforter. Je voyais les autres anges dans la pièce. Je pouvais voir ceux qui ne dégagent pas de lumière.

Alonso ruminait, et Toby aussi.

– À peine j'aurai signé ces documents, dit Alonso, à peine ils seront devenus légalement propriétaires du restaurant qu'ils me tueront. (Il sortit de son manteau un autre énorme revolver. Il expliqua que c'était un automatique qui tirait encore plus de coups que le premier.) Je jure que je les emmènerai avec moi dans la tombe.

Toby ne lui demanda pas pourquoi il n'avertissait pas la police. Il connaissait la réponse à cette question, et, d'ailleurs, personne, à La Nouvelle-Orléans, ne faisait confiance à la police dans ce genre d'affaire. Après tout, le père de Toby avait été un flic ivrogne et pourri.

– Ces filles qu'ils amènent, continua Alonso, ce sont tout juste des enfants, des esclaves. Personne ne va m'aider. Ma mère sera seule. Personne ne peut m'aider.

Alonso vérifia le chargeur du second revolver. Il clama qu'il les tuerait tous s'il le pouvait, mais qu'il ne s'en estimait pas capable. À présent, il était vraiment ivre.

– Non, je ne peux pas. Il faut que je m'en sorte, mais il n'y a pas d'issue. Ils veulent que je signe leurs documents. Ils ont des complices à la banque, et peut-être même dans l'administration.

Il sortit de son sac tous les actes notariés et les étala sur la table. Il déposa les deux cartes de visite que ces hommes lui avaient laissées. C'étaient les papiers qu'Alonso devait signer. Son arrêt de mort. Il se leva, tituba jusqu'à la chambre – la seule autre pièce de l'appartement – et s'effondra. Il se mit à ronfler.

Toby examina tous ces documents. Il connaissait très bien la maison, l'entrée de service, les escaliers de secours. Il pouvait retrouver l'adresse de l'avocat qui figurait sur la carte ; il savait où se situait la banque, même si, bien sûr, les noms de tous ces gens ne lui disaient rien.

Une vision glorieuse s'empara de Toby, ou devrais-je dire de Vincenzo ? Ou bien encore Lucky ? Il avait toujours eu une imagination étonnante et une grande capacité à se représenter les choses. À présent, il entrevoyait un plan et un bond en avant dans la vie qu'il menait. Mais c'était un saut dans les ténèbres.

Il se rendit dans la chambre et secoua le vieil homme.
– Ils ont tué Elsbeth ?
– Oui, ils l'ont tuée, soupira Alonso. Les autres filles se cachaient sous les lits. Deux se sont enfuies. Elles ont vu ces hommes tuer Elsbeth. (Il imita un revolver avec sa main et le bruit d'un coup de feu.) Je suis un homme mort.
– Vous en êtes sûr ?
– Je le sais. Je veux que tu t'occupes de ma mère. Si mes fils viennent, ne leur parle pas. Ma mère détient tout l'argent que je possède. Ne leur parle pas.
– Je vais le faire, dit Toby.

Mais ce n'était pas une réponse aux supplications d'Alonso. C'était simplement ce qu'il se confirmait à lui-même.

Toby repartit dans l'autre pièce, prit les deux armes et sortit par l'arrière de l'immeuble. La ruelle était étroite, bordée de murs de cinq étages. Les fenêtres étaient apparemment toutes fermées, rideaux tirés. Il examina chaque arme. Puis il les essaya. Les balles filèrent à une telle vitesse qu'il sursauta, surpris. Quelqu'un ouvrit une fenêtre et cria d'arrêter ce tapage. Il retourna à l'appartement et rangea les armes dans le sac. Au petit matin, le vieil homme prépara le petit déjeuner. Il servit une assiette d'œufs à Toby, puis s'assit à son tour et commença à tremper un toast dans les siens.

— Je peux le faire, annonça Toby. Je peux les tuer.

Son patron leva les yeux vers lui. Son regard était mort comme l'était parfois celui de la mère de Toby. Le vieil homme but un demi-verre de vin et retourna dans la chambre.

Toby le rejoignit et l'observa. L'odeur qu'il dégageait le fit penser à ses parents. Le regard vitreux de son patron lui rappela sa mère.

— Je suis à l'abri, ici, dit le vieil homme. Cette adresse, personne ne la connaît. Elle ne figure nulle part au restaurant.

— Très bien, acquiesça Toby, soulagé de l'apprendre.

Alors que la pendule neuve égrenait ses secondes dans la petite cuisine, Toby étudia tous les documents, puis il glissa les cartes de visite dans sa poche. Il réveilla Alonso et insista pour qu'il décrive les hommes qu'il avait vus, mais, finalement, se rendit compte qu'il était trop ivre. Alonso reprit du vin, mangea une croûte de pain. Puis il demanda que Toby lui redonne du vin, du beurre et du pain, que Toby lui apporta.

— Restez ici et ne pensez à rien jusqu'à mon retour, lui dit-il.

— Tu n'es qu'un enfant. Tu ne peux rien faire. Va prévenir ma mère. C'est ce que je te demande. Dis-lui de ne pas appeler mes fils sur la côte Ouest. Dis-lui qu'ils aillent se faire voir.

— Restez ici et faites ce que je dis.

Il se sentait extraordinairement exalté. Il dressait des plans, caressait des rêves précis. Il se sentait supérieur à toutes les forces dressées contre lui et d'Alonso. Et il était furieux aussi. Furieux que l'on puisse penser qu'il n'était qu'un enfant désarmé. Il songea à Elsbeth, à Violet, une cigarette au coin des lèvres, en train de distribuer les cartes sur le feutre vert de la table. Il pensa aux filles qui bavardaient à mi-voix sur le sofa. Il ne cessait de penser à Elsbeth.

Alonso le regardait.

– Je suis trop vieux pour être vaincu, dit-il.

– Moi aussi, répondit Toby.

– Tu as dix-huit ans.

– Non, dit Toby en secouant la tête. Ce n'est pas vrai.

L'ange gardien d'Alonso se tenait à ses côtés et le contemplait avec une expression peinée. Cet ange était à bout de ressources. L'ange de Toby était consterné.

Ni l'un ni l'autre ne pouvaient rien faire. Mais ils ne renoncèrent pas. Ils suggérèrent à Alonso et à Toby de s'enfuir, d'aller chercher la mère, à Brooklyn, de prendre un avion pour Miami. De laisser à ces brutes ce qu'elles réclamaient.

– Vous avez raison de penser qu'ils vous tueront dès que vous aurez signé ces papiers, affirma Toby.

– Je n'ai nulle part où aller. Comment vais-je annoncer cela à ma mère ? Je devrais la tuer, pour qu'elle ne souffre pas. Je devrais la tuer puis me supprimer, et ce serait réglé.

– Non ! Restez là, comme je vous l'ai dit.

Toby mit un enregistrement de *Tosca*, Alonso commença à fredonner puis s'endormit peu après.

Toby se rendit dans un drugstore, quelques rues plus loin, acheta de la teinture noire pour les cheveux, des lunettes teintées à monture noire, peu flatteuses mais à la mode, puis, à un étal de la 56e Rue Ouest, un porte-documents d'allure coûteuse et, à un autre, une fausse Rolex.

Dans un autre drugstore, il acheta plusieurs articles, des choses insignifiantes que personne ne remarquerait, comme ces appareils en plastique que l'on met entre les dents pour dormir et ces morceaux de mousse que l'on place dans les chaussures. Il acheta une paire de ciseaux, un flacon de vernis à ongles transparent et une lime. Il s'arrêta de nouveau devant un étal de la Cinquième Avenue et acheta plusieurs paires de gants en cuir très fin. De jolis gants. Il acheta aussi une écharpe en cachemire. Il faisait froid, et cela faisait du bien de se couvrir le cou. Marchant dans la rue, il se sentait rempli de puissance, invincible.

Quand il retourna à l'appartement, Alonso attendait avec angoisse en écoutant la Callas chanter *Carmen*.

– Tu sais, dit-il, j'ai peur de partir.

– Vous devriez, répondit Toby en commençant à se limer les ongles et à les vernir.

– Mais que fais-tu ? demanda Alonso.

– Je ne suis pas sûr, mais j'ai remarqué qu'au restaurant, quand des messieurs ont les ongles vernis, on les remarque, surtout les femmes.

Alonso haussa les épaules.

Toby alla acheter à manger et plusieurs bouteilles d'excellent vin afin qu'ils puissent tenir encore une journée.

– Peut-être qu'ils sont en train de tuer tous les employés du restaurant, dit Alonso. J'aurais dû les prévenir de s'enfuir. (Il soupira et se prit la tête dans les mains.) Je n'ai pas fermé le restaurant. Et s'ils y vont et qu'ils abattent tout le monde ?

Toby se contenta de hocher la tête.

Puis il sortit et, quelques rues plus loin, appela le restaurant. Personne ne répondit. C'était un présage terrible. L'endroit devait être rempli pour le dîner, et les employés auraient dû se précipiter pour décrocher et griffonner les réservations du soir.

Toby songea qu'il avait été prudent de ne parler à quiconque de l'appartement, de ne se lier qu'avec Alonso et de ne se fier à personne, tout comme dans son enfance.

Au petit matin, Toby prit une douche et se teignit les cheveux en noir.

Son patron dormait tout habillé sur le lit.

Il enfila un beau costume italien qu'Alonso lui avait acheté puis y ajouta des accessoires, si bien qu'il était méconnaissable. Le petit appareil en plastique modifiait la forme de sa bouche. La grosse monture des lunettes teintées donnait à son visage une expression qui lui était étrangère. Les magnifiques gants étaient gris perle. Il enroula l'écharpe jaune autour de son cou et revêtit son manteau de cachemire noir. Il avait bourré ses chaussures afin de paraître plus grand qu'il ne l'était, mais guère plus. Il mit les deux revolvers dans son porte-documents et le petit pistolet à crosse de nacre dans sa poche. Il regarda le sac de son patron, en cuir noir, de très belle qualité. Il le passa à son épaule.

Il se rendit à la maison avant que le soleil se lève. Une femme qu'il n'avait jamais vue ouvrit la porte. En souriant, elle le fit entrer. Il n'y avait personne d'autre en vue.

Il sortit l'automatique de son porte-documents et l'abattit, puis il abattit les hommes accourus vers lui dans le couloir. Il abattit ceux qui dévalaient l'escalier. Il tira sur les gens qui se précipitaient vers les balles comme s'ils refusaient de croire à ce qui arrivait. Il entendit des cris à l'étage et monta, enjambant les corps, puis il tira à travers les portes, les criblant d'énormes trous, jusqu'à ce que tout retombe dans le silence.

Il se posta tout au bout du couloir et attendit. Un homme sortit prudemment, d'abord son revolver, puis son bras, puis son épaule. Toby l'abattit aussitôt.

Vingt minutes passèrent. Peut-être plus. Rien ne bougeait dans la maison. Lentement, il inspecta chaque chambre. Tout le monde était mort.

Il ramassa tous les téléphones mobiles qu'il put trouver et les fourra dans le sac en cuir. Il trouva aussi un ordinateur portable qu'il referma et emporta, bien que l'objet fût un peu lourd à son goût. Puis il coupa les cordons de l'ordinateur de bureau et les fils du téléphone fixe.

En partant, il entendit quelqu'un pleurer et parler d'une voix pitoyable. Il ouvrit la porte d'un coup de pied et trouva une très jeune fille, blonde, avec du rouge à lèvres, accroupie, un portable à l'oreille. En le voyant, terrifiée, elle le laissa tomber, puis elle secoua la tête et le supplia dans une langue qu'il ne comprit pas. Il la tua. Elle s'écroula immédiatement et resta inerte, comme sa mère sur son matelas ensanglanté. Morte.

Il ramassa le téléphone.

– Qu'est-ce qui se passe ? demanda une voix bourrue.

– Rien, chuchota-t-il. Elle avait perdu la tête.

Il referma le téléphone d'un geste sec. Le sang courait dans ses veines. Il se sentait gonflé de puissance.

Il repassa ensuite rapidement dans toutes les pièces. Il trouva un blessé qui gémissait et l'abattit, une femme agonisante qu'il abattit aussi. Il ramassa d'autres téléphones. Son sac était rempli à craquer.

Puis il sortit et prit un taxi quelques rues plus loin. Il se fit conduire au cabinet de l'avocat qui s'était occupé de la cession de biens. Faisant semblant de boiter et soupirant comme si son porte-documents et son sac lui pesaient, il entra dans le cabinet. La réceptionniste venait de déverrouiller la porte et, souriante, lui expliqua que son patron n'était pas encore arrivé mais qu'il ne tarderait pas. Elle le complimenta sur son écharpe jaune. Il se laissa tomber sur le canapé en cuir et, ôtant précautionneusement un gant, il s'essuya le front comme s'il était accablé par une terrible migraine. Elle le regarda tendrement.

– Vous avez de jolies mains, remarqua-t-elle. Comme celles d'un musicien.

Il eut un petit rire.

– Je ne souhaite qu'une chose, dit-il à mi-voix, c'est de retourner en Suisse.

Il était tout excité. Il savait qu'il zozotait à cause de l'appareil en plastique. Cela le fit rire, mais seulement intérieurement. Jamais il n'avait éprouvé un tel sentiment. Il crut un bref instant comprendre cette vieille expression, la séduction du mal.

Elle lui proposa du café. Il remit son gant.

– Non, cela me tiendrait éveillé dans l'avion. Je veux dormir au-dessus de l'Atlantique.

– Je ne reconnais pas votre accent. Quel est-il ?

– Suisse, chuchota-t-il. J'ai tellement hâte de rentrer ! Je déteste cette ville.

Un bruit soudain dans la rue le fit sursauter. C'était un marteau-piqueur sur un chantier. Son vacarme répétitif secouait le bureau. Il fit une grimace de douleur, et elle lui dit être désolée pour lui.

L'avocat arriva. Toby se leva de toute sa hauteur et l'informa, avec le même zozotement :

– Je suis venu pour une affaire importante.

L'homme parut effrayé et fit entrer Toby dans son bureau.

– Écoutez, dit-il, je vais aussi vite que je peux, mais ce vieil Italien est un imbécile. Et il s'entête. Votre patron s'attend à des miracles. (Il fouilla dans les papiers sur son bureau.) Tenez, j'ai découvert ceci. Il possède un vieux bâtiment, à quelques rues du restaurant, qui vaut des millions.

L'Heure de l'Ange

Cette fois encore, Toby se retint de rire. Il prit les papiers des mains de l'homme, y jeta un coup d'œil, y vit l'adresse de son hôtel, et les fourra dans son porte-documents.

L'avocat était pétrifié.

Il y eut un fracas métallique dehors, et le bâtiment trembla comme si on déversait un lourd chargement sur la chaussée. Toby aperçut par la fenêtre une énorme grue peinte en blanc.

– Appelez la banque immédiatement, soupira-t-il. Et vous comprendrez de quoi je parle.

Il eut de nouveau envie de rire. Et un sourire se peignit sur ses lèvres. L'avocat composa aussitôt un numéro sur son mobile.

– Vous me prenez tous pour un petit génie, se plaignit l'avocat.

Son expression changea. Le banquier venait de répondre. Toby lui prit son téléphone.

– Je veux vous voir, dit-il. Devant la banque. Je veux que vous m'attendiez dehors.

À l'autre bout du fil, l'homme accepta immédiatement. Le numéro affiché sur l'écran de l'appareil était celui de l'une des cartes de visite qu'avait Toby en poche. Il referma le téléphone et le rangea dans son porte-documents.

– Que faites-vous ? demanda l'avocat.

Toby sentait qu'il avait tout pouvoir sur lui : il était invincible. Succombant à un accès romanesque passager, il répondit :

– Vous êtes un menteur et un voleur.

Il tira le petit revolver de sa poche et abattit l'avocat. La détonation fut couverte par le vacarme de la rue.

Il vit l'ordinateur portable sur le bureau et jugea qu'il ne pouvait pas le laisser. Péniblement, il le fourra dans son sac avec le reste. Il était chargé, mais il était robuste et avait les épaules larges. Il se surprit à rire de nouveau doucement en regardant le cadavre. Il se sentait merveilleusement, extraordinairement bien. Il éprouvait ce qu'il avait imaginé s'il jouait un jour du luth sur une scène mondialement célèbre. Sauf que c'était encore mieux.

Délicieusement étourdi, grisé comme la première fois qu'il avait pensé à tout cela en glanant dans ses souvenirs de feuilletons et de romans, il se retint de rire et se contraignit à agir vite. Il prit tout l'argent dans le portefeuille de l'homme. Mille cinq cents dollars. Au secrétariat, il fit un aimable sourire à la jeune femme et se pencha vers elle.

– Écoutez-moi bien. Il veut que vous partiez tout de suite. Il attend... eh bien, des gens.

– Ah oui, je sais, dit-elle, voulant se montrer très intelligente et très calme. Pendant combien de temps dois-je m'absenter ?

– La journée. Prenez votre journée. Croyez-moi, c'est ce qu'il veut. (Il lui donna quelques billets pris à l'avocat.) Prenez un taxi, rentrez chez vous et amusez-vous. Et appelez demain matin. C'est compris ? Appelez avant de revenir.

Elle était sous le charme.

Elle gagna l'ascenseur avec lui, ravie d'être en compagnie d'un si grand jeune homme, si mystérieux et si séduisant, il en était sûr, et elle le complimenta de nouveau sur son écharpe jaune. Elle remarqua son boitillement mais ne fit pas de commentaire. Avant que se referment les portes de l'ascenseur, il la dévisagea à travers ses lunettes noires avec un sourire aussi radieux que le sien.

– Considérez-moi comme lord Byron.

Il se rendit à la banque à pied et s'arrêta à quelques mètres de l'entrée. La foule des passants le bousculait presque. Il se rabattit contre le mur et composa le numéro du banquier sur le téléphone qu'il avait pris à l'avocat.

– Sortez tout de suite, dit-il avec ce zozotement qui lui était devenu naturel, tout en scrutant la foule devant la banque.

— Je suis déjà dehors, répondit l'homme d'un ton agacé. Où est-ce que vous êtes, enfin ?

Toby le repéra sans peine alors qu'il rangeait son mobile dans sa poche. Il resta un moment stupéfait devant ces gens qui se pressaient dans les deux sens. Le grondement des voitures était assourdissant. Des bicyclettes se faufilaient entre les camions et les taxis. Le bruit résonnait sur les parois des immeubles jusqu'au ciel. Des coups de Klaxon perçaient l'air saturé d'une fumée grise.

Il leva les yeux vers la mince portion de ciel bleu d'où ne parvenait aucune lumière, au fond de cette crevasse d'une ville géante, et il se dit qu'il ne s'était jamais senti aussi plein d'énergie. Même dans les bras de Liona, il n'avait pas éprouvé cette vigueur.

Il composa de nouveau le numéro, guettant cette fois une sonnerie et l'homme qui répondrait dans cette foule mouvante. Oui, il l'avait repéré, avec ses cheveux gris, enrobé, et rouge de colère. Sa victime s'avança vers le rebord du trottoir.

— Combien de temps voulez-vous que j'attende comme ça ? aboya-t-il.

Il tourna les talons et regagna la façade de granit de la banque, à gauche de la porte-tambour, en jetant un regard glacial autour de lui.

Il toisa les gens qui passaient devant lui, sauf le svelte jeune homme courbé qui boitait à cause de son gros sac et de son porte-documents.

Cet homme-là, il n'y prêta pas attention.

À peine Toby fut-il passé derrière l'homme qu'il lui tira une balle dans la tête. D'un geste vif, il rangea l'arme dans son manteau et, de l'autre main, retint l'homme qui glissait contre le mur, puis il s'accroupit avec sollicitude auprès de lui.

Il saisit la pochette du banquier et lui essuya le visage. L'homme était mort, de toute évidence. Puis, au milieu de la foule qui passait sans regarder, il prit le mobile, le portefeuille et le petit agenda de l'homme dans la poche intérieure. Aucun des passants ne s'arrêta, pas même ceux qui l'enjambèrent.

Un souvenir fugitif surprit Toby. Il revit son frère et sa sœur morts dans la baignoire. Il repoussa énergiquement ce souvenir, se répéta que cela ne voulait rien dire. Il replia comme il put la pochette d'une seule main gantée et la posa sur le front de l'homme.

Il prit un taxi trois rues plus loin et en descendit à trois rues de son appartement. Il monta chez lui, tenant d'une main tremblante le revolver dans sa poche. Il frappa à la porte et entendit Alonso.

– Vincenzo ?

– Vous êtes seul ?

Alonso ouvrit et le tira à l'intérieur.

– Où étais-tu, que faisais-tu ?

Il regarda les cheveux teints, les lunettes noires.

Toby inspecta l'appartement puis revint vers Alonso.

– Ils sont tous morts, ceux qui vous harcelaient. Mais ce n'est pas fini. Je n'avais pas le temps d'aller au restaurant et je ne sais pas ce qui s'y passe.

– Moi, si. Ils ont licencié tout le personnel et fermé l'établissement. Mais qu'est-ce que tu veux dire ?

– Ah… Eh bien, ce n'est pas si grave.

– Mais comment cela, ils sont tous morts ? répéta Alonso.

Toby lui raconta tout ce qui s'était passé, puis :

– Vous devez me faire rencontrer des gens qui sachent comment achever tout ça. Me conduire à vos amis qui n'ont pas voulu vous aider. Maintenant, ils le feront. Ils voudront s'emparer de ces ordinateurs et de ces mobiles. Et aussi de cet agenda. Il y a des informations, là-dedans, tout ce qu'il faut savoir sur ces criminels, ce qu'ils veulent et comment ils s'y prennent.

Alonso le considéra un long moment sans rien dire. Il se laissa tomber dans l'unique fauteuil et se passa les doigts dans les cheveux.

Toby verrouilla la porte de la salle de bains, gardant le revolver sur lui. Il posa le lourd couvercle de porcelaine de la chasse d'eau contre la porte et prit une douche, sans tirer le rideau, se lava longuement jusqu'à ce que la teinture ait disparu. Il fracassa les lunettes, enveloppa les gants, les débris des lunettes et l'écharpe dans une serviette.

Quand il sortit, Alonso était au téléphone, plongé dans sa conversation. Il parlait italien, ou peut-être un dialecte sicilien, Toby n'aurait su dire. Il en avait appris quelques mots au restaurant, mais, là, le débit était trop rapide.

Alonso raccrocha et annonça :
— Tu les as eus. Tu les as tous eus.
— C'est ce que je vous ai dit. Mais d'autres viendront. C'est seulement le début. Les informations, sur l'ordinateur de cet avocat, n'ont pas de prix.

Alonso le dévisagea, stupéfait. Auprès de lui, les bras croisés, son ange gardien contemplait la scène avec tristesse – du moins est-ce en ces termes humains que je pourrais décrire son attitude. L'ange de Toby pleurait.

— Connaissez-vous des gens qui savent utiliser ces ordinateurs ? demanda Toby. Il y avait des portables dans la maison et le bureau. Je ne savais pas comment en extraire les disques durs. Il faut que j'apprenne pour la prochaine fois. Tous ces ordinateurs sont forcément remplis d'informations. Il y a probablement des centaines de numéros de téléphone.

Alonso opina, fasciné.
— Quinze minutes, dit-il.
— Comment, quinze minutes ?
— Le temps qu'ils arrivent, et ils seront ravis de te voir et de t'apprendre tout ce qu'ils savent.

– Vous en êtes sûr ? S'ils n'ont pas voulu vous aider jusqu'ici, pourquoi ne nous tueraient-ils pas simplement tous les deux ?

– Vincenzo, tu es exactement ce qui leur manque en ce moment, exactement ce qu'il leur faut. (Des larmes lui montèrent aux yeux.) Mon garçon, penses-tu que je te trahirais ? Je serai éternellement ton débiteur. Il y a certainement quelque part des copies de ces actes notariés, mais tu as tué ceux qui s'en sont servis.

Ils descendirent. Un limousine noire les attendait. Avant d'y monter, Toby jeta la serviette qui enveloppait lunettes, écharpe et gants dans une poubelle, et l'y enfonça sous le monceau de gobelets et de papiers. L'odeur qui resta sur sa main le dégoûta. Il avait avec lui sa valise et son luth, ainsi que le porte-documents et la sacoche de cuir contenant les ordinateurs et les téléphones.

Il n'aimait pas l'allure de la voiture et répugnait à y monter, bien qu'il en ait vu beaucoup de ce genre sillonner lentement la 5e Avenue, le soir, ou attendre devant le Carnegie Hall et le Metropolitan Opera. Finalement, il suivit Alonso et prit place face à deux jeunes gens assis sur la banquette en cuir noir. Tous deux étaient très étranges. Ils étaient pâles, blonds, c'étaient probablement des Russes.

Toby eut le souffle coupé, comme lorsque sa mère avait fracassé son luth. Il garda la main sur son revolver dans sa poche. Les deux hommes avaient les leurs bien en vue. Le seul à cacher sa main était Toby. Il se tourna vers Alonso. *Vous m'avez trahi.*

– Non, non, corrigea le plus âgé des deux hommes.

Alonso souriait comme lorsqu'il écoutait de l'opéra. L'homme avait l'élocution d'un Américain et non d'un Russe.

— Comment as-tu fait ? demanda le plus jeune. (Lui aussi était américain. Il regarda sa montre.) Il n'est même pas 11 heures.

— J'ai faim, lâcha Toby, la main toujours cramponnée à son revolver dans sa poche. J'ai toujours voulu manger au Russian Tea Room.

Qu'il soit voué à mourir ou non, Toby trouva cette réponse très maligne. Et vraie : s'il devait manger son dernier repas, il voulait que ce soit au Russian Tea Room.

Le plus âgé éclata de rire.

— Eh bien, ne nous tire pas dessus, mon garçon, dit-il en désignant la poche de Toby. Ce serait bête, parce que nous allons te donner plus d'argent que tu n'en as jamais vu de ta vie. Plus que nous n'en avons jamais vu de notre vie. Et, bien sûr, nous allons t'emmener au Russian Tea Room.

Ils arrêtèrent la voiture. Alonso descendit.

— Pourquoi partez-vous ? demanda Toby.

De nouveau, il fut gagné par une peur suffocante et resserra les doigts sur le petit revolver qui déchirait presque sa poche.

Alonso se baissa et l'embrassa. Il lui prit la tête entre ses mains, lui baisa les paupières et les lèvres puis le lâcha.

— Ce n'est pas moi qu'ils veulent. C'est toi. Je t'ai vendu à eux, mais c'est pour ton bien. Tu comprends ? Je ne peux pas faire ce que tu sais faire. Nous ne pouvons pas aller plus loin, toi et moi. Je t'ai vendu à eux pour te protéger. Tu es mon garçon. Tu le seras toujours. Maintenant, pars avec eux. C'est toi qu'ils veulent, pas moi. Continue. J'emmènerai ma mère à Miami.

— Mais vous n'êtes pas obligé de faire ça, maintenant, protesta Toby. Vous pouvez récupérer la maison. Et le restaurant. Je me suis occupé de tout.

Alonso secoua la tête. Toby se sentit idiot.

– Mon garçon, avec ce qu'ils m'ont versé, je suis heureux de partir. Ma mère va voir Miami, et être heureuse. (Il reprit la tête de Toby entre ses mains et l'embrassa.) Tu m'as porté chance. Chaque fois que tu joueras ces vieilles chansons napolitaines, pense à moi.

La voiture s'ébranla.

Ils déjeunèrent au Russian Tea Room, et, pendant que Toby dévorait son poulet à la Kiev, le plus âgé remarqua :

– Tu vois ces hommes, là-bas ? Ce sont des policiers. Et l'homme qui est avec eux est du FBI.

Toby ne regarda pas. Il se contenta d'observer l'homme qui lui parlait. Il avait toujours l'arme à portée de main, même si son poids le gênait. Il savait qu'il pouvait, s'il en avait envie, abattre les deux hommes à sa table, et probablement l'un des autres avant qu'ils l'atteignent. Mais il ne tenait pas à s'y essayer. Un autre moment, plus propice, se présenterait.

– Ils travaillent pour nous, expliqua le plus âgé. Ils nous suivent depuis que nous sommes partis de chez toi. Et ils vont continuer de nous suivre quand nous quitterons la ville. Détends-toi. Nous sommes très bien protégés, je t'assure.

Et c'est ainsi que Toby devint un tueur à gages. C'est ainsi qu'il devint Lucky le Renard.

Cette nuit-là, dans son lit, dans une vaste maison de campagne très loin de la ville, il songea à la fille accroupie qui s'était protégée en levant les mains. Il pensa à ses paroles suppliantes qui n'avaient pas besoin de traduction. À son visage ruisselant de larmes. À la façon dont elle s'était pliée en deux en secouant la tête et en tendant les bras. À son cadavre qui gisait, inerte, comme son frère et sa sœur dans la baignoire.

Il se leva, s'habilla, enfila son manteau, le revolver toujours dans sa poche, et descendit au rez-de-chaussée, passant devant les deux hommes qui jouaient aux cartes dans le salon. La pièce ressemblait à une immense caverne, avec, partout, des meubles dorés. Et beaucoup de cuir sombre. Elle lui rappelait les élégants clubs privés des films en noir et blanc. Il s'attendait à voir des gentlemen lever la tête depuis leurs fauteuils à oreillettes. Mais il n'y avait que les deux hommes en train de jouer aux cartes sous une lampe, même si un feu qui brûlait dans la cheminée brillait joyeusement dans l'obscurité.

— Tu veux quelque chose ? Un verre, peut-être ? proposa l'un d'eux en se levant.

— J'ai envie de faire un tour, répondit Toby.

Personne ne l'arrêta.

Il sortit et fit le tour de la maison. Il remarqua les rares feuilles des arbres les plus proches éclairées par les réverbères, les autres arbres dont les branches nues luisaient de glace. Il contempla les hauts toits en pente raide recouverts d'ardoise. Les losanges des fenêtres qui étincelaient. Une maison du Nord, construite pour résister à la neige, aux longs hivers, une maison comme il n'en avait jamais vu qu'en photo, peut-être.

Il écouta le bruit de l'herbe gelée crisser sous ses pas et arriva à une fontaine qui coulait encore malgré le froid ; il regarda l'eau jaillir puis retomber en une gerbe aérienne et blanche dans le bassin qui bouillonnait sous la faible clarté.

La lumière provenait de la lanterne de la porte cochère. La limousine était garée là, luisante, sous la lanterne. La lumière provenait aussi des lampes placées de part et d'autre des nombreuses portes de la maison. Des petites lampes qui bordaient les allées semées de gravier. L'air sentait l'aiguille de pin et le feu de bois. Il y avait là une fraîcheur propre qu'il n'avait pas connue dans la ville, une beauté intentionnelle.

Cela lui rappela un été où il était allé en vacances dans une maison sur l'autre rive du lac Pontchartrain avec deux garçons d'une riche famille du lycée jésuite, des jumeaux très gentils qui l'aimaient bien. Ils appréciaient les échecs et la musique classique. Ils étaient de bons acteurs dans les pièces montées au lycée, toute la ville venait y assister. Toby aurait adoré être ami avec eux, mais il devait garder le secret sur sa vie. C'est ainsi qu'ils ne devinrent jamais vraiment amis. Et, durant la dernière année, ils ne se parlaient presque plus.

Mais il n'avait jamais oublié leur magnifique maison près de Mandeville, la beauté du mobilier, l'anglais parfait que parlait leur mère et les disques de luth que leur père l'avait laissé écouter dans une pièce tapissée de livres. Cette maison de campagne ressemblait beaucoup à celle de Mandeville.

Je l'observais. Je contemplais son visage et ses yeux, et voyais ces images dans sa mémoire et son cœur.

Les anges ne comprennent pas vraiment le cœur des hommes. C'est vrai. Nous pleurons au spectacle du péché, à la vue des souffrances. Mais nous n'avons point de cœur humain. Pourtant, les théologiens qui notent de telles observations ne prennent pas en compte notre intelligence. Nous pouvons relier entre eux un nombre infini de gestes, d'expressions, le changement de rythme de la respiration, et tirer de tout cela des conclusions extrêmement émouvantes. Nous pouvons connaître le chagrin.

C'est ainsi que je me formai mon idée de Toby, et j'entendis la musique qu'il avait écoutée autrefois dans la maison de Mandeville, un vieil enregistrement d'un luthiste juif jouant des thèmes de Paganini. Et je vis Toby rester sous les sapins jusqu'à être presque gelé.

Il retourna lentement vers la maison. Il ne pouvait dormir. Cette nuit ne signifiait rien pour lui.

Puis quelque chose d'étrange et d'inattendu survint alors qu'il approchait des murs couverts de lierre. De l'intérieur de la maison, il entendit s'élever une musique subtile. Une

L'Heure de l'Ange

fenêtre était sans doute ouverte dans le froid de la nuit pour qu'il puisse entendre ainsi une telle tendresse et une si délicate beauté. Il reconnut un basson ou une clarinette. Il n'en était pas certain. Une haute fenêtre en vitraux était ouverte, d'où provenait la musique : une longue note qui s'enflait, suivie d'une mélodie hésitante.

Il s'approcha.

C'était comme un air qui s'éveillait, puis la mélodie de l'instrument solitaire fut rejointe par d'autres instruments, si brutaux que l'on aurait cru un orchestre qui s'accorde tout en étant maintenu par une discipline de fer. La musique se réduisit alors de nouveau à des instruments à vent, mais, bientôt, une énergie pressante l'anima, l'orchestre s'enfla et les vents s'élevèrent, de plus en plus perçants.

Il resta planté devant la fenêtre.

La musique fut soudain saisie de démence. Des violons plaquèrent des accords et les percussions résonnèrent telle une locomotive traversant la nuit. Il faillit se boucher les oreilles tant c'était violent. Les instruments hurlaient. Ils gémissaient. C'était une folie de trompettes en pleurs dans un étourdissant tourbillon de cordes et de percussions.

Il était incapable de discerner ce qu'il entendait. Enfin, le tintamarre cessa. Une mélodie plus douce reprit le dessus, empreinte de paix, une musique qui exprimait la solitude et un éveil.

Il se tenait tout près de la fenêtre, la tête inclinée, les doigts sur les tempes, comme pour retenir quiconque aurait voulu s'interposer entre cette musique et lui.

De douces mélodies se mêlaient, mais une sombre urgence pulsait au-dessous. De nouveau, la musique enfla. Les cuivres s'élevèrent, dessinant une forme effrayante.

Soudain, toute la composition sembla remplie de menace, figurant le prélude et l'expression de la vie qu'il avait menée. Il ne savait plus ce qu'il entendait. Il était impossible de se fier aux brusques plongées dans la tendresse et la quiétude, car la violence surgissait dans les gémissements suraigus des violons et le roulement des tambours. Et cela continua, tantôt glissant dans le quasi-silence ou la mélodie, tantôt explosant dans une violence si féroce et si sombre qu'elle le paralysait.

Puis une très étrange transformation eut lieu. La musique cessa d'être une agression. Elle devint l'orchestration maîtresse de sa propre vie, de ses souffrances, de sa culpabilité et de sa terreur.

C'était comme si on avait jeté un filet immense sur ce qu'il était devenu, sur toutes les choses qu'il tenait comme sacrées et qu'il avait anéanties.

Il posa son front sur la vitre glacée.

Cette cacophonie organisée devenait insupportable, et au moment où il pensait ne plus pouvoir l'endurer, où il faillit se boucher les oreilles, tout s'arrêta. Il ouvrit les yeux. Dans une chambre sombre qu'éclairait seulement un feu, un homme assis dans un fauteuil en cuir le regardait. Les flammes brillaient sur la monture métallique de ses lunettes, sur ses cheveux blancs et courts, et sur ses lèvres qui souriaient.

D'une main nonchalante, il fit signe à Toby de faire le tour de la maison et de le rejoindre.

À la porte, celui qui montait la garde lui dit :

– Le patron veut te voir maintenant, mon garçon.

Toby traversa une suite de pièces au mobilier tout de dorures et de velours. Les lourdes tentures étaient retenues par des cordelettes de passementerie dorée. Deux feux étaient allumés, l'un dans ce qui devait être une vaste bibliothèque, et l'autre dans une pièce aux murs de verre peints en blanc et contenant une petite piscine fumante remplie d'une eau bleu glacier.

L'Heure de l'Ange

Dans la bibliothèque – ce ne pouvait être rien d'autre, car elle était tapissée de livres du mur au plafond –, le « patron » était assis, tel que l'avait vu Toby par la fenêtre, dans un fauteuil à haut dossier en cuir couleur sang de bœuf.

Tout était raffiné dans cette pièce. Le bureau noir était finement sculpté. À gauche de l'homme se trouvait une armoire de livres dont les portes étaient ornées de personnages sculptés qui intriguèrent Toby. Tout, ici, avait l'air de dater de la Renaissance allemande. Le tapis avait été tissé pour cette pièce ; c'était une immense mer de fleurs sombres gansée d'or le long des murs aux larges plinthes cirées. Toby n'avait jamais vu de tapis tissé particulièrement pour une pièce, découpé autour des demi-colonnes qui encadraient les doubles portes et des alcôves devant les fenêtres.

– Assieds-toi et parlons, mon garçon, prononça l'homme.

Toby prit place dans le fauteuil en face de lui. Mais il ne dit rien. Aucun mot ne parvenait à franchir ses lèvres. La musique résonnait encore dans ses oreilles.

– Je vais t'expliquer précisément ce que je veux que tu fasses, dit l'homme.

Et il le lui exposa. C'était compliqué, certes, mais possible, et tentant par l'élégance de l'acte.

– Les armes à feu ? Elles sont grossières, dit l'homme. Ceci est plus simple, mais tu ne disposes que d'une chance, soupira-t-il. Tu enfonces l'aiguille dans la nuque ou la main et tu poursuis ta route. Tu sais comment t'y prendre, comment continuer à marcher, les yeux droit devant comme si tu n'avais même pas frôlé cette personne. Ces gens, en train de manger, de boire, ne sont pas sur leurs gardes. Ils pensent que leurs hommes, dehors, guettent les tireurs qu'ils doivent redouter. Tu hésites ? Dans ce cas, l'occasion s'envole, et, s'ils te prennent avec cette aiguille…

– Ils ne le feront pas. Je n'ai pas l'air dangereux.

— C'est vrai ! reconnut l'homme, qui écarta les bras dans un geste de surprise. Tu es un joli garçon. Je ne reconnais pas ton accent. Boston ? New York ? D'où viens-tu ?

Cela n'étonna pas Toby. La plupart des gens d'origine irlandaise ou allemande qui habitaient à La Nouvelle-Orléans avaient des accents que personne ne parvenait à identifier. Et, comme Toby affectait l'accent des beaux quartiers, cela devait être encore plus troublant.

— Tu as l'air anglais, allemand, suisse, américain, supposa l'homme. Tu es grand. Et tu es jeune, avec un regard glacial comme je n'en ai jamais vu.

— Vous voulez dire que je vous ressemble ?

L'homme fut de nouveau surpris, mais il sourit.

— Sans doute. Mais j'ai soixante-sept ans et tu n'en as pas même vingt et un. (Toby hocha la tête.) Et si tu lâchais cette arme et qu'on parlait ?

— Je peux faire tout ce que vous demandez.

— Tu as bien compris ? Une seule chance ! Si tu le fais correctement, il ne remarquera rien. Il lui faudra vingt minutes pour mourir. Entre-temps, tu seras déjà sorti du restaurant, tu continueras à marcher et nous te prendrons en voiture.

Toby était tout excité, mais il n'en laissa rien voir. La musique, dans sa tête, continuait. Il entendit les premiers accents des cordes et des percussions.

Je savais qu'il était tout excité en le regardant. Je le voyais à sa respiration et à la chaleur dans ses yeux, que l'homme ne remarquait peut-être pas. Pendant un moment, Toby eut l'air de Toby : innocent, plein de projets.

— Qu'est-ce que tu désires pour tout ça, en dehors de l'argent ? interrogea l'homme.

Cette fois, Toby fut surpris. Et son expression changea du tout au tout. L'homme remarqua le rouge qui lui montait aux joues et l'éclat de son regard.

L'Heure de l'Ange

– Beaucoup de travail, répondit Toby. Plein. Et le plus beau luth que vous puissiez acheter.

L'homme le dévisagea.

– Comment en es-tu arrivé là ? lui demanda-t-il avec ce même geste étonné des mains. Comment as-tu réussi à faire ce que tu as fait ?

Je connaissais la réponse. Je connaissais toutes les réponses. Je connaissais l'exaltation qu'éprouvait Toby. Je savais combien il se méfiait de cet homme et combien il aimait le défi qui lui était lancé – assassiner et essayer de rester en vie. Après tout, qu'est-ce qui empêchait cet homme de le tuer une fois qu'il aurait accompli sa mission ?

Une pensée traversa l'esprit de Toby. Ce n'était pas la première fois qu'il se surprenait à regretter de ne pas être mort. Alors qu'est-ce que cela pouvait bien faire si cet homme le tuait ? Il ne serait pas cruel. Ce serait fait rapidement et c'en serait terminé de la vie de Toby O'Dare. Il essaya d'imaginer, comme tant d'êtres humains, ce que cela signifie d'être anéanti. Le désespoir s'empara de lui comme si c'était l'accord le plus grave qu'il eût pu jouer sur son luth, et son écho résonnait sans fin.

L'excitation brutale qu'apportait la mission était le seul contrepoids, et l'accord qui pulsait si violemment à ses oreilles lui donna ce qui passe pour du courage.

Cet homme semblait bon. Mais, en vérité, Toby ne faisait confiance à personne. Cependant, cela valait la peine d'essayer. L'homme était bien élevé, sûr de lui, raffiné et, à sa façon, très séduisant. Son calme était séduisant. Alonso n'était jamais calme ; Toby faisait semblant de l'être. Mais il ne savait pas vraiment ce qu'était le calme.

– Si vous ne me trahissez pas, promit Toby, je ferai n'importe quoi pour vous, absolument n'importe quoi. Des choses dont les autres sont incapables. (Il pensa à la fille sanglotante qui le suppliait, il la revit tendre les bras, tenter de le repousser.) Je vous assure, n'importe quoi. Mais il viendra forcément un moment où vous ne voudrez plus de moi.

– Pas du tout. Tu vivras plus longtemps que moi. Il est impératif que tu me fasses confiance. Sais-tu ce que signifie « impératif » ?

– Absolument. Et pour le moment, comme je ne pense pas avoir le choix, oui, je vous fais confiance.

– Tu pourrais aller à New York, exécuter ta mission et poursuivre ton chemin.

– Et comment serais-je payé ?

– Tu pourrais prendre la moitié d'avance et disparaître.

– Est-ce ce que vous voulez que je fasse ?

– Non.

Il restait pensif.

– Je pourrais t'aimer, dit-il à mi-voix. Je suis sincère. Oh, ce n'est pas, tu le sais, que je veuilles que tu sois ma pute. Rien de tel. Bien qu'à mon âge peu importe qu'il s'agisse d'une fille ou d'un garçon. Non, du moment que c'est jeune, parfumé, tendre et beau. Parce qu'il y a quelque chose de beau en toi, dans ton allure, ta manière de parler et de te mouvoir dans une pièce.

Exactement ! C'est ce que je pensais. Et je comprenais, à présent, ce qu'on dit que les anges ne peuvent comprendre, je comprenais leurs cœurs à tous les deux.

Je pensais au père de Toby qui l'appelait « jolie frimousse » et se moquait de lui. Je pensais à la peur et à l'incapacité d'aimer. Je pensais à la façon qu'a la beauté de survivre sur Terre malgré les épines et les infortunes qui tentent constamment de l'étouffer. Mais mes pensées ne sont que le fond, ici c'est la surface qui compte.

– Je veux que ces Russes soient repoussés, expliqua l'homme. (Il se détourna, l'index sous la lèvre.) Je n'avais pas prévu ces Russes. Personne ne les imaginait. Je veux dire que je n'aurais jamais pensé qu'ils puissent opérer à tant de niveaux différents. Tu n'imagines pas ce qu'ils font, leurs escroqueries, leurs rackets. Ils utilisent le système de toutes les manières possibles. C'est ce qu'ils ont fait en Union soviétique. C'est ainsi qu'ils vivaient. Ils n'ont aucune notion du bien et du mal. Et ces jeunes mal dégrossis arrivent, des arrière-petits-cousins de je ne sais qui, ils exigent la maison et le restaurant d'Alonso. (Il eut un claquement de langue dégoûté.) Imbéciles. (Il soupira. Regarda le portable ouvert sur une petite table à sa droite. Toby ne l'avait pas remarqué jusque-là : c'était celui qu'il avait pris chez l'avocat.) Si tu continues de les repousser pour moi, sans cesse, à chaque fois, je t'aimerai encore plus que je ne t'aime maintenant. Je ne te trahirai jamais. Dans quelques jours, tu comprendras que je ne trahis personne, et c'est pour ça que je suis... eh bien, ce que je suis.

— Je crois que je le comprends déjà, opina Toby. Et pour le luth ?

— Je connais des gens, oui, bien sûr. Je verrai ce qui se trouve sur le marché. Je te l'obtiendrai. Mais ce ne pourra pas être le plus beau. Le plus beau des luths serait trop ostentatoire. Il ferait jaser. Laisserait des traces.

— Je connais le sens du mot.

— Les plus beaux luths sont prêtés aux jeunes solistes, on ne les leur donne jamais vraiment, je crois. Il n'y en a que quelques-uns dans le monde entier.

— Je comprends. Je ne suis pas doué à ce point-là. Je veux juste jouer sur un bon instrument.

— Je te donnerai le plus beau qui puisse s'acheter sans ennui. Tu n'as qu'une autre chose à me promettre.

— Bien sûr, lui assura Toby le sourire aux lèvres. Je jouerai pour vous. Chaque fois que vous le souhaiterez.

L'homme éclata de rire.

– Dis-moi d'où tu viens, demanda-t-il de nouveau. Vraiment. Je veux le savoir. Je peux deviner comme ça, lança-il en claquant des doigts, rien qu'à la manière de parler, même quand les gens se sont beaucoup entraînés à masquer leur accent. Mais je n'y arrive pas, avec toi. Dis-le-moi.

– Jamais je ne vous le dirai.

– Pas même si je te révèle que maintenant tu travailles pour les gentils, mon garçon ?

– Peu importe. Vous pouvez vous dire que je viens de nulle part. Que je suis quelqu'un qui a surgi au bon moment.

Je fus étonné. C'était exactement ce que je pensais. Quelqu'un qui a surgi au bon moment.

– Et une dernière chose, ajouta Toby.

– Demande, dit l'homme en souriant.

– Le nom du morceau de musique que vous écoutiez. Je veux l'acheter.

– C'est assez facile, repartit l'homme en riant. *Le Sacre du printemps*, d'Igor Stravinski.

L'homme le regardait, rayonnant, comme s'il avait découvert un être d'un courage sans prix. Et moi aussi.

À midi, Toby, profondément endormi, rêvait de sa mère. Il rêvait qu'elle et lui se promenaient dans une grande et magnifique maison aux plafonds à caissons. Et qu'il lui disait que tout allait être grandiose, que sa petite sœur irait chez les sœurs du Sacré-Cœur et Jacob au lycée jésuite.

Seulement, quelque chose clochait dans cette magnifique maison. Elle devenait un labyrinthe impossible à se représenter comme une belle demeure. Les murs s'élevaient comme des falaises, les planchers s'inclinaient. Il y avait une immense horloge de parquet noire, dans le salon, devant laquelle se dressait la silhouette du pape comme pendu à un gibet.

L'Heure de l'Ange

Toby se réveilla, seul, et, l'espace d'un instant, effrayé et ne sachant plus où il était. Puis il se mit à pleurer. Il essaya de se retenir, en vain. Il se retourna et enfouit son visage dans l'oreiller. Il revit la fille. Il la revit gisant, morte, avec sa petite jupe de soie et ses talons ridiculement hauts, telle une enfant déguisée. Des rubans étaient noués dans ses longs cheveux blonds.

L'ange gardien de Toby posa la main sur sa tête. Il lui fit voir quelque chose. Il lui fit voir la fille se relever, conservant la forme de son corps par habitude et parce qu'elle ignorait qu'il ne connaissait plus de telles limitations. Toby ouvrit les yeux. Puis ses sanglots redoublèrent, l'accord profond et désespéré retentit dans sa tête, plus violent que jamais. Il se recoucha et pleura jusqu'à ce qu'il s'endorme, comme cela arrive aux enfants. Il murmurait aussi une prière à travers ses larmes.

– Ange de Dieu, gardien de mon corps et de mon âme, fais que les gentils me tuent vite.

Son ange gardien, entendant le désespoir de sa prière, entendant le chagrin et l'immense accablement, s'était retourné et se cachait le visage dans les mains.

Mais pas moi. Pas Malchiah.

C'est lui, pensai-je.

Retour vers le présent, dix ans plus tard, au moment où j'ai commencé : il s'appelle Toby O'Dare, pour moi, et non Lucky le Renard. Et je viens pour lui.

CHAPITRE V

Les chants des séraphins

S'il m'est arrivé d'être stupéfait dans ma vie, ce n'était rien comparé à ce que j'éprouvais là. Ce n'est que progressivement que les formes et les couleurs de mon salon émergèrent de la brume dans laquelle j'avais sombré dès que Malchiah avait cessé de parler.

Je revins à moi, assis sur le canapé, le regard droit devant. Et je le vis, avec une extrême clarté, debout devant la muraille de livres. J'étais fracassé, incapable de prononcer un mot. Tout ce qu'il m'avait montré avait été si vivant, si immédiat, que j'avais encore du mal à me retrouver dans le moment présent, si tant est que je puisse m'ancrer dans un moment quelconque.

Le mélange de chagrin, de lourd et de terrible remords était tel que je détournai le regard et laissai lentement tomber mon visage dans mes mains.

L'espoir ténu du salut me soutenait. Au fond de mon cœur, je murmurai : « Seigneur, pardonne-moi de m'être séparé de Toi. » Pourtant, à l'instant où se formaient en moi ces paroles, je sentis : *Tu n'y crois pas. Tu n'y crois pas alors qu'il t'a révélé à toi plus intimement que tu n'aurais pu te révéler à toi-même. Tu ne crois pas. Tu as peur de croire.*

Je l'entendis s'approcher.

– Prie pour ta foi, me chuchota-t-il à l'oreille.

Et j'obéis. Un ancien rite me revint.

Durant les rudes après-midi d'hiver, quand je redoutais de rentrer après l'école, j'emmenais Emily et Jacob à l'église du Saint-Nom-de-Jésus et je priais silencieusement : *Seigneur, embrase mon cœur, car je perds la foi. Seigneur, touche mon cœur et embrase-le.*

Les anciennes images que j'invoquais alors resurgirent, aussi fraîches que si elles dataient de la veille. Je vis le dessin de mon cœur et l'éclatante flamme jaune. Mon souvenir était dépourvu des irrésistibles couleurs et mouvements qui imprégnaient ce que Malchiah m'avait montré. Mais je priai de tout mon cœur. Les images disparurent soudain et je me retrouvai seul avec les paroles de la prière.

Ce n'était pas une solitude ordinaire. Je me tenais devant Dieu sans bouger. J'eus l'impression fugitive de gravir un flanc de colline recouvert d'une herbe douce et de voir au loin devant moi une silhouette vêtue d'une robe, et des paroles me revinrent : *C'est cela le plus glorieux ; des milliers d'années ont passé, et pourtant tu peux Le suivre de près !*

– Mon Dieu, je suis navré de tout mon cœur, chuchotai-je. Pour tous mes péchés, à cause de la crainte de l'enfer, mais plus que tout, plus que tout, plus que tout parce que je me suis éloigné de Toi.

Je me rassis sur le canapé et me sentis dériver, dangereusement proche de perdre conscience, comme si j'avais été roué de coups par ce que j'avais vu ; je le méritais, mais mon corps ne pouvait plus supporter les coups. Comment pouvais-je tant aimer Dieu, être aussi accablé de ce que j'étais devenu et n'avoir pourtant pas la foi ?

Je fermai les yeux.

– Mon Toby, chuchota Malchiah, tu connais l'étendue de ce que tu as fait, mais tu ne peux appréhender l'étendue de ce qu'Il sait.

Je sentis le bras de Malchiah me prendre par l'épaule. Je sentis la fermeté de ses doigts. Puis je me rendis compte qu'il s'était levé et j'entendis ses pas alors qu'il traversait la pièce.

Je levai les yeux, le vis en face de moi et, de nouveau, je vis ses couleurs vives, sa forme distincte et séduisante. Une lumière, subtile mais évidente, émanait de lui. Je n'en étais pas sûr, mais il me sembla avoir aperçu cette lueur incandescente quand il m'était apparu la première fois à Mission Inn. Sur le moment, n'ayant trouvé aucune explication, je l'avais niée, la considérant tel un produit de mon imagination. Mais à présent je ne la niais plus. Je m'émerveillais. Son visage était rayonnant. Il était heureux. Il semblait presque joyeux. Et je me rappelai que l'on parlait dans les Évangiles de la joie du ciel lorsque vient une âme en pénitence.

– Expédions cela rapidement, dit-il avec entrain. (Et cette fois, aucune image saisissante n'accompagna ces paroles prononcées à mi-voix.) Tu sais très bien ce qui s'est passé ensuite. Tu n'as jamais dit à l'Homme Juste ton vrai nom, malgré son insistance, et avec le temps, lorsque les autorités t'ont baptisé Lucky, c'est ainsi que l'Homme Juste t'a appelé. Tu l'as accepté avec une amère ironie, accomplissant une mission après l'autre, espérant ne pas rester oisif, car tu savais ce que signifiaient ces mots.

Je ne répondis rien. Je me rendis compte que je le regardais à travers le voile trouble des larmes. Comme je m'étais glorifié de mon désespoir ! J'avais été un jeune homme en train de se noyer et qui lutte contre la fureur de la mer comme si cela pouvait le sauver, alors que les vagues s'abattaient et se refermaient sur moi.

– Durant ces années, tu as souvent travaillé en Europe. Quel qu'ait été ton déguisement, ta taille et ton teint clair t'ouvraient toutes les portes. Tu pénétrais dans les banques, les grands restaurants, les hôpitaux, les grands hôtels. Plus jamais tu ne t'es servi d'une arme à feu, car tu n'en avais pas besoin. « Le Tueur à l'Aiguille », disait-on dans les articles détaillant tes triomphes, toujours longtemps après les faits. On passait et repassait en vain les images indistinctes des vidéos de surveillance.

« Seul, tu es allé à Rome et tu es entré dans la basilique Saint-Pierre. Tu es remonté vers le nord par Assise, Sienne et Pérouse, jusqu'à Milan, Prague et Vienne. Un jour, tu es allé en Angleterre simplement pour voir le paysage désolé où les sœurs Brontë ont vécu et écrit leurs romans ; seul, tu as assisté à des représentations de Shakespeare. Tu as arpenté la tour de Londres, invisible, perdu parmi les touristes. Tu as vécu une vie sans témoin. Une vie dans une telle perfection de solitude que personne ne pourrait l'imaginer, sauf, peut-être, l'Homme Juste.

« Mais, assez vite, tu as cessé de lui rendre visite. Peu t'importaient son rire facile, ses plaisantes observations ou la manière détachée dont il discutait des choses qu'il te demandait. Au téléphone, tu pouvais le tolérer ; à la table d'un dîner, tu trouvais cela insupportable. Les plats devenaient insipides et te desséchaient la bouche.

« C'est ainsi que tu t'es éloigné du dernier témoin, devenu un fantôme au bout d'une ligne et non plus un semblant d'ami.

Il se tut, se retourna et passa une main sur les livres derrière lui. Il paraissait si matériel, si parfait, si réel !

Je m'entendis étouffer un cri, à moins que ce ne fût le bruit étranglé des larmes.

– Ceci est devenu ta vie, continua-t-il de la même voix sourde et calme. Ces livres et ces voyages dans le pays, car il était devenu trop dangereux pour toi de te risquer hors des frontières, et tu t'es installé ici, il n'y a pas neuf mois, buvant à pleines lampées la lumière de la Californie comme si tu avais vécu tes premières années dans une pièce obscure. (Il me fit face.) Je te veux, maintenant. Mais ta rédemption est entre les mains du Créateur, avec ta foi en Lui. La foi s'anime en toi. Tu le sais, n'est-ce pas ? Tu as déjà imploré le pardon. Tu as déjà reconnu la vérité de tout ce que je t'ai révélé et soixante-dix fois plus. Sais-tu que Dieu t'a pardonné ?

Je ne pus répondre. Comment pouvait-on pardonner ce que j'avais fait ?

– C'est de Dieu tout-puissant que nous parlons, chuchota-t-il.

– Je le veux, murmurai-je. Que puis-je faire ? Que désires-tu de moi qui puisse compenser ne serait-ce qu'une infime partie de tout cela ?

– Deviens mon aide. Deviens mon instrument humain pour m'aider à accomplir ma mission sur Terre. (Il s'appuya contre la bibliothèque et joignit les mains sous ses lèvres.) Abandonne cette existence vide que tu t'es façonnée et consacre-moi ton esprit, ton courage, ta ruse et ta grâce physique si peu commune. Tu es remarquablement courageux là où d'autres seraient timorés. Tu es astucieux là où ils seraient sans voix. Tout ce que tu es, je peux m'en servir.

Cela me fit sourire. Car je savais de quoi il parlait. Je comprenais tout ce qu'il disait.

– Tu entends les paroles des autres avec les oreilles d'un musicien, continua-t-il. Et tu aimes ce qui est harmonieux et beau. Malgré tes péchés, tu as un cœur instruit. Tout cela, je peux le mettre en œuvre pour exaucer les prières auxquelles le Créateur m'a demandé de répondre. J'ai demandé un instrument humain pour accomplir Sa volonté. Tu es cet instrument. Consacre-toi à moi et à Lui.

L'Heure de l'Ange

J'entrevis enfin la première lueur de véritable bonheur que je cherchais depuis des années.

– Je veux te croire, murmurai-je. Je veux être cet instrument, mais je crois, pour la première fois de ma vie, peut-être, que j'ai réellement peur.

– Non, pas du tout. Tu n'as pas accepté Son pardon. Tu dois croire qu'Il peut pardonner à un homme comme toi. Et Il l'a fait. (Il n'attendit pas ma réponse.) Tu ne peux imaginer l'univers qui t'entoure. Tu ne peux le voir comme nous le voyons depuis le ciel. Tu ne peux entendre les prières qui s'élèvent de partout, à chaque siècle, sur chaque continent, de chaque cœur.

« On a besoin de nous, de toi et de moi, dans ce qui est pour toi une époque révolue, mais pas pour moi, qui puis voir ces années aussi clairement que le moment présent. Tu passeras d'une heure naturelle à une autre heure naturelle. Mais moi, j'existe dans l'heure de l'ange, et tu voyageras avec moi à travers ce temps.

– L'heure de l'ange, chuchotai-je.

Quelle vision cette expression éveillait-elle en moi ?

– Le regard du Créateur englobe le temps. Il sait tout ce qui est, était et sera. Il sait tout ce qui pourrait être. Et Il est Celui qui enseigne à tous, pour autant que nous puissions comprendre.

Quelque chose changeait en moi, complètement. Mon esprit cherchait à saisir l'ensemble de ce qu'il m'avait révélé, et j'avais beau connaître la théologie et la philosophie, je ne pouvais y parvenir que sans mots.

Me revint alors une phrase de saint Augustin citée par saint Thomas d'Aquin, que je murmurai à mi-voix.

« Quoique les nombres infinis soient sans nombre, ils n'échappent pas à celui dont la science est sans nombre. »[1]

---

1. *Somme théologique*, question 14, article 12.

Il souriait, pensif, et poursuivit :
— Je ne peux ébranler les sentiments de ceux qui ont besoin de moi comme j'ai ébranlé les tiens. J'ai besoin que tu pénètres dans leur univers matériel selon mes consignes, toi qui es aussi humain qu'eux, toi qui es un homme comme certains d'entre eux. J'ai besoin que tu interviennes non pour apporter la mort, mais pour imposer la vie. Accepte, et ta vie sera détournée du mal ; accepte, et tu seras sur-le-champ précipité dans le danger et la peine de celui qui tente d'accomplir ce qui est sans conteste le bien.

Danger et peine.
— J'accepte. (Je voulus répéter ces mots, mais ils semblaient rester en suspens entre nous.) Où que tu le désires. Seulement, montre-moi ce que tu attends de moi et comment accomplir ta volonté. Montre-moi ! Je me moque du danger. Peu m'importe la peine. Tu n'as qu'à me dire ce qui est bien et je le ferai.

Mon Dieu, je crois vraiment que Tu m'as pardonné ! Donne-moi cette chance ! Je suis à Toi.

J'éprouvai aussitôt un bonheur inattendu, une légèreté, et enfin de la joie.

Immédiatement, l'air qui m'entourait changea.

Les couleurs de la pièce se fondirent en devenant plus éclatantes. J'avais l'impression d'être un personnage extrait d'une peinture qui s'agrandissait et se troublait avant de se dissoudre autour de moi en une brume ténue et scintillante.

— Malchiah ! m'écriai-je.
— Je suis à tes côtés, prononça sa voix.

Nous étions en train de monter. Le jour avait fondu en une obscurité violette d'où irradiait une lumière douce et caressante. Puis tout vola en un milliard de minuscules particules de feu.

Un son d'une inexprimable beauté me saisit. Il semblait me soutenir aussi fermement que les courants aériens me portaient, aussi sûrement que la chaleureuse présence de Malchiah me guidait, mais je ne voyais rien d'autre que les cieux étoilés, puis le son devint une note grave et splendide, semblable à l'écho d'un immense gong de bronze.

Un vent vif s'était levé, mais l'écho le dominait. D'autres notes suivirent, confondues, vibrantes, provenant, aurait-on dit, du cœur d'innombrables cloches pures et légères. Lentement, la musique finit par dissoudre entièrement le bruit du vent tandis qu'elle enflait et s'emballait, et il me sembla percevoir un chant plus riche et plus fluide que tous ceux que j'avais entendus. Il les transcendait d'une manière si indescriptible que toute notion de temps m'abandonna. Je ne pouvais qu'imaginer écouter éternellement ces chants et je n'avais plus aucune sensation de moi-même.

Dieu que j'ai abandonné et dont je me suis détourné... Je suis à Toi.

Les étoiles s'étaient tant multipliées qu'elles étaient comme le sable de la mer. En fait, il n'y avait plus d'obscurité parmi toute cette brillance, mais chaque étoile scintillait d'une lumière iridescente et parfaite. Et autour de moi, au-dessus, au-dessous, à côté, je vis des étoiles filantes traversant le ciel sans un bruit.

Je me sentais sans corps, au cœur de tout cela, avec le désir de ne plus jamais en partir. Soudain, comme si on me l'avait dit, je compris que ces étoiles filantes étaient des anges. Je le sus, simplement. Je sus que c'étaient des anges qui voyageaient dans toutes les directions, leurs trajectoires rapides et inexorables faisant partie du grand mouvement de l'Univers.

Très lentement, la musique céda la place à un autre son. Étouffé, puis plus pressant : un chœur de chuchotements venus d'en bas. Tant de voix, discrètes et réservées, rejoignirent ce murmure en se mêlant à cette musique qu'il semblait que le monde entier, au-dessous de nous, autour de nous, était rempli de ce chœur, et j'entendais une infinité de syllabes, mais toutes paraissaient ne prononcer qu'une seule et même prière.

Je baissai les yeux, stupéfait d'avoir encore le sens de l'orientation. La musique continuait de décroître tandis qu'une immense planète apparaissait. J'avais de la peine : je ne supporterais pas de perdre cette musique. Mais nous plongions vers cette planète, et je sus que c'était juste, et je n'opposai aucune résistance.

Partout, les étoiles continuaient de filer en tous sens, et à présent je n'éprouvais plus aucun doute : c'étaient des anges répondant à des prières. C'étaient les messagers diligents de Dieu, et je me sentais privilégié d'assister à cela, même si la plus suave musique qu'il m'ait jamais été donné d'entendre avait presque cessé.

Le chœur des chuchotements était immense et, à sa manière, parfait bien que plus sombre. *Ce sont les chants de la Terre*, pensai-je, *ils sont remplis de tristesse, de supplication, d'adoration, de révérence et de respect.*

Je vis apparaître de vastes territoires constellés de myriades de lumières, et l'étendue luisante et satinée des mers. Les villes étaient de vastes toiles d'araignées lumineuses qui apparaissaient et disparaissaient entre les nuages. Alors que nous descendions, je les distinguai mieux. La musique s'était évanouie et le chœur de prières était devenu la mélodie qui m'emplissait les oreilles.

L'espace d'une seconde, une multitude de questions me vinrent, mais elles reçurent immédiatement leur réponse. Nous approchions de la Terre, mais à une époque différente.

– Rappelle-toi, me murmura Malchiah à l'oreille, que le Créateur connaît toute chose, tout ce qui est passé et présent, tout ce qui est arrivé et arrivera, comme ce qui pourrait arriver. Rappelle-toi qu'il n'y a ni passé ni avenir là où Se trouve le Créateur, mais seulement le vaste présent de toutes les choses qui vivent.

Je fus intimement convaincu de la vérité de ces paroles, je les absorbai et, de nouveau, je fus empli d'une immense gratitude, si bouleversante qu'elle réduisait à rien toute autre émotion. Je voyageais avec Malchiah dans l'heure de l'ange pour retrouver l'heure naturelle et je me savais en sécurité car j'étais avec lui.

Les myriades de points lumineux, qui filaient à une grande vitesse, diminuaient à présent, ou du moins disparaissaient à mon regard. Juste au-dessous de nous, je vis un groupe de toits couverts de neige et de cheminées qui exhalaient dans l'air de la nuit une fumée rougeâtre.

Une délicieuse odeur de feu de bois m'emplit les narines. Les prières étaient faites de mots, et plus ou moins insistantes, mais je n'en saisissais pas le sens.

Je sentis mon corps tout entier reprendre forme, alors même que les chuchotements m'enveloppaient, et je me rendis compte que mes anciens vêtements avaient disparu. Je portais un vêtement qui semblait de lourde laine. Mais peu m'importait mon allure, j'étais trop captivé par ce que je voyais au-dessous de moi.

Il me semblait voir une rivière couler entre les maisons, un ruban argenté dans l'obscurité, et la forme vague de ce qui devait être une immense cathédrale, avec son inévitable plan en croix. Sur une éminence se dressait ce qui devait être un château. Tout le reste n'était que toits blottis les uns contre les autres, certains couverts de neige, d'autres si pentus que les flocons n'avaient pu y tenir. Et, en effet, la neige tombait avec une délicieuse douceur que je pouvais entendre.

L'immense chœur de chuchotements entremêlés devenait toujours plus fort.

— Ils prient et ils sont effrayés, m'étonnai-je.

J'entendis ma voix, toute proche, comme si je n'étais pas dans ce vaste ciel. Un frisson me parcourut. L'air m'enveloppa. Je sentis la neige sur mon visage et mes mains. Je voulais désespérément écouter une dernière fois cette musique enfuie et, à mon grand étonnement, je l'entendis en effet dans un grand écho qui enfla et mourut.

Et l'idée de pouvoir faire le bien dans ce monde s'empara de moi tandis que je ravalais mes larmes.

— Ils prient pour Meir et pour Fluria, annonça Malchiah. Ils prient pour toute la communauté juive de la ville. Tu dois répondre à leurs prières.

— Mais comment ? Que vais-je faire ?

Nous étions à présent tout proches des toits, et je distinguais les rues et les sentes de la cité, la neige qui couvrait les tours du château et le toit de la cathédrale qui luisait comme si la lumière des étoiles pouvait briller à travers la neige, faisant paraître la ville bien terne.

— Nous sommes au début de la soirée dans la ville de Norwich, expliqua Malchiah d'une voix parfaitement claire, malgré les prières qui résonnaient dans mes oreilles. Les processions de Noël viennent de se terminer, et un temps de troubles a commencé pour la juiverie.

Je n'eus pas besoin de lui demander de poursuivre. Je savais que le terme « juiverie » qualifiait la population des juifs de Norwich et le petit quartier où la plupart habitaient.

Nous descendions de plus en plus vite. J'aperçus une rivière et, pendant un moment, je vis les prières s'élever ; mais le ciel s'épaississait, les toits au-dessous de moi faisaient penser à des fantômes, et je sentis de nouveau la neige humide me frôler.

Nous traversâmes la ville puis, lentement, je me retrouvai debout, sur le sol. Nous étions entourés de maisons à colombages qui semblaient pencher dangereusement vers nous, prêtes à nous écraser d'un instant à l'autre. De faibles lumières éclairaient les épaisses et minuscules fenêtres. Seuls quelques flocons tourbillonnaient encore dans l'air glacé.

Je baissai les yeux dans cette faible clarté et vis que je portais l'habit d'un moine ; je reconnus aussitôt cet habit : la tunique blanche, le long scapulaire blanc et le manteau noir à capuchon d'un dominicain. Je sentis la corde familière qui me ceignait la taille, mais le long scapulaire la recouvrait. Je portais à l'épaule une sacoche de cuir pleine de livres. Je fus abasourdi.

Je levai les mains avec angoisse et m'aperçus que j'étais tonsuré ; j'avais le dessus du crâne rasé et l'anneau de cheveux bien taillés des moines de cette époque.

— Tu as fait de moi ce que j'ai toujours voulu être, m'exclamai-je. Un frère dominicain !

Je ne pouvais contenir mon enthousiasme.

— Maintenant, écoute, coupa Malchiah. (Bien que je ne pusse le voir, sa voix résonna contre les murs. J'étais seul. J'entendis des voix irritées dans la nuit, à faible distance. Et le chœur de prières s'était éteint.) Je suis juste à côté de toi. (La panique m'envahit un instant, puis je sentis le contact de sa main sur la mienne.) Écoute-moi. C'est une foule que tu entends dans la rue voisine, et nous avons peu de temps. Le roi Henri de Winchester est sur le trône d'Angleterre. Tu devineras sans doute que nous sommes en l'an 1257, mais rien de tout cela n'a d'intérêt pour toi ici. Tu connais cette époque aussi bien peut-être que n'importe quel homme de ton siècle, et tu la connais comme elle-même ne peut se connaître. Meir et Fluria te sont confiés, et toute la juiverie prie, car Meir et Fluria sont en danger, et, comme tu le comprends très bien, ce danger peut s'étendre à toute la petite population juive de cette ville. Ce danger pourrait même gagner Londres.

J'étais fasciné au plus haut point et surexcité plus que je ne l'avais été de toute ma vie. Je connaissais cette époque et les périls qui menaçaient tous les juifs d'Angleterre.

Je commençais à avoir froid. Je vis que j'étais chaussé de souliers à boucle. Je sentis aussi sur mes jambes des bas de laine. Dieu merci, je n'étais pas un franciscain, réduit à marcher en sandales ou pieds nus, me dis-je. Puis j'eus un étourdissement. Je devais chasser ces idées absurdes et réfléchir.

– Précisément, dit la voix toute proche de Malchiah. Mais prendras-tu plaisir à ce que tu es venu faire ? Oui, car il n'y a pas d'ange de Dieu qui ne tire de joie à aider les humains. Et, désormais, tu œuvres avec nous. Tu es notre enfant.

– Ces gens peuvent-ils me voir ?

– Sans le moindre doute. Ils te verront et t'entendront, et tu les comprendras tout comme ils te comprendront. Tu sauras parler français, anglais ou hébreu, et tu comprendras quand eux parleront ces langues. Ces choses sont assez faciles pour nous.

– Mais... toi ?

– Je serai toujours à tes côtés, comme je te l'ai dit. Mais tu seras seul à me voir et à m'entendre. Ne tente pas de me parler à haute voix. Et ne m'appelle que si tu y es contraint. À présent, va vers cette foule et mêle-toi à elle, car cela prend une mauvaise tournure. Tu es un lettré itinérant, parti d'Italie pour rejoindre l'Angleterre en traversant la France, et ton nom est frère Toby, ce qui est assez simple.

J'étais impatient de commencer.

– Que dois-je savoir d'autre ?

– Fie-toi à tes dons, ceux pour lesquels je t'ai choisi. Tu es éloquent et tu as une grande assurance quand tu joues un rôle en vue d'un objectif. Fie-toi au Créateur et fie-toi à moi.

L'Heure de l'Ange

J'entendis les voix enfler dans la rue voisine. Une cloche sonna.

– Ce doit être le couvre-feu, dis-je vivement.

Mes pensées s'enchaînaient fébrilement. Ce que je savais de ce siècle me parut soudain infime, et, de nouveau, j'éprouvai de l'appréhension, presque de la peur.

– C'est le couvre-feu, acquiesça Malchiah. Et il va enflammer tous ceux qui provoquent ces troubles, parce qu'ils ont hâte de parvenir à leurs fins. Maintenant, va.

CHAPITRE VI

LE MYSTÈRE DE LEA

Cette foule en colère paraissait effrayante, car il ne s'agissait pas de la populace. Beaucoup portaient des lanternes, certains des torches et quelques-uns des cierges, et nombre de gens parmi eux étaient richement vêtus de velours et de fourrure.

Les maisons qui bordaient la rue étaient en pierre, et je me rappelai que c'étaient les juifs qui avaient bâti, avec raison, les toutes premières maisons de pierre d'Angleterre. Alors que j'approchais, j'entendis en moi la voix de Malchiah.

– Les prêtres en blanc sont du prieuré de la cathédrale, m'expliqua-t-il alors que je regardais les trois hommes en froc les plus proches de la porte de la maison. Les dominicains sont réunis autour de lady Margaret, nièce du bailli et cousine de l'archevêque. À côté d'elle se trouve sa fille, Nell, qui a treize ans. Ils accusent Meir et Fluria d'avoir empoisonné leur enfant et de l'avoir secrètement inhumée. N'oublie pas : Meir et Fluria sont sous ta responsabilité, et tu es venu ici les aider.

L'Heure de l'Ange

Je voulais poser des milliers de questions. J'étais ébranlé d'apprendre qu'une enfant avait peut-être été assassinée. Et ce n'est qu'après que je fis le rapprochement : ces gens étaient accusés du crime même que je commettais habituellement.

Je me mêlai à la foule puis sentis que Malchiah disparaissait. À présent, j'étais seul.

Lady Margaret tambourinait à la porte quand je m'approchai. Elle portait une robe étroite éblouissante, à la mode allemande, gansée de fourrure, et une houppelande de fourrure. Son visage ruisselait de larmes.

– Sortez et répondez ! demanda-t-elle d'une voix brisée et désespérée. Meir et Fluria, je l'exige. Présentez Lea dès à présent ou répondez-nous de son absence. Nous n'accepterons plus de mensonge, je le jure. (Elle se retourna et éleva la voix vers la foule.) Ne nous bercez plus de vos contes en prétendant que l'enfant a été emmenée à Paris.

Un chœur approbateur s'éleva de la foule.

Je saluai les autres dominicains qui s'étaient avancés vers moi et leur dis à mi-voix que j'étais frère Toby, un pèlerin qui avait traversé bien des contrées.

– Eh bien, vous arrivez au bon moment, lança le plus grand et le plus impressionnant des moines. Je suis frère Antoine, le supérieur ici, comme vous le savez sans doute, si vous étiez à Paris, et ces juifs ont empoisonné leur propre fille parce qu'elle a osé pénétrer dans la cathédrale la nuit de Noël.

Bien qu'il eût tenté de baisser la voix, ces paroles provoquèrent aussitôt les sanglots de lady Margaret et de sa fille Nell. Et de nombreux cris d'approbation et de huées parmi ceux qui nous entouraient. La jeune Nell, vêtue d'exquise façon, comme sa mère, était, elle, infiniment plus désemparée.

– C'est ma faute, tout est ma faute, sanglotait-elle. C'est moi qui l'ai amenée à l'église.

Aussitôt, les prêtres en blanc du prieuré commencèrent à se quereller avec le frère qui m'avait parlé.

— C'est le frère Jérôme, chuchota Malchiah. Et tu verras qu'il est le premier à s'opposer à cette campagne destinée à faire, avec un juif de plus, un saint martyr.

Je fus soulagé d'entendre sa voix, mais comment pouvais-je lui demander d'autres renseignements ?

Je sentis qu'il me poussait et me retrouvai le dos à la porte de la grande maison où habitaient Meir et Fluria.

— Pardonnez à l'étranger que je suis, dis-je d'une voix qui me parut naturelle, mais pourquoi êtes-vous si certains qu'un meurtre a eu lieu ?

— Elle est introuvable, voilà comment nous le savons, répondit lady Margaret. (C'était l'une des plus séduisantes femmes que j'aie vues, malgré ses yeux rougis et embués de larmes.) Nous avons emmené Lea avec nous parce qu'elle voulait voir l'Enfant Jésus, ajouta-t-elle d'une voix tremblante. Nous n'aurions jamais imaginé que ses propres parents l'empoisonneraient et se pencheraient sur son lit d'agonie avec un cœur de pierre. Qu'ils sortent ! Qu'ils répondent !

Toute la foule reprit en chœur, et le prêtre en blanc, frère Jérôme, demanda le silence en me jetant un regard lourd.

— Nous avons déjà assez de dominicains dans cette ville, dit-il. Et nous avons déjà un martyr parfait dans notre cathédrale, le petit saint William. Les méchants juifs qui l'ont assassiné sont morts depuis longtemps et leur crime n'est pas resté impuni. Tes frères dominicains veulent leur propre saint, car le nôtre ne leur suffit pas.

— C'est la petite sainte Lea que nous voulons honorer aujourd'hui, dit lady Margaret d'une voix rauque et désespérée. Et Nell et moi sommes la cause de son malheur. Nous connaissons tous le petit Hugh de Lincoln, et les horreurs qui furent...

— Lady Margaret, nous ne sommes pas dans la ville de Lincoln, insista frère Jérôme, et nous n'avons aucune preuve aussi patente que celle découverte à Lincoln pour affirmer qu'un meurtre a été commis ici. (Il se tourna vers moi.) Si tu es venu prier à l'autel du jeune saint William, sois le bienvenu. Je vois bien que tu es un frère instruit et non quelque mendiant du commun, ajouta-t-il en foudroyant du regard les autres dominicains. Et je puis te dire sur-le-champ que le jeune saint William est un saint véritable, célèbre dans toute l'Angleterre, et que ces gens n'ont nulle preuve que la fille de Fluria, Lea, ait jamais été baptisée.

— Elle a souffert le baptême du sang, insista frère Antoine avec l'assurance du prêcheur. Le martyre du petit Hugh ne nous indique-t-il pas de quoi sont capables ces juifs si nous les laissons faire ? Cette enfant est morte pour sa foi, elle est morte pour être entrée dans l'église le soir de Noël. Et cet homme et cette femme doivent répondre non point seulement du crime contre nature d'avoir tué leur chair et leur sang, mais du meurtre d'une chrétienne, car c'est ce que Lea était devenue.

La foule l'approuva bruyamment, mais je vis que beaucoup ne croyaient pas à ses paroles. Qu'étais-je censé faire, et comment ? Je me retournai et frappai à la porte.

— Meir et Fluria, dis-je d'une voix calme, je suis venu vous défendre. Répondez-moi, je vous en prie.

J'ignorais s'ils pouvaient m'entendre.

Entre-temps, la moitié de la ville avait grossi la foule, et, soudain un clocher voisin sonna le tocsin. De plus en plus de gens accouraient dans la rue.

La foule fut brutalement désemparée par l'arrivée de soldats. Je vis apparaître un cavalier bien vêtu, ses cheveux blancs flottant au vent, une épée à la ceinture. Il arrêta sa monture à quelques pas de la porte et fut rejoint par cinq ou six autres cavaliers.

Certains s'enfuirent aussitôt. D'autres se mirent à crier :
– Arrêtez-les ! Arrêtez les juifs !

D'autres s'approchèrent tandis que l'homme sautait de cheval et s'avançait vers la porte, considérant l'assistance d'un regard impassible.

Lady Margaret prit la parole avant lui.

– Messire bailli, vous savez que ces juifs sont coupables. Vous savez qu'ils ont été vus dans la forêt portant un lourd fardeau et qu'ils ont enterré cette enfant sous le grand chêne.

Le bailli, un grand homme sec à la barbe aussi blanche que ses cheveux, jeta autour de lui un regard méprisant.

– Fais taire ce tocsin sur-le-champ, cria-t-il à l'un de ses hommes.

Il me toisa, mais je ne m'écartai pas. Il se retourna vers la foule.

– Laissez-moi vous rappeler, bonnes gens, que ces juifs sont la propriété de Sa Majesté le roi Henri et que, si vous causez quelque dommage à leurs personnes ou à leurs biens, vous causerez dommage au roi, serez arrêtés et tenus pour responsables. Ce sont les juifs du roi. Ils sont serfs de la Couronne. Maintenant, partez. Devons-nous avoir un martyr juif dans chaque cité du royaume ?

Ses paroles soulevèrent protestations et récriminations.

Lady Margaret le prit par le bras.

– Mon oncle, l'implora-t-elle, un crime affreux a été commis ici. Non, ce n'est pas l'infamie subie par le petit saint William ou le petit saint Hugh, mais c'est tout aussi ignoble. C'est parce que nous avons emmené l'enfant avec nous dans l'église la nuit de Noël que…

– Combien de fois devrai-je entendre cela ? répondit-il. Jour après jour, nous avons été les amis de ces juifs, et maintenant nous devrions nous en prendre à eux parce qu'une jeune fille s'en va sans prendre congé de ses amis les gentils ?

La cloche s'était tue, mais la rue débordait de villageois, et il me semblait même que certains étaient arrivés par les toits.

— Retournez dans vos maisons, ordonna le bailli. Le couvre-feu a sonné. La loi vous interdit de demeurer ici !

Ses soldats tentèrent péniblement de faire avancer leurs chevaux.

Lady Margaret fit rageusement signe à quelques-uns, parmi la foule, de s'approcher, et aussitôt deux individus déguenillés et empestant la boisson s'avancèrent. Ils portaient de simples tuniques de laine et des chausses, comme la plupart des hommes présents, mais en loques, et tous deux semblaient hypnotisés par les torches et la foule qui se bousculait pour les voir.

— Mais quoi, ces témoins ont vu Meir et Fluria aller dans la forêt avec un sac ! s'écria-t-elle. Ils les ont vus auprès du grand chêne. Seigneur bailli, mon très cher oncle, si le sol n'était point gelé, nous aurions déjà trouvé le corps de l'enfant là où ils l'ont enterrée.

— Ces hommes sont des ivrognes, lançai-je aussitôt. Et si vous n'avez pas le corps, comment pouvez-vous prouver qu'il y a eu un meurtre ?

— Voilà qui est bien vrai, dit le bailli. Voici un dominicain qui n'est point assez enragé pour vouloir faire une sainte d'une enfant qui se réchauffe en cet instant près d'un âtre dans la cité de Paris. (Il se tourna vers moi.) Ce sont vos frères qui ont nourri ce feu. Faites-leur reprendre leurs esprits.

Cette réflexion irrita visiblement les dominicains, mais je fus frappé par un autre aspect de leur comportement : ils étaient de bonne foi.

– Mon oncle, s'emporta lady Margaret, ne voyez-vous pas combien je suis coupable ? Je ne puis en rester là. C'est Nell et moi qui avons emmené cette enfant à la messe voir la procession de Noël. C'est nous qui lui avons expliqué les chants et qui avons répondu à ses innocentes questions...

– Ce pour quoi ses parents lui ont pardonné ! déclara le bailli. Qui, dans la juiverie, est plus doux que Meir, l'érudit ? Enfin, frère Antoine, vous avez étudié l'hébreu avec lui ! Comment pouvez-vous l'accuser ainsi ?

– Oui, j'ai étudié avec lui. Mais je le sais faible et sous l'empire de son épouse. C'est elle, après tout, qui est la mère de l'apostate...

À ces mots, la foule s'exclama bruyamment.

– Apostate ! s'écria le bailli. Rien ne vous dit que l'enfant ait été apostate ! Trop de choses restent obscures !

La foule n'obéissait plus, et il s'en rendit compte.

– Mais pourquoi êtes-vous si certain que l'enfant est morte ? demandai-je à frère Antoine.

– Elle a été malade au matin de Noël, frère Jérôme le sait bien. Il est médecin autant que prêtre. Il est allé à son chevet. Ils avaient commencé à l'empoisonner. Et elle est restée alitée toute une journée, en proie à de grands maux, le poison lui rongeant le ventre ; à présent, elle a disparu sans laisser de traces, et ces juifs ont l'effronterie de prétendre que ses cousins l'ont emmenée à Paris. Qui entreprendrait pareil voyage par ce temps ?

Il semblait que tout le monde avait quelque détail à ajouter sur le sujet, mais je haussai la voix.

– Eh bien, c'est par ce temps que je suis venu ici, répondis-je. Nul ne peut accuser quiconque d'un meurtre sans preuve. Le fait demeure. N'y avait-il pas un corps dans le cas du petit saint William ? Une victime dans celui de saint Hugh ?

L'Heure de l'Ange

Lady Margaret rappela à nouveau à tous que le sol, autour du chêne, était gelé.

— Je ne voulais pas faire de mal, s'écria-t-elle amèrement. Elle voulait seulement écouter de la musique. Elle aimait la musique. Elle aimait la procession. Elle voulait voir le divin Enfant.

De nouveaux cris s'élevèrent.

— Pourquoi n'avons-nous point vu ses cousins venir la chercher pour ce prétendu voyage ? demanda frère Antoine, s'adressant au bailli et à moi.

Le bailli baissa les yeux, mal à l'aise. Il fit signe à ses hommes, et l'un d'eux partit.

— J'ai fait mander des soldats afin de protéger la juiverie, me dit-il à voix basse.

— J'exige, intervint lady Margaret, que Meir et Fluria répondent. Pourquoi tous ces juifs malfaisants sont-ils murés chez eux ? Ils savent que c'est vrai.

— Malfaisants ? répondit aussitôt frère Jérôme. Meir, Fluria, le vieil Isaac, le médecin ? Ces gens mêmes que nous avons comptés parmi nos amis ? Ils seraient malfaisants, à présent ?

— Vous leur devez beaucoup pour vos chasubles, vos calices et votre prieuré, rétorqua frère Antoine, le dominicain. Mais ce ne sont pas des amis. Ce sont des prêteurs.

À nouveau, des cris s'élevèrent, mais la foule s'écartait, et un vieillard voûté aux longs cheveux gris s'avança dans la lumière des torches. Sa tunique et sa houppelande frôlaient la neige, et ses souliers étaient ornés de boucles d'or fin.

Je vis aussitôt sur sa poitrine le morceau d'étoffe jaune, le désignant comme juif, qui avait la forme des tables des dix commandements, et je me demandai comment on avait pu faire de cette image une marque d'infamie. Mais c'était ainsi, et je savais que les juifs de toute l'Europe étaient contraints de porter la rouelle depuis des années.

Sèchement, frère Jérôme ordonna à tous de laisser passer Isaac, fils de Salomon, et le vieillard vint se placer sans crainte près de lady Margaret, face à la porte.

– Combien d'entre nous, demanda frère Jérôme, sont allés quérir Isaac pour des potions, des émétiques ? Combien ont été guéris par son savoir et ses herbes ? J'ai moi-même été en quête de sa connaissance et de son jugement. Je le sais grand médecin. Comment osez-vous ne pas écouter ce qu'il a à dire à présent ?

Le vieil homme resta imperturbable et silencieux jusqu'à ce que les cris cessent. Les prêtres vêtus de blanc de la cathédrale s'étaient approchés pour le protéger. Enfin, Isaac prit la parole d'une voix grave et éraillée.

– J'ai élevé cette enfant. Il est vrai qu'elle a pénétré dans l'église la nuit même de Noël, oui. Il est vrai qu'elle voulait voir ces magnifiques représentations. Qu'elle voulait entendre la musique. Oui, elle a fait tout cela, mais elle est revenue à ses parents aussi juive qu'elle les avait laissés. Ce n'était qu'une enfant, et aisément pardonnée ! Elle est tombée malade, comme bien des enfants par un temps inclément, et a vite été prise de délire et de fièvre.

Les cris parurent près de redoubler, mais le bailli et frère Jérôme imposèrent le silence d'un geste. Le vieil homme posa autour de lui un regard digne et impérieux, puis il reprit :

– Lea était prise de passion iliaque. Elle souffrait d'une vive douleur au côté et était brûlante. Mais la fièvre a diminué, la douleur l'a abandonnée, et, avant qu'elle quitte la ville pour la France, elle était redevenue elle-même ; je lui ai parlé, tout comme frère Jérôme.

– Je vous le répète, approuva vigoureusement frère Jérôme, je l'ai vue avant qu'elle parte en voyage. Elle était guérie.

Je commençais à comprendre ce qui s'était passé. L'enfant avait probablement eu une crise d'appendicite, et, lorsque l'appendice s'était ouvert, la douleur avait naturellement diminué. Mais je commençais à soupçonner que le voyage à Paris était une invention désespérée.

Le vieillard n'en avait pas terminé.

– Et vous, petite maîtresse Eleanor, dit-il à la jeune fille, ne lui avez-vous pas apporté des douceurs ? Ne l'avez-vous pas trouvée calme et sereine avant son voyage ?

– Mais je ne l'ai jamais revue, s'exclama l'enfant, et elle ne m'a jamais dit qu'elle partait en voyage !

– Toute la ville était occupée par les processions et les pièces jouées sur le parvis ! remarqua le vieux médecin. Vous le savez, vous tous. Et nous autres n'assistons pas à ces fêtes. Elles ne font pas partie de nos coutumes. C'est ainsi que ses cousins sont venus et l'ont emmenée sans que vous en sachiez rien.

Je fus alors convaincu qu'il ne disait pas la vérité, mais il semblait déterminé à mentir afin de protéger non seulement Meir et Fluria mais aussi toute sa communauté. Quelques jeunes gens qui étaient restés jusque-là derrière les dominicains les dépassèrent, et l'un d'eux poussa le vieil homme en le traitant de « sale juif ». Les autres le malmenèrent à leur tour.

– Cessez ! ordonna le bailli en faisant signe à ses hommes.

Les jeunes gens s'enfuirent, et la foule s'écarta devant les cavaliers.

– J'arrêterai quiconque lève la main sur ces juifs, reprit le bailli. Nous savons ce qui est arrivé à Lincoln lorsque la situation a dégénéré. Je le répète, ces juifs ne sont point votre propriété mais celle de la Couronne.

Le vieil homme était très ébranlé. Je tendis la main pour le soutenir. Il me regarda, et je vis de nouveau ce mépris, cette impérieuse dignité, mais aussi une subtile gratitude devant ma compréhension.

Un brouhaha se fit de nouveau entendre dans la foule, et la jeune femme se mit à pleurer d'une manière déchirante.

— Si seulement nous avions une robe qui appartenait à Lea, gémit-elle. Cela confirmerait ce qui est arrivé, car, simplement en la touchant, beaucoup seraient peut-être guéris.

L'idée remporta un étonnant succès, et lady Margaret soutint que l'on trouverait probablement tous les vêtements de l'enfant dans la maison parce qu'elle était morte et n'était jamais partie.

Frère Antoine, le supérieur dominicain, leva les mains et demanda le calme.

— J'ai une histoire à vous conter avant que vous fassiez quoi que ce soit, dit-il. Messire bailli, je vous prie de l'écouter aussi.

— Souviens-toi que tu es toi aussi un prêcheur, entendis-je Malchiah chuchoter à mon oreille. Ne le laisse pas remporter ce débat.

— Il y a longtemps, dit frère Antoine, un juif malfaisant de Bagdad fut abasourdi de découvrir que son fils était devenu un chrétien et jeta l'enfant dans la fournaise. Alors qu'il semblait que l'innocent allait être consumé, du ciel descendit la Sainte Vierge elle-même pour sauver l'enfant, qui sortit des flammes indemne. Et le feu consuma le juif malfaisant qui avait essayé d'infliger un si cruel tourment à son fils.

La foule parut sur le point de saccager la maison après avoir entendu cette fable.

— C'est une vieille légende, m'écriai-je aussitôt. Elle a été racontée en tout coin du monde. Chaque fois, c'est une ville différente et un juif différent, mais elle finit toujours de la même façon. Qui, parmi vous, a jamais vu pareil prodige de ses yeux ? Pourquoi chacun s'empresse-t-il d'y croire ? Nous avons ici un mystère, mais nous n'avons nulle Sainte Vierge pour le résoudre, ni preuve, aussi cela doit-il cesser.

— Et qui êtes-vous, pour venir ici et parler au nom de ces juifs ? demanda frère Antoine. Qui es-tu pour défier le supérieur de ton ordre ?

— N'y voyez nul irrespect, m'excusai-je, mais ce conte ne prouve rien, et certainement ni l'innocence ni la culpabilité dans cette affaire. (Une idée me vint, et j'élevai la voix autant que je le pus.) Tous, ici, vous croyez en votre enfant saint, le petit saint William, dont la chapelle est dans votre cathédrale. Eh bien, allez l'y trouver et priez-le de vous porter conseil. Priez-le de vous montrer le lieu où la petite fille est ensevelie, si vous y tenez tant. Le saint ne sera-t-il pas un parfait intercesseur ? Vous ne sauriez trouver mieux. Allez à la cathédrale, tous, maintenant !

— Oui, oui, s'écria frère Jérôme. C'est ainsi qu'il doit être fait. (Lady Margaret parut un peu étonnée.) Qui pourrions-nous trouver de mieux que le petit saint William ? Lui qui a été assassiné par les juifs de Norwich il y a cent ans. Oui, allons à son autel, dans l'église.

— Que tout le monde se rende à sa chapelle, appuya le bailli.

— Je vous le dis, intervint frère Antoine, nous avons une autre sainte, ici, et nous avons le droit d'exiger de ses parents qu'ils nous donnent les vêtements que cette enfant a laissés. Un miracle a déjà eu lieu au grand chêne. Ce qu'il reste de vêtements deviendra de saintes reliques. Je vous le dis, enfonçons cette porte, s'il le faut, et prenons les vêtements.

Certains poussaient des huées, mais frère Jérôme tint bon, dos à la maison, bras tendus.

– La cathédrale ! s'écria-t-il. Le petit saint William ! Nous devons tous y aller.

Frère Antoine se faufila entre le bailli et moi, et commença à tambouriner sur la porte. Le bailli, furieux, se retourna.

– Meir et Fluria, préparez-vous. Je vais vous emmener au château pour vous mettre à l'abri. Si nécessaire, je ferai de même pour tous les juifs de Norwich.

Dans la foule dépitée la confusion régnait en maître ; quelques-uns criaient le nom du petit saint William.

– Mais, intervint le vieux médecin juif, si vous conduisez Meir, Fluria et tous les autres à la tour, ces gens pilleront nos maisons et brûleront nos livres sacrés. Je vous en supplie, prenez Fluria, la mère de cette malheureuse, mais laissez-moi parler à Meir et peut-être qu'une donation pourra être faite à votre nouveau prieuré, frère Antoine. Les juifs ont toujours été généreux dans ce domaine.

En d'autres termes, ils les achèteraient pour être sauvés. Mais cette simple suggestion eut un effet miraculeux sur tous ceux qui l'entendirent.

– Oui, ils doivent payer, murmura quelqu'un, puis un autre. Pourquoi pas ?

Et la nouvelle se répandit.

Frère Jérôme cria qu'il allait à présent mener une procession à la cathédrale et que quiconque craignait pour le destin de son âme immortelle devait s'y joindre.

– Tous ceux qui ont des torches ou des cierges, marchez devant pour éclairer le chemin.

Alors que les cavaliers s'ébranlaient, au risque de piétiner des corps, et que frère Jérôme prenait les devants, beaucoup le suivirent et d'autres s'éloignèrent en grommelant.

Lady Margaret n'avait pas bougé. Elle s'approcha du vieux médecin.

— Ne les a-t-il pas aidés ? demanda-t-elle à son oncle en le regardant droit dans les yeux. N'a-t-il pas été, selon ses propres dires, complice ? Pensez-vous que Meir et Fluria étaient assez adroits pour fabriquer du poison sans son aide ? (Elle revint au vieillard.) Et me donnerez-vous aussi facilement quittance de mes dettes pour m'acheter, moi aussi ?

— Si cela pouvait apaiser votre cœur et vous ouvrir à la vérité, dit le vieillard, oui, je vous donnerais quittance en raison des inquiétudes et des ennuis que tout cela vous aura causés.

La repartie réduisit lady Margaret au silence, mais seulement pour un instant. Elle tenait à ne rien céder.

— Raccompagnez Isaac, fils de Solomon, à l'abri chez lui, ordonna le bailli à deux de ses hommes. Et vous autres, vous tous, allez prier à la cathédrale avec les prêtres.

— Aucun d'eux ne doit être pris en pitié, insista lady Margaret sans toutefois élever la voix pour se faire entendre de ceux qui tardaient encore. Ils sont coupables d'une multitude de péchés et ils lisent la magie noire dans leurs livres qu'ils tiennent pour plus élevés que la sainte Bible. Oh, tout cela est ma faute pour avoir eu pitié de cette enfant ! Et quelle douleur d'être endettée auprès de ceux-là mêmes qui l'ont assassinée !

Les soldats escortèrent le vieil homme, faisant déguerpir les derniers badauds grâce à leurs chevaux, et je vis que la plupart avaient suivi les lanternes de la procession. Je tendis la main vers lady Margaret.

— Ma dame, priai-je, laissez-moi entrer et leur parler. Je ne suis point de cette ville. Je ne suis d'aucun parti. Laissez-moi voir si je puis percer la vérité. Et soyez assurée que cette affaire sera résolue à la lumière du jour.

Elle me regarda et hocha enfin la tête avec lassitude. Seuls les dominicains étaient restés et me regardaient comme un traître ou, pis, un imposteur.

– Pardonnez-moi, frère Antoine, dis-je. Si je découvre la preuve que ces gens sont coupables, je viendrai moi-même vous trouver.

L'homme ne sut comment prendre mes paroles.

– Vous autres érudits, vous pensez tout savoir, répondit-il. J'ai moi aussi étudié, bien que ce ne soit pas à Bologne et à Paris, comme vous. Je sais reconnaître le péché.

– Oui, et je promets de tout vous rapporter.

Il finit par s'en aller dans la nuit avec les autres dominicains. Le bailli et moi restâmes devant la porte de la maison. La neige continuait de tomber doucement, propre et blanche malgré la foule qui était passée, et je me rendis compte que j'étais gelé.

Les chevaux étaient nerveux dans cette ruelle étroite. D'autres cavaliers arrivaient, certains avec des lanternes, et j'entendis l'écho des sabots dans les rues voisines. J'ignorais jusqu'où s'étendait le quartier juif, mais eux devaient le savoir. Alors seulement je remarquai que toutes les fenêtres étaient noires dans cette partie de la ville, hormis celles de Meir et de Fluria.

Le bailli frappa à la porte.

– Meir et Fluria, sortez, demanda-t-il. Pour votre sécurité, vous devez venir tout de suite avec moi. (Il se tourna vers moi et ajouta à voix basse :) S'il le faut, je les prendrai tous et les garderai jusqu'à ce que cesse cette folie, car les gens incendieraient Norwich simplement pour brûler la juiverie.

Je m'appuyai contre la porte.

– Meir et Fluria, je suis venu vous aider. Je suis un frère qui crois en votre innocence. Laissez-nous entrer, je vous prie, dis-je d'une voix douce mais forte.

Le bailli me regarda, interdit.

Mais nous entendîmes aussitôt la barre se soulever, et la porte s'ouvrit.

CHAPITRE VII

Meir et Fluria

Un rectangle de lumière révéla un jeune homme de haute taille aux cheveux noirs, au visage très pâle, qui nous scrutait de ses yeux enfoncés dans leurs orbites. Il portait une robe de soie brune brodée marquée de la rouelle. Ses hautes pommettes paraissaient cirées tant la peau était lisse et tendue.

– Ils sont partis, pour l'heure, lui dit le bailli. Laissez-nous entrer. Et préparez-vous à me suivre avec votre épouse.

L'homme disparut, et le bailli et moi entrâmes. Je le suivis dans un étroit escalier brillamment éclairé et recouvert d'un tapis, jusqu'à une belle chambre où une femme élégante et gracieuse était assise auprès d'une grande cheminée.

Deux servantes s'affairaient dans la pénombre.

De riches tapis persans couvraient le sol, et sur les murs étaient tendues des tapisseries à motifs géométriques. Mais le plus bel ornement de la pièce était la femme.

Elle était plus jeune que lady Margaret. Sa guimpe blanche recouvrait entièrement ses cheveux et faisait magnifiquement ressortir son teint mat et ses yeux noirs. Elle portait une robe rose foncé à manches richement rehaussées par-dessus une cotte brodée de fil d'or. Elle portait de grosses chaussures, et je vis son manteau posé sur le dossier de son siège. Elle était prête à partir.

Sur le mur opposé se dressait une immense bibliothèque remplie de volumes reliés de cuir et une vaste table surchargée de registres et de parchemins. Je distinguai ce qui ressemblait à une carte sur un autre mur, trop éloignée de la lumière de l'âtre pour que j'en fusse certain. La vaste cheminée abritait une belle flambée, et les sièges de bois sombre sculpté étaient couverts de coussins. Je distinguai aussi quelques bancs dans la pénombre, comme si des étudiants venaient parfois dans cette pièce.

La femme se leva aussitôt en prenant son manteau à capuchon.

– Puis-je vous offrir quelque vin chaud épicé avant de partir, messire bailli ? demanda-t-elle d'une voix calme.

Le jeune homme revint. Il semblait paralysé à la vue de toute cette agitation, il avait l'air de ne savoir que faire et d'éprouver de la honte. Il était séduisant, avec de belles mains fines et un regard d'une douceur rêveuse, presque désespéré. J'aurais voulu lui redonner espoir.

– Je sais que vous êtes venus m'emmener au château afin de me protéger, dit la femme. (Elle m'évoquait une personne que j'avais connue, mais je ne pus me rappeler qui, et je n'avais guère le temps de penser à cela.) Nous avons parlé avec les anciens, avec le chef de synagogue. Nous avons parlé à Isaac et à ses fils. Il présentera une lettre de ma fille attestant qu'elle est en vie...

– Cela ne suffira pas, répondit le bailli. Il est dangereux de laisser Meir ici.

– Pourquoi dites-vous cela ? Il écrira pour qu'un don de mille écus d'or soit fait au prieuré dominicain.

L'Heure de l'Ange

Le bailli hocha la tête, consterné.

— Laissez-moi rester ici, murmura Meir. Je dois écrire les lettres et discuter encore de ces affaires avec les autres.

— Vous êtes en danger, insista le bailli. Plus tôt vous aurez recueilli l'argent, mieux ce sera pour vous. Mais parfois l'argent ne suffit point. Je vous conjure de mander votre fille et de la faire rentrer.

— Non, je refuse qu'elle entreprenne un autre voyage par ce temps, dit Meir d'une voix mal assurée. (Je devinais qu'il mentait et qu'il en avait honte.) Mille écus d'or, et nous donnerons quittance des dettes. Je n'ai pas le don de mon peuple pour prêter de l'argent, continua-t-il. Je suis un lettré, comme vous et vos fils le savez, messire bailli. Mais je peux parler à tous, et nous parviendrons certainement à une somme…

— C'est fort probable. Mais je dois exiger une dernière chose avant de vous protéger davantage. Votre livre sacré, lequel est-ce ?

Meir, pourtant déjà pâle, blêmit encore. Il alla lentement prendre sur la table le grand livre relié de cuir gravé de lettres hébraïques à la feuille d'or.

— La Torah, chuchota-t-il en regardant le bailli d'un air accablé.

— Posez votre main dessus et jurez-moi que vous êtes innocent de tout cela.

Meir parut au bord de l'évanouissement. Son regard était lointain, comme s'il vivait un cauchemar. Mais il resta ferme. Je voulais intervenir, mais que faire ? *Malchiah, aide-le*.

Finalement, tenant le gros livre dans la main gauche, Meir posa l'autre dessus et, d'une voix tremblante, déclara :

— Je jure que je n'ai jamais de ma vie causé le moindre mal à aucun homme et que je n'aurais jamais fait de mal à

Lea, fille de Fluria. Je jure ne lui avoir fait aucun mal, en aucune façon, et ne lui avoir témoigné qu'amour et tendresse comme il sied à un beau-père, et qu'elle n'est... plus ici.

Il leva les yeux vers le bailli, qui comprit que l'enfant était morte. Mais il se contenta de hocher la tête.

– Venez, Fluria, dit-il. Meir, je veillerai à ce que votre épouse soit en sécurité et bien installée. Je donnerai ordre aux soldats d'en informer la ville et je parlerai moi-même aux dominicains. Et vous le pouvez aussi ! indiqua-t-il en me regardant. Recueillez l'argent aussi vite que possible et donnez quittance de toutes les dettes que vous pourrez.

Les servantes et Fluria descendirent l'escalier, suivies du bailli. J'entendis, en bas, quelqu'un verrouiller la porte derrière eux.

Meir me regarda sans mot dire.

– Pourquoi voulez-vous m'aider ? demanda-t-il, accablé.

– Parce que vous avez prié pour demander du secours, et, si je puis exaucer cette prière, je le ferai.

– Vous moquez-vous de moi, frère ?

– Jamais je n'oserais. Mais l'enfant, Lea ? Elle est morte, n'est-ce pas ?

Il me regarda à peine durant un long moment, puis il s'assit. Je m'installai sur une chaise à haut dossier en face de lui.

– J'ignore d'où vous venez, murmura-t-il. Et pourquoi je me fie à vous. Vous savez comme moi que vos frères dominicains nous accablent. Mener campagne pour une sainte, voilà leur mission. Comme si le petit saint William n'était pas voué à hanter éternellement Norwich.

– Je connais l'histoire du petit saint William. Je l'ai souvent entendue. Un enfant crucifié par des juifs lors de leur Pâque. Quel tissu de mensonges ! Et un autel pour attirer les pèlerins à Norwich.

– Ne proférez pas ces paroles hors de cette maison, ou vous serez taillé en pièces.

– Je ne suis pas venu débattre avec ces gens. Je suis ici pour vous aider. Contez-moi ce qui s'est passé, et aussi pourquoi vous n'avez pas fui.

– Fuir ? Si nous avions fui, cela nous aurait désignés comme coupables, nous aurions été accusés et poursuivis, et cette folie aurait gagné non seulement Norwich mais aussi la moindre juiverie où nous aurions cherché refuge. Croyez-moi, dans ce pays, une émeute à Oxford peut en déclencher une à Londres.

– Je n'en doute point. Que s'est-il passé ?

Ses yeux se remplirent de larmes.

– Elle est morte. De passion iliaque. À la fin, la douleur a cessé, comme c'est souvent le cas. Elle était calme, mais elle n'avait la peau fraîche que parce que nous lui appliquions des compresses d'eau froide. Et quand elle a reçu ses amies lady Margaret et Nell, elle paraissait ne plus avoir de fièvre. Mais le lendemain matin, à l'aube, elle est morte dans les bras de Fluria et... Mais je ne puis tout vous dire.

– Est-elle ensevelie sous le grand chêne ?

– Certes non ! Et ces ivrognes ne nous ont jamais vus la sortir d'ici. Personne ne nous a vus. Je l'ai portée serrée contre mon cœur, aussi tendrement que l'on porte une fiancée. Nous avons marché des heures dans la forêt jusqu'à la berge d'une rivière, et c'est là, dans une tombe peu profonde, que nous l'avons ensevelie, seulement revêtue d'un drap, puis nous avons prié ensemble avant de recouvrir sa tombe de pierres. C'est tout ce que nous pouvions faire.

– Quelqu'un à Paris peut-il écrire une lettre qui sera envoyée ici ? (Il leva les yeux, comme tiré d'un rêve, émerveillé que je sois si disposé à me faire complice d'un mensonge.) Il y a bien là-bas une communauté juive...

– Oh oui. Nous venions nous-mêmes de Paris, car j'ai hérité cette maison de mon oncle ainsi que les prêts qu'il m'a laissés. Oui, il y a une communauté juive à Paris et un dominicain qui pourrait fort bien nous aider, non qu'il n'aurait scrupule à rédiger une lettre prétendant que l'enfant est en vie, mais, comme il est notre ami et nous soutiendrait en cette affaire et nous croirait, il plaiderait notre cause.

– Cela peut suffire. Ce dominicain est-il un lettré ?

– C'est un savant qui a étudié auprès des plus grands maîtres. Il est docteur en droit et étudie la théologie. Et il nous est reconnaissant d'une faveur bien inhabituelle. (Il s'interrompt.) Mais si je me leurrais ? S'il se retournait contre nous ? Car il y aurait raison à cela, le ciel m'en est témoin.

– Pouvez-vous m'expliquer ?

– Non, je ne le puis.

– Comment pouvez-vous savoir s'il vous aidera ou se retournera contre vous ?

– Fluria le saura. Fluria sait quoi faire, et elle est la seule à pouvoir vous le faire comprendre. Si elle déclare que je puis lui écrire...

– Et si j'allais moi-même le voir et lui parler ? Combien de temps faut-il pour gagner Paris ? Pensez-vous pouvoir donner quittance d'assez de dettes, amasser assez d'or, et tout cela avec la promesse de mon retour avec une plus grosse somme ? Parlez-moi de cet homme. Pourquoi pensez-vous qu'il vous aiderait ?

Meir se mordit les lèvres presque jusqu'au sang et se rassit.

– Sans Fluria, murmura-t-il, je n'ai point latitude de le faire, même s'il peut nous sauver tous. Si tant est que quelqu'un le puisse.

L'Heure de l'Ange

– Parlez-vous de la famille paternelle de cette enfant ? demandai-je. D'un grand-père ? Est-ce lui que vous espérez solliciter pour obtenir l'or ? Je vous ai entendu dire que vous étiez le beau-père de l'enfant.

– J'ai quantité d'amis. L'argent n'est pas la question. Je peux l'obtenir. De Londres, pour le coup. Je n'ai parlé de Paris que pour gagner du temps, parce que nous prétendons que Lea est partie là-bas et qu'une lettre de Paris le prouverait. Mensonges ! Mensonges ! (Il baissa la tête.) Mais cet homme…

– Meir, ce docteur en droit est peut-être la solution. Vous devez vous confier à moi. Si ce puissant dominicain venait, il pourrait arrêter cette folle quête d'une nouvelle sainte, puisque c'est pour cette raison que l'on attise le feu. Un homme d'esprit le comprendrait sûrement. Norwich n'est pas Paris.

– Oh, j'ai toujours été un homme de livres, soupira Meir. Je n'ai aucune malice. J'ignore ce que ferait ou non cet homme. Mille écus, je peux les trouver, mais cet homme… Si seulement Fluria était là !

– Donnez-moi la permission de parler à votre épouse, si c'est ce que vous désirez. Rédigez un billet pour le bailli m'autorisant à la voir seul à seule. On me laissera pénétrer dans le château.

– Garderez-vous le secret quoi qu'elle vous dise, vous demande ou vous révèle ?

– Oui, comme un prêtre, bien que ne l'étant pas. Meir, faites-moi confiance, je suis ici pour vous et Fluria, et pour nulle autre raison.

Il eut un sourire triste.

– J'ai prié pour que vienne un ange du Seigneur, dit-il. J'écris des poèmes, je prie. J'implore le Seigneur de vaincre mes ennemis. Quel rêveur, quel poète je suis !

– Un poète, répétai-je, pensif, en souriant.

Il était aussi élégant que sa femme, assis dans son fauteuil, svelte et touchant, comme venu d'un autre monde. Il venait de se qualifier de ce si beau mot et il en avait honte.

Et, dehors, on complotait sa mort. J'en étais certain.

– Vous êtes un poète et un homme pieux, répétai-je. Vous priez avec foi, n'est-ce pas ?

Il hocha la tête.

– Et j'ai fait serment sur mon livre sacré.

– Et vous avez dit la vérité.

Mais je voyais que poursuivre cette conversation ne mènerait à rien.

– Oui, je l'ai dite, et le bailli le sait, à présent, répondit-il, près de s'effondrer.

– Meir, ce n'est pas le moment de réfléchir à ces questions. Écrivez le billet. Je ne suis ni poète ni rêveur, mais je peux essayer d'être un ange du Seigneur. Écrivez-le.

CHAPITRE VIII

Les souffrances d'un peuple

J'en savais assez sur cette période de l'histoire pour me rendre compte que l'on ne menait pas ce genre d'affaire au cœur de la nuit, surtout en pleine tempête de neige, mais Meir avait écrit un billet éloquent expliquant au bailli et au capitaine de la garde que je devais voir Fluria sans délai. Il avait également rédigé une lettre pour son épouse, la suppliant de me parler et de me faire confiance.

La pente était raide pour parvenir au château, mais, à ma grande déception, Malchiah se contenta de me dire que je m'acquittais magnifiquement de ma mission, sans me donner ni conseil ni information supplémentaire. Quand j'arrivai enfin dans les appartements de Fluria, au château, j'étais gelé et épuisé. La chambre elle-même, tout en haut de la plus grande tour, était digne d'un palais, et, même si Fluria ne goûtait guère les tapisseries remplies de personnages, les murs de pierre et le sol en étaient couverts.

De nombreuses chandelles brûlaient sur de hauts candélabres en fer forgé à cinq ou six branches qui joignaient leur lumière à celle d'un feu flambant. La cheminée voûtée faisait face à un immense lit drapé de tentures retenues par des cordelettes rouges, qui se dressait dans la pénombre. Fluria n'avait droit qu'à cette pièce. Elle disposait de sièges sculptés, un luxe certainement, de part et d'autre d'une écritoire.

Fluria s'assit et me fit signe de prendre place en face d'elle. Il faisait chaud, presque trop, et je mis mes souliers à sécher auprès du feu. Elle me proposa du vin chaud épicé, comme elle l'avait fait plus tôt pour le bailli ; mais j'ignorais si je serais capable de supporter l'alcool et, en vérité, je n'en avais pas envie.

Elle lut la lettre que lui avait écrite Meir en hébreu pour la prier de se confier à moi sans crainte. Elle replia vivement le parchemin raide et le glissa sous un livre relié de cuir, bien plus petit que ceux de sa maison.

Elle portait la même guimpe, qui couvrait entièrement ses cheveux, mais elle avait ôté sa tunique de soie, et elle était vêtue d'une épaisse cotte de laine et de son manteau bordé de fourrure. Un voile retenu par un bandeau d'or retombait sur ses épaules. Elle me rappela de nouveau une personne que j'avais connue autrefois, mais, cette fois encore, je ne pus me pencher davantage sur cette ressemblance.

– Ce que je vous dirai sera-t-il en parfaite confidence, comme me le garantit mon mari dans sa lettre ?

– Oui, absolument. Je ne suis pas prêtre mais seulement frère. Cependant, je garderai le secret comme le ferait tout prêtre en confession. Croyez bien que je ne suis là que pour vous aider. Considérez-moi comme la réponse à une prière.

– C'est ainsi qu'il vous décrit, répondit-elle pensivement. Je suis donc heureuse de vous recevoir. Savez-vous ce que notre peuple a souffert en Angleterre durant ces dernières années ?

– Je viens de loin, mais oui, un peu.

Elle avait manifestement moins de mal à parler que Meir. Elle réfléchit, puis poursuivit :

– Quand j'avais huit ans, tous les juifs de Londres furent menés à la Tour pour leur protection, en raison d'émeutes au moment du mariage du roi à Aliénor d'Aquitaine. J'étais à Paris, à l'époque, mais je l'appris... J'avais dix ans, c'était shabbat, tous les juifs de Londres étaient à la prière, et des centaines d'exemplaires du Talmud, furent saisis et brûlés en place publique. Bien sûr, tous nos livres ne furent pas confisqués : ils n'avaient pris que ce qu'ils voyaient... J'avais quatorze ans, et nous habitions à Oxford, mon père, Eli et moi, quand les étudiants se soulevèrent et pillèrent nos maisons au prétexte de l'argent qu'ils nous devaient pour leurs livres. Si nul ne nous avait prévenus, d'autres précieux livres auraient été perdus, et pourtant les étudiants d'Oxford continuent de nous emprunter et de louer des logis dans les maisons qui nous appartiennent... J'avais vingt et un ans quand il fut interdit aux juifs d'Angleterre de manger de la viande durant le carême et toute autre période où elle était proscrite aux chrétiens. Les lois et les persécutions qui en découlent sont, à la vérité, trop nombreuses pour que je vous les énumère. Et à Lincoln, il y a seulement deux ans, s'est produite la plus affreuse des tragédies.

– Le petit saint Hugh. J'en ai entendu parler dans la foule.

– J'espère que vous savez que ce dont nous avons été accusés est un pur mensonge. Imaginer que nous puissions enlever cet enfant chrétien, le couronner d'épines, lui percer de clous les mains et les pieds, et nous moquer de cette image du Christ... Imaginer que des juifs soient venus de toute l'Angleterre pour prendre part à un rituel aussi abominable... Si un malheureux membre de notre peuple n'avait été torturé et forcé de donner des noms, cette folie ne serait peut-être pas allée aussi loin. Le roi est venu à Lincoln et a condamné le pauvre Copin, qui avait avoué ces crimes innommables, à être pendu après avoir été traîné de par la ville par un cheval. Des juifs furent conduits à Londres, jetés en prison, et comparurent devant le tribunal. Ils moururent. Tout cela à cause de l'histoire, forgée de toutes pièces, d'un enfant supplicié qui repose désormais dans une chapelle peut-être plus glorieuse que celle du petit saint William, qui avait eu l'honneur d'une même invention des années plus tôt. Toute l'Angleterre s'est soulevée contre nous à cause du petit saint Hugh. Les gens du peuple ont composé des chansons en son honneur.

— N'y a-t-il aucun lieu au monde où vous soyez à l'abri ?

— Je me pose la même question. J'étais à Paris avec mon père quand Meir m'a demandée en mariage. Norwich a toujours été une bonne ville, notre communauté y a survécu à l'affaire de saint William, et Meir avait hérité une fortune de son oncle ici.

— Je sais.

— À Paris, nos livres sacrés furent également saisis. Et ceux qui échappèrent aux flammes furent donnés aux franciscains et aux dominicains.

Elle se tut et regarda mon froc.

— Poursuivez, je vous prie. Ne pensez pas que je puisse être le moins du monde contre vous. Je sais que des hommes de ces deux ordres ont étudié le Talmud, ajoutai-je, regrettant de ne pas avoir plus de souvenirs.

— Vous savez que le grand souverain de France, le roi Louis, nous déteste et nous persécute, et qu'il a confisqué nos biens pour financer sa croisade.

— Oui, je le sais. Les croisades ont coûté aux juifs ville après ville et terre après terre.

L'Heure de l'Ange

— Mais, à Paris, nos érudits, y compris ceux de ma famille, ont combattu pour le Talmud lorsqu'il nous a été pris. Ils ont fait appel au pape lui-même, qui a accepté que le Talmud soit jugé en procès. Notre histoire n'est pas faite que de persécutions. Nous avons nos érudits. Nous avons nos périodes fastes. Au moins, à Paris, nos enseignants ont éloquemment parlé en faveur de nos livres sacrés et exposé que le Talmud n'était pas une menace pour les chrétiens qui pouvaient se lier avec nous. Mais le procès a été mené en vain. Comment nos érudits peuvent-ils étudier si leurs livres sont saisis ? Pourtant, aujourd'hui, nombreux sont ceux qui, à Paris comme à Oxford, veulent apprendre l'hébreu. Vos frères le veulent. Mon père a toujours enseigné à des étudiants chrétiens..

Elle s'interrompit. Quelque chose l'avait affectée. Elle porta une main à son front et se mit à pleurer.

— Fluria, dis-je en me retenant de poser sur son bras une main qu'elle aurait, sans doute, trouvée indécente, je suis au courant de ces procès et de ces malheurs. Je sais que l'usure a été interdite à Paris par le roi Louis et qu'il a chassé ceux qui ne se pliaient pas aux lois. Je sais pourquoi votre peuple s'est résolu à cette pratique et que cela est accepté en Angleterre, à présent, parce qu'on vous considère comme utiles par vos prêts aux barons et à l'Église. Vous n'avez nul besoin de plaider votre cause devant moi. Mais dites-moi plutôt comment faire aujourd'hui pour sortir de cette situation tragique.

Elle cessa de pleurer et prit dans sa manche un mouchoir de soie dont elle se tamponna les yeux.

— Pardonnez-moi de m'être laissé aller. Nous ne sommes nulle part à l'abri. Paris n'est pas différent, malgré tous ceux qui y étudient notre langue antique. C'est peut-être un lieu plus facile à vivre à certains égards, mais Norwich semblait paisible, du moins pour Meir.

– Il m'a parlé d'une personne, à Paris, qui serait susceptible de vous aider. Selon lui, vous seule pouvez décider de faire appel à elle. Et je dois vous l'avouer, Fluria : je sais que votre fille Lea est morte. (Elle fondit en larmes et se détourna, se couvrant le visage de son mouchoir. J'attendis, dans le crépitement du feu, qu'elle se ressaisisse, puis :) Il y a des années de cela, j'ai perdu mon frère et ma sœur. Pourtant, je ne saurais imaginer la peine d'une mère qui a perdu un enfant.

– Frère Toby, vous n'en connaissez pas la moitié. (Elle se retourna vers moi en serrant le mouchoir entre ses doigts et en ouvrant de grands yeux pleins de chagrin.) J'ai perdu deux enfants. Et quant à l'homme de Paris, il traverserait la mer pour venir me défendre. Mais j'ignore ce qu'il ferait s'il apprenait que Lea est morte.

– Ne puis-je vous aider à prendre cette décision ? Si vous désirez que j'aille à Paris trouver cet homme, je le ferai. Ne doutez pas de moi. Je suis un moine errant, mais je crois fermement être ici par la volonté de Dieu. (Elle resta pensive, ce qui était légitime : pourquoi m'aurait-elle fait confiance ?) Vous me dites avoir perdu deux enfants. Racontez-moi ce qui s'est passé. Et parlez-moi de cet homme.

– Très bien. Je vais tout vous conter, et peut-être parviendrons-nous à une décision.

CHAPITRE IX

LA CONFESSION DE FLURIA

Voilà quatorze ans, j'étais très jeune et inconsciente, traîtresse à ma foi et à tout ce qui m'est cher. Nous vivions alors à Oxford, où mon père étudiait avec plusieurs lettrés. Nous y séjournions souvent, car il avait là des élèves, des jeunes gens qui désiraient apprendre l'hébreu et le payaient bien. C'était la première fois, à l'époque, que des érudits voulaient apprendre la langue antique. Et de plus en plus de documents anciens étaient découverts. Mon père était fort demandé et admiré tant des juifs que des gentils. Il jugeait qu'il était bon pour les chrétiens d'apprendre l'hébreu. Il débattait avec eux des questions de foi, mais en toute amitié.

Ce qu'il ignorait, c'est que j'avais donné mon cœur à un garçon qui terminait ses humanités à Oxford. Il avait presque vingt et un ans, et moi quatorze. Je conçus pour lui une passion assez grande pour renier ma foi, l'amour de mon père et toute richesse d'où qu'elle vienne. Ce jeune homme m'aimait aussi, si bien qu'il fit vœu de renoncer à sa foi s'il le fallait.

Il vint nous prévenir avant les émeutes d'Oxford, et nous avertîmes tous les juifs que nous pûmes. Sans ce jeune homme, nous aurions perdu bien plus de livres de notre bibliothèque et aussi maints autres biens. C'est pourquoi mon père le prit sous sa protection, mais aussi parce qu'il aimait son esprit curieux. Il n'avait pas de fils. Ma mère était morte en donnant naissance à des jumeaux dont aucun ne survécut.

Le jeune homme se nommait Godwin, et qu'il vous suffise de savoir que son père, un comte puissant et riche, fut saisi de fureur en apprenant que son fils s'était épris, au cours de ses études, d'une juive pour laquelle il était prêt à renoncer à tout. Le comte et son fils étaient très liés. Godwin n'était pas l'aîné, mais il était le préféré de son père, et son oncle, mort sans enfant, lui avait laissé en France une fortune en tous points égale à celle que son aîné, Nigel, allait hériter de leur père.

Le père entreprit de se venger de cette déception. Il l'envoya à Rome pour l'éloigner de moi et faire son éducation au sein de l'Église. Il menaça de dévoiler au grand jour que j'avais exercé ma séduction sur son fils, comme il disait, à moins que je ne prononce plus jamais son prénom et que Godwin parte immédiatement et ne prononce plus jamais le mien. En vérité, le comte redoutait la disgrâce si l'on venait à apprendre la grande passion que Godwin nourrissait pour moi ou si nous tentions de nous marier en secret.

Vous imaginez le désastre qui aurait pu s'ensuivre si Godwin avait rejoint notre communauté. D'autres s'étaient convertis à notre foi, certes, mais Godwin était le fils d'un personnage puissant et orgueilleux. Des émeutes, il y en avait eu pour moins que cela !

Mon père fut aussi fâché qu'inquiet. Que je puisse me convertir était impensable pour lui, et, bientôt, cela le devint tout autant pour moi. Il considérait que Godwin l'avait trahi. Godwin, qui était venu sous son toit pour apprendre l'hébreu, parler philosophie et s'asseoir à ses pieds, avait commis le forfait de séduire la fille de son professeur. Mon père n'éprouvait que tendresse pour moi, car il n'avait que moi au monde, et il était furieux contre Godwin.

Godwin et moi comprîmes bientôt que notre amour était sans espoir. Nous provoquerions émeutes et malheurs quoi que nous fassions. Si je devenais chrétienne, je serais reniée par les miens, l'héritage de ma mère serait confisqué et mon père resterait seul dans sa vieillesse. La disgrâce de Godwin ne serait pas moindre que s'il se convertissait au judaïsme.

Lorsqu'il décida d'envoyer Godwin à Rome, son père fit savoir qu'il avait encore des rêves de grandeur pour lui, une mitre d'évêque, certainement, sinon un chapeau de cardinal. Godwin avait de la famille dans le haut clergé à Rome comme à Paris. Cependant, c'était un châtiment sévère que de le forcer à prononcer des vœux, car il n'avait aucune foi en aucun dieu, et il appréciait les plaisirs terrestres. Alors que j'aimais son esprit, son humour et sa passion, d'autres admiraient la quantité de vin qu'il pouvait boire en une soirée, son habileté à croiser le fer, à monter à cheval et à danser. Sa gaieté et son charme, qui me séduisaient tant, étaient alliés à une grande éloquence et à l'amour du chant comme de la poésie. Il avait écrit de la musique pour luth et jouait souvent de cet instrument quand il chantait pour moi lorsque mon père était couché et ne pouvait nous entendre.

La vie d'homme d'Église était donc dénuée du moindre attrait pour lui. Il aurait préféré prendre la croix, partir ferrailler et connaître l'aventure en Terre promise. Mais son père refusa et fit en sorte qu'il soit envoyé auprès des personnes les plus austères et les plus ambitieuses qu'il connût dans la Ville éternelle, en lui enjoignant d'y faire carrière sous peine d'être déshérité.

Godwin et moi nous rencontrâmes une dernière fois, et il m'annonça que nous ne devions plus nous revoir. Il ne faisait pas grand cas de sa future existence au sein de l'Église, me dit que son oncle, à Rome, le cardinal, avait deux maîtresses. Ses autres cousins, qu'il considérait eux aussi comme des hypocrites, il les tenait dans le même mépris. « Il y a des prêtres débauchés et mauvais en abondance, à Rome, me dit-il. Et de mauvais évêques. J'en serai un de plus. Avec un peu de chance, un jour, je me joindrai aux croisés et j'aurai enfin tout ce que je désire. Mais je ne t'aurai pas. Je n'aurai pas ma chère Fluria. »

Quant à moi, je m'étais rendu compte que je ne pourrais quitter mon père et j'étais accablée. Il me semblait que je ne pourrais vivre sans mon amour. Plus nous jurions de ne jamais nous revoir, plus nous nous enflammions. Et je crois qu'en cette nuit nous fûmes bien près de nous enfuir ensemble. Mais il n'en fut rien.

Godwin eut une idée : nous nous écririons. Oui, c'était, pour moi, désobéir à mon père, sans aucun doute, et tout autant pour Godwin, mais ces lettres nous aideraient à accepter notre sort. « Si je ne savais pas que nous aurions ces lettres où épancher nos cœurs, me dit Godwin, je n'aurais nul courage de partir. »

Il partit pour Rome. Son père, qui ne supportait pas d'être fâché avec Godwin, s'était presque réconcilié avec lui.

Mon père, si érudit soit-il, est quasi aveugle. Il m'était donc aisé de tenir cette correspondance secrète ; mais, en vérité, je pensais que Godwin m'oublierait vite dans l'atmosphère licencieuse où il se trouverait plongé.

Mon père me surprit, un jour, en me disant qu'il savait que Godwin m'écrirait : « Je ne t'interdirai point ces lettres, mais je ne pense pas qu'il y en aura de nombreuses et je crois que tu ne feras que tenir ton cœur prisonnier pour rien. »

Nous nous trompions l'un comme l'autre. Godwin m'écrivit à chaque étape de son voyage. Deux fois par jour, les lettres arrivaient, portées par des gentils ou des juifs, et je m'enfermais dans ma chambre quand je le pouvais. En fait, notre amour grandissait grâce à ces lettres, et nous devînmes si étroitement liés que rien, absolument rien ne pouvait nous séparer. Mais j'eus bientôt un plus grand souci, tout à fait inattendu. Deux mois plus tard, je réalisai l'étendue de mon amour et je dus en informer mon père : j'étais grosse d'un enfant.

Tout autre homme m'aurait abandonnée, ou pis. Mais mon père m'avait toujours adorée. J'étais la seule survivante de ses enfants. Et je crois qu'il désirait avoir un petit-fils, même s'il ne l'avoua jamais. Il conçut donc un plan. Il fit emballer nos affaires, et nous partîmes pour une petite cité de la vallée du Rhin où il connaissait d'autres lettrés, mais où nous n'avions nulle famille.

Il y avait là un vieux rabbin qui admirait les écrits de mon père sur le grand maître Rachi. Il accepta de m'épouser et de déclarer que l'enfant à naître était le sien. Il agit ainsi par grande générosité. « J'ai vu tant de souffrances en ce monde, dit-il. Je serai le père de cet enfant, si vous le désirez, et je ne réclamerai jamais mes privilèges d'époux, je suis trop vieux pour cela. »

Je mis au monde non pas un enfant, mais des jumelles, deux magnifiques petites filles qui se ressemblaient tant que je devais nouer un ruban à la cheville de Rosa afin de la distinguer de Lea. Je sais que vous aimeriez m'interrompre et je sais aussi ce que vous pensez, mais laissez-moi poursuivre.

Les enfants n'avaient pas un an que le vieux rabbin mourut. Quant à mon père, il aimait ces deux petites et remerciait le ciel de les lui avoir laissé voir avant de devenir totalement aveugle. C'est seulement lorsque nous retournâmes à Oxford qu'il m'avoua avoir espéré placer les enfants auprès d'une vieille matrone en Allemagne. Il avait dû la décevoir tant il nous aimait, moi et les petites.

Durant tout notre séjour en Rhénanie, j'avais écrit à Godwin, mais je ne lui avais soufflé mot de ces enfants. En vérité, j'avais prétendu que nous avions fait le voyage pour acquérir des livres, désormais difficiles à trouver en France et en Angleterre, dont mon père avait besoin pour les traités qui occupaient ses pensées et qu'il me dictait. Les traités, ses pensées, les livres : c'était simple et vrai.

Nous nous installâmes dans notre ancienne maison de la juiverie d'Oxford, dans la paroisse de Saint Aldate, et mon père reprit des élèves.

Comme le secret de mon amour pour Godwin était capital pour tous, personne n'était au courant, et l'on crut que mon époux âgé était mort à l'étranger.

Pendant le voyage, je n'avais pas reçu de lettres de Godwin ; elles m'attendaient, nombreuses, quand nous rentrâmes. Je les lus tandis que les nourrices s'occupaient des enfants, tout en ne cessant de me demander si je devais lui parler ou non de ses filles. Devais-je dire à un chrétien qu'il avait deux filles qui seraient élevées dans le judaïsme ? Comment réagirait-il ? Bien sûr, il pouvait avoir abondance de bâtards dans cette Rome qu'il m'avait dépeinte, au milieu de ces personnages épris de plaisirs envers lesquels il ne dissimulait guère son mépris.

En vérité, je ne voulais lui causer nul souci, ni lui confesser les souffrances que j'avais moi-même endurées. Nos lettres étaient remplies de poésie et de profondes pensées, peut-être détachées des réalités, et je voulais qu'il en soit ainsi, car pour moi c'était plus réel que la vie quotidienne. Même le miracle de ces petites ne diminua pas ma foi en ce monde que nous construisions dans nos lettres. Rien ne l'aurait pu.

Mais, alors que je pesais le pour et le contre avec les plus grands scrupules, arriva une lettre surprenante que je vais vous réciter de mémoire, du mieux que je pourrai. J'ai, en fait, cette lettre ici, mais soigneusement cachée parmi mes affaires, et Meir ne l'a point vue ; je ne puis souffrir de la lire, aussi me permettrez-vous de vous en résumer la substance selon mes termes. Je crois d'ailleurs qu'ils seront aussi bons que ceux de Godwin.

Il commençait comme de coutume par me parler de son quotidien. « Si je m'étais converti à ta foi, écrivait-il, et que nous étions légitimes époux, pauvres et heureux, certes, ce serait meilleur aux yeux du Seigneur – si le Seigneur existe – que la vie que mènent ici ces hommes pour qui l'Église n'est que source de pouvoir et d'argent. »

Puis il continuait en me narrant un étrange événement.

Il avait été attiré plusieurs fois, apparemment, dans une petite église où il allait s'asseoir sur les dalles, adossé au mur de pierre ; il y parlait avec mépris au Seigneur des lugubres perspectives qui s'offraient à lui comme prêtre ou comme évêque ivrogne et débauché. « Comment as-Tu pu m'envoyer ici, demandait-il à l'Éternel, parmi ces séminaristes auprès de qui mes anciens compagnons de taverne d'Oxford passeraient pour des saints ? » Il serrait les dents en formulant ces prières, insultant même le Créateur de toute chose en Lui rappelant que lui, Godwin, ne croyait pas en Lui et considérait Son Église comme un édifice fondé sur les plus ignobles mensonges.

Il continuait, impitoyable : « Pourquoi devrais-je revêtir les vêtements sacrés de Ton Église alors que je n'ai que mépris pour tout ce que je vois, sans le moindre désir de Te servir ? Pourquoi m'as-Tu refusé l'amour de Fluria, qui était le seul sentiment pur et généreux de mon cœur enflammé ? » Vous imaginez combien je frémis à la lecture de ce blasphème. Et il me raconta ce qui arriva ensuite.

Un soir, il prononçait ces mêmes prières au Seigneur, bouillonnant de haine et de fureur, demandant au Seigneur pourquoi Il ne lui avait pas pris l'amour de son père en sus de mon amour, quand un jeune homme apparut devant lui et lui parla sans préambule. Tout d'abord, Godwin crut que ce jeune homme était fou ou que c'était quelque enfant de grande taille, car il était d'une grande beauté, aussi beau que les anges peints sur les murs, et parlait avec une franchise désarmante.

En fait, il crut même un moment que c'était peut-être une femme déguisée en homme, ce qui n'était pas aussi rare que je pouvais le penser, précisa-t-il. Et puis il se rendit compte que ce n'était pas une femme mais un être angélique. Comment le savait-il ? Il le savait parce que cet être connaissait les prières de Godwin et lui parlait de ses souffrances les plus profondes, de ses intentions destructrices les plus enfouies.

« Tout autour de toi, annonça l'ange, tu vois la corruption. Tu vois combien il est aisé de progresser au sein de l'Église, et simple d'étudier des paroles pour le plaisir de ces paroles, et de convoiter pour le plaisir de convoiter. Tu as déjà une maîtresse et tu songes à en prendre une autre. Tu écris des lettres à l'amante que tu as reniée sans te soucier des conséquences pour elle et pour son père, qui l'aime. Tu accuses ton amour pour Fluria et tes déceptions d'être la cause de ton destin, et tu cherches à te l'attacher encore, que ce soit bon ou mauvais pour elle. Vivras-tu une existence vide et amère, égoïste et profane, parce qu'un bien précieux t'a été refusé ? Gâcheras-tu les occasions d'honneurs et de bonheur qui te sont offertes en ce monde simplement parce que tu as dû t'incliner ? »

En cet instant, Godwin comprit la folie de construire une vie sur la colère et la haine. Et, stupéfait devant cet être, il lui demanda ce qu'il pouvait faire.

« Donne-toi à l'Éternel. Donne-lui ton cœur, ton âme et ta vie tout entiers. Élève-toi au-dessus de tous ces autres, tes compagnons égoïstes qui aiment l'or. Triomphe de ce monde qui a fait de toi un être du commun alors que tu peux encore être exceptionnel. Sois un bon prêtre, un bon évêque et, avant de devenir l'un ou l'autre, fais don de tout ce que tu possèdes, jusqu'à la dernière de tes bagues en or, et deviens un humble frère. »

Godwin resta ébahi.

« Deviens un frère : alors être un homme de bien te paraîtra plus facile, continua l'inconnu. Efforce-toi d'être un saint. Que pourrais-tu réussir de mieux ? Le choix t'appartient. Personne ne peut te l'enlever. Tu es le seul à pouvoir l'esquiver, le seul à poursuivre éternellement une vie de débauche et de peine où tu te traîneras hors de la couche d'une maîtresse pour écrire à la pure et sainte Fluria. »

Puis, aussi silencieusement qu'il était venu, l'ange s'évanouit dans la pénombre de la petite église, comme s'il n'avait jamais été là. Et Godwin se retrouva seul dans l'édifice glacé, à contempler les cierges qui brûlaient en face de lui.

Il écrivait qu'à ce moment la lumière de ces cierges lui parut comme la lumière du levant ou du couchant, un miracle précieux reçu de la main de l'Éternel et destiné à lui seul, en cet instant, pour lui faire comprendre l'ampleur de tout ce que l'Éternel avait accompli en les créant, lui et le monde alentour.

« Je chercherai à devenir un saint, se jura-t-il alors. Seigneur adoré, je Te fais don de ma vie. Je Te fais don de tout ce que je suis, puis être et pourrai faire. Je renonce à tous les instruments du mal. »

C'est ce qu'il m'écrivait. Et j'ai relu cette lettre tant de fois que je la connais par cœur. Il me disait ensuite que, ce même jour, il s'était rendu au monastère des dominicains et avait demandé à y être admis. On l'y accueillit à bras ouverts. Ils furent très heureux qu'il soit si instruit, connaisse l'hébreu et, plus encore, qu'il leur fasse don d'une fortune en joyaux et en étoffes précieuses afin d'aider les pauvres. À la manière de saint François, il abandonna ses riches vêtements, sa canne d'or et ses bottes garnies d'or, et revêtit l'habit noir et rapiécé qu'on lui donna. Il déclara même qu'il renoncerait à étudier et prierait à genoux jusqu'à son dernier jour si on le lui demandait. Qu'il laverait les lépreux, s'occuperait des mourants et ferait tout ce que le prieur lui ordonnerait.

Cela fit rire le prieur. « Godwin, lui dit-il, un prêcheur doit être instruit pour bien prêcher, que ce soit aux riches ou aux pauvres. Et nous sommes avant tout un ordre de prêcheurs. Ton savoir est pour nous un trésor. Trop nombreux sont ceux qui veulent étudier la théologie sans connaissance des arts et des sciences, mais tu possèdes tout cela, et nous pouvons t'envoyer dès à présent à l'Université de Paris étudier auprès de notre grand maître Albert, qui s'y trouve déjà. Rien ne nous procurera plus grand bonheur que de te savoir dans notre province de France, te plongeant dans les œuvres d'Aristote et de tes condisciples afin de développer ton éloquence dans la lumière spirituelle. »

Godwin poursuivait sa lettre par un examen de conscience impitoyable.

« Tu me connais si bien, ma chère Fluria ! écrivait-il. Cela a été la plus cruelle vengeance que je puisse concevoir envers mon père que de devenir un moine mendiant. D'ailleurs, il a immédiatement écrit à mes connaissances, à Rome, de me retenir captif et de m'imposer des femmes jusqu'à ce que je revienne à la raison et abandonne cette lubie de mendicité et de prêcheur errant vêtu de loques.

« Sois assurée, ma bien-aimée, qu'il ne s'est rien passé de tel. Je suis en route pour Paris. Mon père m'a déshérité. Je suis aussi démuni que si nous nous étions mariés. Mais j'ai fait le vœu de sainte pauvreté, selon les mots de saint François, que nous tenons en aussi haute estime que notre fondateur Dominique, et je ne servirai que mon Seigneur et Roi, comme me l'ordonne à présent mon prieur.

« J'ai seulement demandé deux faveurs à mes supérieurs : être autorisé à conserver mon nom de Godwin et en être à nouveau baptisé, puisque le Seigneur nous appelle par un nouveau nom lorsque nous entrons dans cette nouvelle vie ; et pouvoir t'écrire. Je dois avouer que pour obtenir cette dernière faveur j'ai montré à mes supérieurs certaines de tes lettres, et ils se sont émerveillés de l'élévation et de la beauté de tes sentiments autant que je m'en émerveille moi-même. Tout cela m'a été permis, mais je suis désormais frère Godwin, ma chère sœur, et je t'aime comme l'une des créatures du Seigneur les plus tendres et les plus chères, et seulement avec les pensées les plus pures. »

Je fus étonnée par cette missive. Et j'appris bientôt que d'autres l'avaient été tout autant.

Je continuais de recevoir un flot régulier de lettres, qui devinrent la chronique de sa vie spirituelle. Et, dans la foi qu'il venait de découvrir, il avait plus de points communs avec mon peuple que jadis. Le jeune homme ami des plaisirs qui m'avait tant enchantée était désormais un érudit aussi sérieux que mon père ; quelque chose d'immense et d'indescriptible réunissait ces deux hommes dans mon esprit.

Godwin me parlait des nombreux enseignements qu'il suivait, mais aussi de sa vie de prière – comment il en était venu à imiter les habitudes de saint Dominique, fondateur de l'ordre des frères prêcheurs, et avait connu d'une nouvelle et merveilleuse manière ce qu'il considérait comme l'amour de l'Éternel. À présent, c'était un homme nouveau qui me contait dans ses lettres les merveilles qu'il contemplait partout où se portait son regard.

Mais comment pouvais-je dire à Godwin, ce saint qu'était devenu le jeune homme que j'avais aimé, comment pouvais-je lui dire qu'il était le père de deux enfants élevées en pieuses petites filles juives ?

Quel bien cet aveu aurait-il fait ? Et comment son zèle l'aurait-il fait réagir, aimant comme il l'était, s'il avait su qu'il avait des filles vivant dans la juiverie d'Oxford, loin de la foi chrétienne ?

Je vous ai dit que mon père ne m'interdisait pas cette correspondance. Il pensait au début qu'elle ne durerait point. Mais, le temps passant, je lui en fis part pour bien des raisons.

Mon père est un érudit, comme je vous l'ai dit, et non seulement il a étudié le commentaire du Talmud par le grand Rachi, mais il l'a traduit en français pour les étudiants ne connaissant pas l'hébreu. Sa cécité empirant, il me dictait sa traduction de plus en plus souvent ; il ressentait aussi le désir de traduire une grande partie des écrits de Maimonide en latin, sinon en français.

Je ne fus pas surprise que Godwin aborde dans ses lettres ces mêmes sujets. Le grand maître de son ordre, Thomas, avait lu Maimonide en latin et lui-même voulait étudier son œuvre. Godwin connaissait bien l'hébreu : il avait été le meilleur élève de mon père.

Aussi, à mesure que passaient les années, je montrais les lettres de Godwin à mon père, et il arriva fréquemment que les commentaires de mon père sur Maimonide et même la théologie chrétienne soient mentionnés dans les lettres que j'écrivais à Godwin.

Mon père ne me dictait jamais rien pour Godwin, mais je pense qu'il commençait à mieux connaître et à apprécier l'homme qui l'avait trahi autrefois, et il finit par lui pardonner, en quelque sorte. Et chaque jour, après avoir écouté les enseignements de mon père à ses élèves ou copié pour lui ses méditations, je me retirais dans ma chambre pour écrire à Godwin, lui conter notre vie à Oxford et débattre de bien des sujets.

Naturellement, Godwin me demanda un jour pourquoi je n'étais point mariée. Je lui fis de vagues réponses, disant tantôt que les soins à mon père prenaient tout mon temps, tantôt que je n'avais pas rencontré celui qui serait mon époux.

Pendant tout ce temps, Lea et Rosa devenaient de belles petites filles. Mais vous devez me donner un instant, car si je ne pleure pas pour mes deux filles je ne pourrai continuer.

Elle se mit alors à pleurer, et je sus que je ne pourrais la réconforter en rien. C'était une femme mariée, une pieuse femme juive, et je n'osai la toucher. En fait, il m'était probablement interdit de prendre pareille liberté.

Mais quand elle leva la tête et vit dans mes yeux des larmes que je ne pouvais expliquer que parce que ce qu'elle m'avait conté sur elle-même et sur Godwin me touchait tant, elle sembla réconfortée par mon silence et poursuivit son récit.

CHAPITRE X

FLURIA POURSUIT SON RÉCIT

Frère Toby, si vous rencontrez jamais Godwin, il vous aimera. Si Godwin n'est pas un saint, c'est qu'il n'existe pas de saints. Et qui est le Saint, béni soit-Il, pour m'envoyer aujourd'hui un homme qui ressemble tant à Godwin et à Meir, puisque vous êtes là ?

Mes filles s'épanouissaient, devenaient chaque jour plus belles et plus dévouées à leur grand-père, et étaient pour lui, aveugle, la joie que sont les enfants à tous ceux qui peuvent voir.

Permettez-moi de parler ici du père de Godwin, pour dire seulement qu'il mourut en méprisant Godwin pour sa décision d'être devenu un dominicain et en laissant sa fortune à son aîné, Nigel. Sur son lit de mort, il extorqua à ce dernier la promesse qu'il ne poserait jamais le regard sur son frère Godwin, et Nigel, aussi malin qu'attaché aux plaisirs, accepta sans sourciller.

C'est du moins ce que me disait Godwin dans ses lettres, car Nigel, leur père à peine inhumé, vint en France voir le frère qu'il aimait et qui lui manquait tant. Ah, quand je

L'Heure de l'Ange

pense à ces lettres, elles furent fraîches comme l'eau du puits, toutes ces années, bien que je ne pusse partager avec lui la joie que me donnaient Lea et Rosa.

Je devins une femme qui n'avait que trois plaisirs, une femme qui écoutait trois merveilleuses chansons. La première était l'éducation quotidienne de mes belles petites filles. La deuxième de lire et d'écrire pour mon père, qui dépendait tant de moi pour cela, bien qu'il eût maints élèves prêts à lui faire la lecture, et la troisième de lire les lettres de Godwin. Ces trois chansons devinrent un chœur qui apaisait et élevait mon âme.

Ne me jugez pas cruelle d'avoir dissimulé ces enfants à leur père. N'oubliez pas ce qui était en jeu. Car, même avec Nigel et Godwin réconciliés et s'écrivant régulièrement, je ne pouvais imaginer qu'il puisse résulter d'une telle révélation autre chose qu'un désastre pour nous tous.

Laissez-moi vous parler encore de Godwin. Il me racontait ses cours et ses débats. Il ne put enseigner la théologie qu'à l'âge de trente-cinq ans, mais il prêchait régulièrement devant des foules nombreuses à Paris et avait beaucoup de disciples. Il était plus heureux que jamais et répétait sans cesse qu'il voulait que je sois heureuse, me demandant pourquoi je n'étais point mariée.

Il me disait que les hivers étaient rudes à Paris comme en Angleterre et que le monastère était glacial. Mais il n'avait jamais connu une telle joie quand sa bourse était pleine et qu'il pouvait acheter tout le bois de chauffage et toute la nourriture désirés. La seule chose au monde qui comptait pour lui était de savoir comment je me portais et si j'avais trouvé le bonheur.

Quand il m'écrivait cela, taire la vérité me faisait fort souffrir, puisque j'étais si heureuse avec mes fillettes auprès de moi.

Peu à peu, j'en vins à souhaiter que Godwin le sache. Je voulais qu'il sache que ces deux belles fleurs de notre amour fleurissaient dans l'innocence et à l'abri. Ce qui rendait ce secret plus douloureux encore, c'était que Godwin poursuivait avec ardeur ses études de l'hébreu et débattait souvent avec les juifs de Paris, qu'il allait chez eux étudier et deviser, tout comme il le faisait autrefois lorsqu'il voyageait entre Londres et Oxford. Godwin était resté un ami de notre peuple. Bien sûr, il voulait convertir ceux avec qui il débattait, mais il éprouvait une grande affection pour leur esprit vif et plus que tout pour leur pieuse existence qui, disait-il, lui enseignait plus sur l'amour que la conduite de certains étudiants en théologie de l'Université.

Bien des fois, je voulus lui dire ce qu'il en était, mais je vous ai fait part des considérations qui me retenaient. D'abord, Godwin aurait peut-être été profondément malheureux s'il avait appris qu'il était parti en me laissant grosse d'enfant. Ensuite, il pourrait s'alarmer, comme tout gentil, d'avoir deux filles élevées en juives, non parce qu'il craindrait pour leurs âmes, mais parce qu'il connaissait les persécutions et les violences dont notre peuple est si souvent l'objet.

Deux ans plus tôt, il apprit l'affaire du petit saint Hugh de Lincoln. Et nous avions parlé dans notre correspondance de nos craintes pour la juiverie de Londres. Quand nous sommes accusés dans une ville, la violence peut en gagner une autre. La haine que l'on nous voue et les mensonges que l'on raconte sur nous peuvent s'étendre comme la peste. De telles horreurs me contraignaient à garder le secret. Si Godwin savait qu'il avait des filles menacées par de telles émeutes, que ferait-il ?

C'est Meir qui m'amena à lui exposer toute la question.

Meir était arrivé chez nous tout comme Godwin, autrefois, pour étudier auprès de mon père. Comme je l'ai dit, sa cécité n'empêchait pas les élèves d'affluer. La Torah est gravée dans son cœur, comme nous le disons, et, après des années de commentaires sur le Talmud, il connaissait aussi les textes intimement ainsi que tous les commentaires de Rachi.

Les maîtres des synagogues d'Oxford venaient régulièrement le consulter. Certains de ses visiteurs lui soumettaient même leurs litiges. Et des amis chrétiens, qu'il avait nombreux, recherchaient ses conseils pour des affaires simples ; de temps en temps, quand ils avaient besoin d'argent, la loi nous interdisant le prêt, ils venaient le voir pour trouver quelque moyen d'emprunter sans que l'intérêt soit connu ou consigné. Mais je ne veux pas parler de cela. Je n'ai moi-même jamais géré mes biens. Très peu de temps après sa première visite à mon père, Meir commença à les gérer, de sorte que je n'avais pas à me soucier des questions matérielles.

Vous m'apercevez ici richement vêtue de cette guimpe blanche et de ce voile, vous ne voyez rien qui puisse entacher l'image d'une femme riche, excepté la rouelle, mais croyez-moi quand je dis que je pense rarement aux affaires matérielles. Vous savez pourquoi nous sommes prêteurs pour le roi et ceux de son royaume. Vous savez tout cela. Et aussi, probablement, que, depuis que le roi a interdit que nous prêtions avec intérêt, nous avons trouvé le moyen de contourner la loi et que nous détenons toujours bien des créances au nom du roi.

Ma vie étant consacrée à mon père et à mes filles, je n'imaginais pas que Meir puisse demander ma main, bien que je n'aie pu m'empêcher de remarquer, comme toute femme, et je suis sûr que vous l'aurez vu vous aussi, que Meir était un bel homme d'une immense bonté et d'un esprit attentionné.

Quand il demanda respectueusement ma main à mon père, ce fut dans les termes les plus généreux, disant qu'il espérait ne pas le priver de moi et de mon amour, mais plutôt nous inviter tous à demeurer dans la maison dont il venait d'hériter à Norwich. Il avait ici de nombreuses relations et de la famille, et il était l'ami des plus riches juifs de la ville, qui sont nombreux, comme vous avez pu le constater en voyant toutes les maisons de pierre qui s'y distinguent. Vous savez pourquoi nous les construisons en pierre.

Mon père était désormais presque totalement aveugle. Il voyait encore si le soleil était levé ou si la nuit était venue, mais il ne nous distinguait plus, mes filles et moi, qu'en nous touchant de ses mains douces ; et s'il y avait quelque chose qu'il aimait autant que nous, c'était d'enseigner à Meir et de guider ses lectures. Car Meir n'est point seulement étudiant de la Torah et du Talmud, de l'astronomie, de la médecine et de tous les autres sujets qui ont éveillé l'intérêt de mon père : Meir est un poète, dont il a la vision, et il voit la beauté partout où se pose son regard.

Si Godwin était né juif, il aurait vu en Meir son jumeau. Mais je dis là des absurdités, car Godwin est multiple, comme je vous l'ai expliqué. Il pénètre dans une pièce, et c'est un groupe d'hommes portés par une tempête. Meir, lui, apparaît silencieusement avec la douceur de la soie. Ils sont semblables et en même temps différents.

Mon père consentit aussitôt à nos épousailles et accepta d'aller à Norwich, où il savait que la communauté juive, fort prospère, vivait depuis longtemps à l'abri des troubles. Après tout, les accusations de meurtre du petit saint William par les juifs remontaient à cent ans. Oui, la chapelle était fréquentée et on nous considérait avec crainte, mais nous avions beaucoup d'amis parmi les gentils, et il arrive que vieilles blessures et querelles perdent leur âpreté avec le temps.

Mais comment épouser Meir sans lui avouer la vérité ? Devais-je laisser un tel secret entre nous et taire que le père de mes filles était encore en vie ?

Nous ne pouvions chercher conseil auprès de personne, du moins mon père le pensait-il, et il réfléchit longuement, ne voulant pas que je me marie sans que le problème soit résolu.

Que pensez-vous donc que je fis ? Sans en parler à mon père, je me tournai vers le seul homme au monde pour qui j'éprouvais amour et confiance : Godwin. C'est à Godwin, qui était devenu un saint vivant parmi ses frères à Paris et un grand érudit de la science de l'Éternel, que j'écrivis pour lui soumettre la question.

Et, écrivant en hébreu comme souvent, je lui racontai toute l'histoire.

– Tes filles sont aussi belles d'esprit que d'apparence et de cœur. Mais elles se croient les enfants d'un homme décédé, et le secret a été si bien gardé que Meir, qui m'a demandée en mariage, n'imagine même pas la vérité.

« Je te demande dès lors, à toi qui es bien au-delà de l'inquiétude et de la peine que pourrait te causer cette nouvelle, tout comme je t'assure que ces précieuses enfants seront toujours choyées : que dois-je faire de la demande de Meir ? Puis-je devenir son épouse sans tout lui révéler ?

« Comment peut-on dissimuler un tel secret à un homme qui n'apportera dans le mariage que tendresse et bonté ? Et, maintenant que tu sais, que désires-tu, au fond de ton cœur, pour tes filles ? Accuse-moi dès à présent, si tu le désires, d'avoir manqué de te dire que ces jeunes filles sont tiennes.

« Je t'ai avoué la vérité et j'en éprouve un soulagement égoïste, mais aussi une joie désintéressée. Devrai-je dévoiler la vérité à mes filles quand elles en auront l'âge, et que dois-je faire à présent avec Meir ?

Je l'implorai de ne pas être bouleversé mais de me donner son avis le plus pieux sur la conduite à tenir. « C'est au frère Godwin que j'écris, le frère qui s'est voué au Seigneur. C'est de lui que je dépends pour une réponse aussi affectueuse que sage. ». J'ajoutai que j'avais jusque-là compté ne jamais lui en parler, mais que je n'avais jamais su si, ce faisant, je le protégeais ou lui causais tort.

Je ne me rappelle pas ce que je lui écrivis d'autre. Peut-être lui parlai-je de l'esprit vif de ses filles et de leurs progrès dans leurs études. Je lui écrivis sans doute que Lea était la plus calme et que Rosa avait toujours quelque chose d'amusant ou de spirituel à dire. Que Lea dédaignait toute chose de ce monde comme de peu d'importance, alors que Rosa n'avait jamais assez de voiles ni de robes.

Que Lea m'était dévouée et ne me quittait jamais, alors que Rosa ne cessait de regarder par la fenêtre les allées et venues dans les rues.

Qu'il était reflété en tous points dans ses filles ; dans la piété et la discipline de Lea, et dans l'irrépressible gaieté et le rire de Rosa. Que ses filles avaient du bien de leur père légitime et qu'elles hériteraient aussi du mien.

En envoyant la lettre, je redoutais de perdre pour toujours Godwin si cela le mettait en colère ou le décevait. Même si je ne l'aimais plus comme dans ma jeunesse, c'est-à-dire comme un homme, je l'aimais de tout mon cœur, et mon cœur était dans toutes mes lettres.

Eh bien, savez-vous ce qu'il arriva ?

Je dus avouer que je n'en avais aucune idée ; tant de choses se bousculaient dans ma tête que j'eus grand-peine à laisser Fluria poursuivre. Elle disait avoir perdu ses deux enfants. Elle était remplie d'émotion tandis qu'elle me parlait. Et une grande partie de cette émotion s'était emparée de moi.

CHAPITRE XI

FLURIA REPREND SON RÉCIT

Deux semaines plus tard, Godwin arriva à Oxford et se rendit chez nous.

Ce n'était pas le Godwin que j'avais connu, naturellement. Il avait perdu la vivacité et l'intrépidité de la jeunesse, remplacées par quelque chose d'infiniment plus rayonnant. Il parlait avec douceur et bonté, mais animé d'une passion qu'il avait peine à réprimer.

Je le fis entrer sans avertir mon père et lui amenai aussitôt ses deux filles.

Il semblait que je n'avais plus d'autre choix, désormais, que de leur révéler que cet homme était en vérité leur père, et Godwin m'en pria.

— Tu n'as fait nul mal, Fluria, me dit-il. Tu as porté pendant des années ce fardeau que j'aurais dû partager. Je t'ai laissée grosse d'enfant. Je n'y ai même pas songé. À présent, laisse-moi voir mes filles, je t'en prie. Tu n'as rien à redouter de moi.

C'était il y a moins d'un an, et les enfants avaient treize ans. J'éprouvai une immense joie et une grande fierté à les lui présenter, car elles étaient devenues d'une grande beauté, et avaient hérité de leur père son expression rayonnante et heureuse.

D'une voix tremblante, je leur expliquai que cet homme était en réalité leur père, qu'il était le frère Godwin auquel j'écrivais si régulièrement, et qu'il ignorait leur existence jusqu'à ces deux dernières semaines, mais qu'il voulait désormais les voir.

Lea fut bouleversée, mais Rosa sourit aussitôt à Godwin. À sa manière habituelle, elle déclara qu'elle avait toujours su que quelque secret entourait sa naissance et qu'elle était heureuse de voir l'homme qui était son père.

– Mère, dit-elle, c'est un moment de bonheur.

Godwin était en larmes. Il posa une main sur la tête de ses filles et se mit à pleurer, bouleversé, en les contemplant tour à tour et en sanglotant.

Quand mon père apprit sa présence, que les servantes lui dirent que Godwin savait qu'elles étaient ses filles et qu'elles savaient qu'il était leur père, il descendit et menaça de le tuer de ses propres mains.

– Oh, remercie le ciel que je sois aveugle et ne puisse te trouver ! Lea et Rosa, je vous ordonne de me conduire à cet homme.

Les deux enfants ne surent que faire, et je m'interposai entre Godwin et mon père en suppliant celui-ci de se calmer.

– Comment oses-tu venir ici ? demanda mon père. Tes lettres, je les ai tolérées et même, de temps en temps, je t'ai écrit. Mais maintenant, connaissant l'étendue de ta trahison, je te demande comment tu peux avoir l'audace de venir sous mon toit !

Il eut pour moi des mots sévères.

– Tu as dit à cet homme des choses sans mon consentement. Et qu'as-tu appris à Lea et à Rosa ? Que savent vraiment ces enfants ?

Rosa tenta aussitôt de l'apaiser.

— Grand-père, dit-elle, nous avons toujours pressenti que quelque mystère nous entourait. Nous avons vainement demandé bien des fois des écrits de celui qu'on nous disait notre père, ou quelque souvenir, mais chaque fois cela ne causait à notre mère que peine et confusion. Nous savons à présent que cet homme est notre père et nous ne pouvons nous empêcher d'en être heureuses. C'est un grand érudit, grand-père, et nous avons toujours entendu parler de lui.

Elle voulut étreindre son grand-père, mais il la repoussa. Oh, c'était affreux de le voir ainsi, fixant le vide de son regard aveugle, crispé sur sa canne, ne sachant où il était et se sentant comme devant des ennemis au milieu de sa chair et de son sang.

— Ce sont les filles d'une mère juive, répliqua mon père, et ce sont des femmes juives qui deviendront un jour les mères d'enfants juifs, et tu n'auras rien à faire avec eux. Ils ne seront pas de ta foi. Tu dois partir. Ne me dis pas combien tu es révéré et fameux à Paris. J'en ai assez entendu pour cette fois. Je sais qui tu es : l'homme qui a trahi ma confiance et ma maison. Va prêcher auprès des gentils qui t'acceptent comme un pécheur repenti. Je n'accepterai aucun aveu de culpabilité de toi. Va-t'en !

Vous ne connaissez pas mon père. Vous ne pouvez imaginer le feu de sa colère. Ce que j'ai dit reflète à peine la violence avec laquelle il fustigea Godwin. Et tout cela en présence de nos filles, qui regardaient tour à tour leur grand-père, leur mère et le moine qui s'agenouillait et disait :

— Que puis-je faire pour vous supplier de me pardonner ?

— Approche-toi assez, répondit mon père, et je te rouerai de coups pour ce que tu as fait dans ma maison !

Godwin se releva, s'inclina devant mon père et, avec un regard de tendresse pour moi et de regret pour ses filles, il s'apprêta à partir.

Rosa l'arrêta et même se jeta dans ses bras. Il la serra contre lui longuement en fermant les yeux, ce que mon père ne vit ni ne sut. Lea resta immobile, en pleurs, puis s'enfuit hors de la pièce.

– Sors de ma maison !, s'écria mon père.

Et Godwin obéit aussitôt.

Je fus saisie de peur en me demandant où il irait et ce qu'il ferait, et il me parut que je n'avais plus d'autre solution que de tout raconter à Meir, qui vint chez nous le soir. Il était agité. Il avait appris qu'une querelle était survenue sous notre toit et qu'on avait vu en sortir un moine qui semblait fort désemparé.

Je m'enfermai avec lui dans le cabinet d'étude de mon père et lui contai la vérité. Je lui expliquai que je ne savais pas ce qui allait arriver. Godwin était-il reparti pour Paris, ou bien se trouvait-il encore à Oxford ou à Londres ? Je n'en avais aucune idée.

Meir me considéra longuement de son doux et affectueux regard, puis il me surprit.

– Belle Fluria, dit-il, j'ai toujours su que les filles étaient les enfants d'un amoureux de ta jeunesse. Penses-tu qu'il n'y ait personne dans la juiverie qui ne se souvienne de ton affection pour Godwin et de sa querelle avec ton père voilà des années ? Ils ne disent rien, mais tous savent. Que cette histoire ne te trouble pas, car elle ne me cause nulle inquiétude. Tu n'as pas à redouter que je t'abandonne, car je t'aime autant aujourd'hui qu'hier et avant-hier. Nous devons seulement savoir ce que Godwin compte faire... De graves conséquences attendent un prêtre ou un frère accusé de commerce avec une femme juive. Tu le sais. Et de graves conséquences attendent une juive qui avoue que ses enfants sont ceux d'un chrétien. La loi interdit pareilles choses. La Couronne guette les biens de ceux qui y contreviennent. Il est impossible de rien faire ici, excepté garder le secret.

Il avait raison. Nous en revenions à la situation que j'avais connue lorsque Godwin et moi nous étions aimés et qu'il avait été envoyé à Rome. Les deux parties avaient des raisons de garder le secret. Et mes filles, certainement, intelligentes comme elles l'étaient, le comprirent.

Meir m'avait apporté un calme guère différent de la sérénité que j'éprouvais en lisant les lettres de Godwin, et dans ce moment d'intimité, car c'en était un, je vis l'humilité et la bonté innée de Meir plus clairement que jamais.

– Nous devons attendre de voir ce que fera Godwin, répéta-t-il. En vérité, Fluria, j'ai vu ce moine quitter ta maison, et il m'a paru un homme simple et bon. J'attendais, car je ne voulais pas entrer si ton père était enfermé dans son cabinet d'étude avec lui. C'est ainsi que j'ai pu le voir quand il est sorti, blême, inquiet et semblant porter un immense fardeau dans son âme.

– À présent, tu le portes aussi, Meir, dis-je.

– Non, je n'en porte aucun. J'espère et prie seulement pour que Godwin ne cherche pas à te prendre ses filles, car ce serait terrible.

– Comment un moine pourrait-il me prendre mes filles ?

Mais, à l'instant même où je posais la question, on frappa à notre porte, et ma servante, la chère Amelot, vint me dire que le comte Nigel était là, avec son frère, le frère Godwin, et qu'elle les avait fait entrer et asseoir.

Je me levai, mais, avant que j'aie pu les rejoindre, Meir se leva et me prit la main.

– Je t'aime, Fluria, et je te veux pour épouse. Souviens-t'en et n'oublie pas que je connaissais ce secret sans que personne me l'ait confié. Je savais même que le cadet du comte était probablement le père. Crois en moi, Fluria, sois assurée que je pourrai t'aimer sans réserve, et, si tu ne veux pas me répondre maintenant, sache que j'attendrai patiemment.

Je n'avais jamais entendu Meir prononcer autant de mots d'affilée. Et j'en fus réconfortée, mais je redoutais ce qui m'attendait dans l'autre pièce.

Pardonnez-moi si je pleure. Pardonnez-moi, car je ne puis m'en empêcher. Pardonnez-moi de ne pouvoir oublier Lea alors que je vous relate ces faits. Et pardonnez-moi si je pleure aussi pour Rosa.

« Éternel, écoute ma requête,
Prête l'oreille à mes supplications,
Exauce-moi dans ta fidélité
Et dans ta justice.
Et n'entre point en jugement avec ton serviteur;
Car nul homme vivant ne sera justifié devant toi. »[1].

Vous connaissez cette prière aussi bien que moi. C'est celle que je préfère.

J'allai accueillir le comte, qui avait hérité le titre de son père. Je connaissais Nigel, qui avait étudié auprès de mon père. Il semblait troublé, mais non point fâché. Et, quand je me tournai vers Godwin, je m'étonnai de le voir si calme et si bon, comme s'il était présent, oui, et bien présent, mais aussi dans un autre monde.

Les deux hommes me saluèrent avec le respect qu'ils auraient témoigné à une gentille, et je les priai de s'asseoir et d'accepter un peu de vin. Mon âme tremblait. Que pouvait signifier la présence du comte ?

Mon père entra et voulut savoir qui était là. Je suppliai la servante d'aller quérir Meir, puis, d'une voix hésitante, je répondis à mon père que le comte était là avec son frère Godwin et que je leur avais offert un peu de vin.

Quand Meir fut arrivé et eut rejoint mon père, je fis sortir les servantes, qui étaient toutes venues.

---

1. Psaume de David, 143:1-2.

– Eh bien, Godwin, demandai-je en retenant mes larmes, qu'as-tu à me dire ?

Si les gens d'Oxford découvraient que deux enfants gentils avaient été élevés comme des juifs, ne s'en prendraient-ils point à nous ? N'existait-il pas quelque loi ordonnant que nous fussions exécutés ? Je l'ignorais. Il y avait tant de lois contre nous, ces enfants n'étaient pas légitimement celles de leur père chrétien. Et puis un moine comme Godwin pouvait-il désirer que la honte de la paternité soit connue de tous ? Godwin, si aimé de ses élèves…

Or le pouvoir du comte était considérable. C'était l'un des hommes les plus riches du royaume et il avait le pouvoir de tenir tête à l'archevêque de Canterbury et même au roi. Quelque chose de terrible allait peut-être avoir lieu sans que personne en ait connaissance.

Je sentis que la situation était dans une impasse. J'avais devant moi un échiquier où s'affrontaient deux pièces sans qu'aucune puisse avoir le dessus.

Ne m'en veuillez pas si en cet instant j'ai été calculatrice. Je me considérais comme responsable de tout. Même le calme et pensif Meir pesait sur ma conscience, maintenant qu'il avait demandé ma main.

Pourtant, je raisonnais froidement. *Si nous sommes dénoncés, nous serons condamnés. Mais qu'il les réclame, et Godwin sera voué à la disgrâce*. Et si mes filles m'étaient enlevées pour connaître une captivité sans fin dans le château du comte ? C'était ce que je redoutais par-dessus tout.

Je n'avais trompé que par mon silence ; désormais je savais que ces deux pièces se faisaient face sur l'échiquier et j'attendais qu'une main s'en saisisse.

Mon père, bien qu'il eût été prié de s'asseoir, resta debout et demanda à Meir s'il pouvait lever une lampe pour éclairer le visage des deux hommes. Cela répugnait à Meir, et, le sachant, je m'en chargeai, en implorant le pardon du comte, qui hocha la tête en regardant mon père.

Celui-ci soupira et accepta de s'asseoir, les mains sur le pommeau de sa canne.

— Peu m'importe qui vous êtes, dit-il. Je vous méprise. Semez le vent sous mon toit et vous récolterez la tempête.

Godwin se leva. Mon père, entendant ses pas, leva sa canne comme pour le repousser, et le moine s'immobilisa au milieu de la pièce.

Alors, le prêcheur, l'homme qui émouvait les foules sur les places de Paris et dans les amphithéâtres, cet homme prit la parole. Son français était parfait, tout comme celui de mon père et le mien.

— Le fruit de mes péchés, commença-t-il, est à présent devant moi. Je vois ce qu'a produit mon égoïsme. Je vois maintenant les graves conséquences que mon inconduite a sur d'autres, et je vois qu'ils les ont acceptées avec grâce et générosité.

Je fus fort émue par ces paroles, mais mon père s'impatienta.

— Si vous nous prenez ces enfants, je vous ferai condamner devant le roi. Nous sommes, pour le cas où vous l'auriez oublié, les juifs du roi !

— Je ne ferai rien sans votre consentement, maître Eli, dit humblement Godwin. Je ne suis pas venu chez vous avec la moindre prétention. Je suis venu pour une requête.

— Et que pourrait-elle être ? N'oubliez pas que je suis prêt à prendre ce bâton pour vous rouer de coups.

— Père, je t'en prie, suppliai-je.

Godwin accepta la menace comme s'il avait accepté d'être lapidé en public. Puis il exposa ses intentions.

— Ne sont-ce pas deux belles enfants ? Dieu ne les a-t-Il pas envoyées en raison de notre foi à tous deux ? Voyez le présent qu'Il nous a fait, à Fluria et à moi. Moi qui n'ai jamais imaginé bénéficier du dévouement ou de l'amour d'un enfant, j'en ai désormais deux, et Fluria vit chaque jour, sans opprobre, dans la compagnie heureuse de ses filles, qui auraient pu lui être soustraites par quelqu'un de cruel. Fluria, je t'en supplie : donne-moi l'une de ces enfants. Maître Eli, je vous en supplie, laissez-moi en emmener une. Laissez-moi l'emmener et l'élever à Paris. Laissez-moi la voir grandir en chrétienne sous la protection d'un père et d'un oncle aimants. Vous garderez toujours l'autre auprès de vous. Choisissez celle que vous voudrez garder, je m'en remets à vous, car vous savez laquelle sera la plus heureuse à Paris, dans sa nouvelle vie, et laquelle est la plus timide ou peut-être la plus attachée à sa mère. Que les deux vous aiment, je n'en doute point. Mais, Fluria, je t'en supplie, comprends ce que cela signifie pour moi, qui ai foi en Jésus-Christ, que mes enfants ne puissent être avec les leurs et ne puissent rien connaître de la plus grande résolution qu'a faite leur père : servir éternellement son Seigneur Jésus-Christ en pensée, en paroles et en actes. Comment puis-je retourner à Paris sans te demander de me donner l'une de mes filles ? Laisse-moi l'élever en chrétienne. Divisons entre nous le fruit de notre péché et la bonne fortune que représentent les vies de ces enfants.

Mon père se mit en colère. Il se leva en serrant sa canne.
– Tu as déshonoré ma fille ! s'écria-t-il. Et, à présent, tu viens lui demander de partager ses enfants ? Partager ? Tu te prends pour le roi Salomon ? Si j'y voyais encore, je te tuerais. Rien ne me retiendrait. Je te tuerais à mains nues et je t'enterrerais dans le jardin de ma maison, loin de tes frères chrétiens. Remercie ton Dieu que je sois vieux, aveugle et incapable de t'arracher le cœur. Pour l'heure, je t'ordonne de quitter ma maison, de ne jamais y revenir ni de chercher

à revoir tes filles. Cette porte t'est à jamais interdite. Et permets-moi de te rappeler que ces enfants sont nôtres au regard de la loi. Comment pourrais-tu prouver le contraire à quiconque ? Et songe au scandale que tu appelleras sur toi si tu ne quittes pas cette maison en silence, en renonçant à cette cruelle et téméraire requête !

Je fis tout mon possible pour retenir mon père, mais il me repoussa d'un coup de coude tout en agitant sa canne devant lui.

Le comte était fort peiné, mais rien ne pouvait égaler l'expression malheureuse de Godwin. Quant à Meir, je ne puis vous dire comment il prit cette dispute, car j'étais trop occupée à tenter de supplier mon père de se taire et de les laisser parler.

J'avais peur non de Godwin, mais de Nigel. Il avait le pouvoir de s'emparer de mes deux filles, s'il lui plaisait, et de nous soumettre au plus dur jugement. Nigel avait assez de fortune et d'hommes pour les enlever et les enfermer dans son château, à des lieues de Londres, en m'interdisant de jamais les revoir.

Mais je ne vis que bonté sur leurs visages à tous deux. Godwin s'était remis à pleurer.

– Oh, comme je m'en veux de vous avoir causé de la peine ! dit-il à mon père.

– Me causer de la peine, chien ! s'écria mon père, qui se rassit en tremblant. Tu as péché contre cette maison. Et tu pèches encore à présent. Quitte-la, va-t'en !

Mais ce qui nous surprit tous en cet instant, ce fut l'entrée de Rosa, qui d'une voix ferme pria son grand-père de se taire.

Des jumelles, même identiques d'apparence, ne le sont souvent pas dans l'âme et le cœur. Comme je vous l'ai déjà laissé entendre, l'une peut être plus encline à diriger et à commander que l'autre. Il en était ainsi de mes filles. Lea se comportait toujours comme si elle était la cadette. C'était Rosa qui décidait souvent de ce qu'elles faisaient. En cela, elle me ressemblait autant qu'à Godwin. Elle ressemblait aussi à mon père, qui a toujours été homme à parler sans détour. Et ce fut ainsi que Rosa parla. Elle déclara avec autant de douceur que de fermeté qu'elle désirait se rendre à Paris avec son père.

En l'entendant, Godwin et Nigel furent profondément touchés ; mon père en resta coi et baissa la tête.

Rosa alla vers lui, le prit dans ses bras et l'embrassa, mais il lâcha sa canne en serrant les poings sur ses genoux, l'ignorant comme s'il n'avait pas senti ses baisers.

— Grand-père, Lea ne peut supporter d'être séparée de mère. Tu le sais, et tu sais qu'elle aurait peur dans une ville comme Paris. Elle craint déjà de partir pour Norwich, comme le souhaite Meir. C'est moi qui dois m'en aller avec frère Godwin. Tu dois bien concevoir combien cette décision est sage : c'est le seul moyen que nous retrouvions tous la paix.

Elle se tourna vers Godwin, qui la regardait avec une telle tendresse que j'en avais le cœur chaviré.

— Je savais que cet homme était mon père avant que de le voir. Je savais que frère Godwin, à qui ma mère écrivait avec tant de dévouement, était en réalité l'homme qui m'avait donné la vie. Mais Lea ne s'en est jamais doutée et elle veut simplement demeurer avec vous. Lea croit ce qu'elle croit non par la force de ce qu'elle voit mais de ce qu'elle éprouve.

Elle me prit alors dans ses bras.

— Je veux aller à Paris, dit-elle doucement.

Elle se rembrunit et sembla avoir peine à poursuivre, puis continua en me regardant dans les yeux :

L'Heure de l'Ange

– Mère, je veux vivre avec cet homme qui est mon père. Cet homme n'est point comme les autres.

Mon père soupira et leva les yeux au ciel, et je vis ses lèvres murmurer une prière. Il baissa la tête. Puis il quitta son fauteuil, s'approcha du mur et, nous tournant le dos, commença à prier en s'inclinant.

Godwin fut transporté de joie par la décision de Rosa, tout comme son frère Nigel. Celui-ci prit la parole, et expliqua d'une voix respectueuse qu'il veillerait à ce que Rosa dispose de tout ce dont elle aurait besoin et qu'elle serait élevée dans le meilleur couvent de Paris. Il avait déjà écrit aux religieuses.

– Tu as fait le bonheur de ton père, lui dit-il en lui baisant le front.

Godwin semblait prier, puis je l'entendis dire à mi-voix :

– Seigneur, Tu as placé un trésor entre mes mains. Je Te promets que je veillerai éternellement sur cette enfant et qu'elle connaîtra le bonheur terrestre. Je T'en prie, Seigneur, accorde-lui le bonheur spirituel.

En entendant ces mots, je crus que mon père allait perdre l'esprit. Nigel était comte, voyez-vous, il avait plus d'un fief et était accoutumé à être obéi non seulement de sa maison mais aussi de tous ses serfs et de ceux qui croisaient son chemin. Il ne pouvait comprendre que ses prétentions pouvaient grandement offenser mon père.

Godwin le sentit, cependant, et, de nouveau, vint s'agenouiller aux pieds de mon père. Il le fit avec la plus grande simplicité. Quel tableau il fit, avec sa bure noire et ses sandales, agenouillé devant mon père, le suppliant de lui pardonner et de croire que Rosa serait aimée !

Mon père resta de marbre. Puis, finalement, avec un long soupir, il fit signe à chacun de se taire, car Rosa le suppliait à son tour, et même le fier mais aimable Nigel l'implorait d'admettre que cette décision était juste.

– Juste ! s'exclama-t-il. Juste que la fille juive d'une femme juive soit baptisée et devienne chrétienne ? Est-ce ainsi que vous concevez la justice ? Je préférerais la voir morte avant que pareille chose puisse arriver.

Mais Rosa, dans sa témérité, se serra contre lui et prit ses mains dans les siennes.

– Grand-père, dit-elle, tu dois être à présent le roi Salomon. Tu dois admettre que Lea et moi devons être séparées, car nous sommes deux et non une, et nous avons deux parents, un père et une mère.

– Tu es morte pour moi répondit mon père. Pars avec ton insensé et simple d'esprit de père, ce démon qui a traîtreusement gagné ma confiance et écouté mes contes, légendes et enseignements, alors qu'il convoitait ta mère. Pars. Tu seras morte pour moi, et je porterai ton deuil. À présent, quitte ma maison !

Il se retira à tâtons et claqua la porte.

En cet instant, je crus que mon cœur allait se briser et que je ne connaîtrais plus jamais ni paix, ni bonheur, ni amour. Mais il se passa quelque chose qui me toucha plus qu'aucune parole. Alors que Godwin se tournait vers Rosa, elle se jeta dans ses bras. Elle était irrésistiblement attirée vers lui et le couvrait de mille caresses, la tête sur son épaule, tandis qu'il fermait les yeux en pleurant.

Je me vis moi-même, en cet instant, telle que je l'avais aimé autrefois. Seulement je voyais toute la pureté de cet amour, car c'était notre fille qu'il étreignait. Et je sus alors que je ne pourrais ni ne devais rien faire pour m'opposer à ses projets.

C'est seulement à vous, frère Toby, que je l'avoue, mais j'éprouvai un grand soulagement. Dans mon cœur, en silence, je fis mes adieux à Rosa et confirmai mon amour pour Godwin avant que de prendre place au côté de Meir.

L'Heure de l'Ange

Ah, vous voyez à présent ce qu'il en fut. Le Seigneur m'a enlevé Lea, l'enfant qui me restait, ma fidèle, timide et affectueuse Lea. Il l'a prise alors que mon père, resté à Oxford, refuse de me parler et porte le deuil de Rosa, pourtant bien vivante. Le Seigneur a-t-Il prononcé Son châtiment envers moi ?

Mon père a certainement appris la mort de Lea. Il sait sûrement ce que nous affrontons à Norwich, comment la ville s'est saisie de la mort de Lea pour nous condamner et peut-être nous exécuter, et il sait que la haine malfaisante de nos voisins les gentils risque de s'abattre sur nous tous une fois de plus.

C'est le jugement prononcé envers moi pour avoir laissé Rosa à la garde du comte et de Godwin à Paris. C'est un châtiment, je ne puis le comprendre autrement. Et mon père, mon père qui ne me parle plus ni ne m'écrit depuis ce jour, ne le fera pas maintenant.

Il aurait quitté notre toit le jour même si Meir ne m'avait emmenée sur-le-champ et si Rosa n'était partie cette nuit-là. Et la pauvre et tendre Lea, qui s'efforçait de comprendre pourquoi sa sœur partait pour Paris et pourquoi son grand-père se murait dans le silence et refusait même de lui parler !

À présent, ma tendre et chère enfant, emmenée dans cette ville inconnue de Norwich, et adorée de tous ceux qui la voyaient, la pauvre enfant est morte de passion iliaque sous nos yeux impuissants ; et je suis ici, emprisonnée jusqu'à ce que la ville se soulève et que nous soyons tous anéantis. Je me demande si mon père n'a pas en pensant à nous un rire amer, car sans nul doute nous sommes vaincus.

CHAPITRE XII

LA FIN DU RÉCIT DE FLURIA

Fluria était en larmes. J'eus de nouveau envie de la prendre dans mes bras, mais je savais que ce n'était pas convenable. Je lui répétai à mi-voix que je n'imaginais pas son chagrin devant la mort de Lea et que je ne pouvais que rendre un hommage silencieux à son cœur.

— Je ne crois pas que le Seigneur puisse prendre un enfant pour punir quiconque de quelque faute que ce soit. Mais que savons-nous des voies du Seigneur ? Vous avez agi au mieux en laissant Rosa partir pour Paris. La mort de Lea est due à la fatalité.

Mes paroles la rassérénèrent un peu. Elle était lasse, et peut-être était-ce juste la fatigue qui la calmait. Elle se leva, alla à l'étroite fenêtre et contempla la neige qui tombait. Je la rejoignis.

— Nous avons beaucoup de décisions à prendre, Fluria, mais la principale est celle-ci : si je vais à Paris afin de convaincre Rosa de venir ici jouer le rôle de Lea...

— Oh, pensez-vous que je n'y aie point songé ? dit-elle en se retournant. C'est beaucoup trop dangereux. Et Godwin n'autoriserait jamais une telle duperie. Comment cela pourrait-il être juste ?

— N'est-ce point Jacob qui dupa Isaac ? Et devint Israël et le père de sa tribu ?

— Oui, en effet, et Rosa est la plus astucieuse, la mieux douée. Mais c'est trop périlleux. Et si Rosa ne sait pas répondre à une question de lady Margaret ou ne reconnaît point Eleanor comme sa plus proche amie ? Non, c'est impossible.

— Rosa peut refuser de parler à ceux qui vous ont maltraités. Tout le monde le comprendrait. Il suffit qu'on la voie.

Manifestement, Fluria n'avait pas pensé à ce subterfuge. Elle commença à faire les cent pas en se tordant les mains. Toute ma vie, j'ai entendu cette expression : se tordre les mains. Mais je n'avais encore vu personne le faire réellement. Je fus frappé de connaître cette femme mieux que je ne connaissais quiconque. Ce fut une pensée étrange et glaçante, non parce que je l'en aimais moins mais parce que je ne supportais plus de penser à ma propre vie.

— Mais si cela peut être arrangé et que Rosa vienne, combien, dans la juiverie, savent que vous avez eu des jumelles ? Combien connaissent votre père et vous ont connus à Oxford ?

— Trop, mais personne ne parlera. N'oubliez pas, pour mon peuple, un enfant qui se convertit est mort et disparu, et personne ne mentionne jamais son nom. Nous n'avons rien dit quand nous sommes arrivés ici. Et personne ne nous a parlé de Rosa. Il y en a ici qui savent, mais ils savent en silence, et notre médecin et nos anciens peuvent veiller à ce qu'ils se tiennent cois.

— Et votre père ? Lui avez-vous écrit pour lui annoncer la mort de Lea ?

— Non, et, si je le faisais, il brûlerait la lettre sans l'ouvrir. Il m'a promis qu'il en serait ainsi si je m'avisais de lui écrire. Quant à Meir, dans son chagrin et son malheur, il se reproche la maladie de Lea car c'est lui qui nous a amenées ici... Mon père verra ce malheur comme le châtiment de l'Éternel, murmura-t-elle. J'en suis certaine.

– Que désirez-vous de moi ? demandai-je.

Je n'étais pas sûr que nous serions d'accord, mais elle était manifestement astucieuse et perspicace, et le temps pressait.

– Allez voir Godwin. Allez le voir et dites-lui de venir ici calmer les dominicains. Qu'il soutienne que nous sommes innocents. Godwin est admiré de son ordre. Il a étudié avec Thomas et Albert avant qu'ils partent prêcher en Italie. Ses écrits sur Maimonide et Aristote sont connus ici. Il viendra pour moi, j'en suis certaine, et parce que... parce que Lea était sa fille.

Des larmes inondèrent ses joues. Elle paraissait fragile, à la lueur des chandelles, devant cette fenêtre, et cela m'était insupportable. Pendant un moment, je crus percevoir des voix au loin et du bruit apporté par le vent. Mais comme elle semblait n'avoir rien entendu, je n'en parlai pas. J'aurais tant voulu pouvoir l'étreindre comme une sœur !

– Peut-être Godwin sera-t-il en mesure de révéler toute la vérité et de la faire accepter, dit-elle. Et de faire comprendre aux frères que nous n'avons pas tué notre fille. Pendant que nous parlons, Meir écrit pour que des dons soient faits, des dettes effacées. Je pourrais affronter la ruine et renoncer à tous mes biens si cela nous permettait de quitter cette affreuse ville. Si seulement je pouvais être sûre de n'avoir pas nui aux juifs de Norwich, qui ont déjà tant souffert autrefois !

– Ce serait la meilleure solution, sans nul doute. Car une imposture comporterait de terribles risques. Même vos amis juifs pourraient dire ou faire quelque chose qui la dévoilerait. Mais qu'en sera-t-il si la ville n'accepte pas la vérité ?

Même de la bouche de Godwin ? Il sera trop tard pour recourir à la tromperie. L'occasion sera alors perdue.

J'entendis de nouveau des bruits dans la nuit, certains indistincts, imperceptibles, d'autres plus perçants. Mais la neige qui tombait les étouffait.

– Frère Toby, allez à Paris soumettre toute l'affaire à Godwin. Vous pouvez tout lui dire et le laisser décider.

– Oui, je le ferai, Fluria, promis-je, entendant de nouveau ce bruit qui rappelait une cloche lointaine.

Je m'avançai vers la fenêtre. Elle s'effaça.

– C'est le tocsin, annonça-t-elle, terrifiée.

– Ce n'est pas si sûr.

Soudain, une autre cloche sonna.

– Brûlent-ils la juiverie ? demanda-t-elle d'une voix étranglée.

Avant que j'aie pu répondre, la porte de la chambre s'ouvrit sur le bailli, armé de pied en cap et les cheveux parsemés de neige. Il s'écarta pour laisser passer deux serviteurs qui portaient une malle, et Meir, qui les suivait.

Il regarda Fluria et retira son capuchon couvert de neige. Elle se jeta dans ses bras. Quant au bailli, il était d'une humeur noire.

– Frère Toby, dit-il, votre conseil aux fidèles d'aller prier le petit saint William a eu des conséquences ahurissantes. Ils ont dévasté la maison de Meir et de Fluria pour y chercher les affaires de l'enfant et sont partis avec tous ses vêtements. Fluria, ma chère, il aurait peut-être été sage pour vous de les apporter ici. (Il soupira et regarda autour de lui, on eût dit qu'il cherchait de quoi soulager sa fureur.) On crie déjà à des miracles au nom de votre fille. La culpabilité de lady Margaret l'a entraînée dans cette petite croisade.

– Pourquoi n'ai-je pas prévu cela ? me lamentai-je. Je voulais seulement les éloigner.

Meir étreignit plus encore Fluria, comme s'il voulait la protéger de mes paroles. Le bailli attendit que les serviteurs s'en aillent puis, la porte fermée, il s'adressa au couple.

— La juiverie est sous bonne garde et les incendies ont été éteints. Remerciez le ciel d'avoir des maisons de pierre, et que Meir ait eu le temps d'envoyer ses demandes de dons, et que les anciens aient offert de grandes quantités d'or aux moines et au prieuré. (Il me jeta un regard d'impuissance et soupira encore.) Mais je dois vous dire que rien n'empêchera un massacre ici, sauf si votre fille en personne revient et met un terme aux actes de ces insensés qui veulent faire d'elle une sainte.

— Eh bien, ce sera fait, dis-je avant que Meir et Fluria aient pu parler. Je me mets en chemin pour Paris dès à présent. Je trouverai frère Godwin au chapitre des dominicains près de l'Université. Je pars à l'instant.

— Votre fille peut-elle rentrer ? demanda le bailli à Fluria.

— Oui, répondis-je. Et je ne doute pas que le frère Godwin, un lettré renommé, viendra avec elle. Vous devez tenir jusque-là. (Meir et Fluria restèrent sans voix, me regardant comme si leur salut dépendait de moi.) En attendant, laisserez-vous les anciens venir conférer au château avec Meir et Fluria ?

— Isaac, fils de Salomon, le médecin, est déjà ici, sous ma protection. Et d'autres le rejoindront si nécessaire. Fluria et Meir, si votre fille ne peut revenir, je vous demande de m'en avertir dès maintenant.

— Elle reviendra, assurai-je. Vous avez ma parole. Et, vous deux, priez pour que mon voyage se passe sans encombre. J'agirai au plus vite. (Je posai les mains sur leurs épaules.) Fiez-vous au ciel et à Godwin. Je reviendrai avec lui dès que possible.

CHAPITRE XIII

PARIS

Le temps d'arriver à Paris, j'avais effectué assez de voyages dans le XIIIe siècle pour quatre existences, et même si j'étais ébloui par mille spectacles extraordinaires, depuis les maisons à colombages de Londres serrées les unes contre les autres jusqu'aux châteaux normands perchés sur des collines et la neige qui tombait inlassablement sur tous les villages et villes que je traversais, nous avions hâte de parvenir jusqu'à Godwin pour lui exposer l'affaire.

Je dis « nous », car Malchiah me fut visible de temps à autre durant ce voyage et m'accompagna même une partie de la route dans le coche menant à la capitale ; mais il ne me donna pas de conseil, hormis pour me répéter que les vies de Fluria et de Meir dépendaient de mes actes.

Quand il apparut, ce fut sous l'habit d'un dominicain, et, chaque fois que mon véhicule supportait quelque avarie, il se manifestait pour me rappeler que j'avais de l'or dans mes poches, que j'étais robuste et capable de faire ce qui m'était demandé, qu'un autre chariot arriverait, conduit par un cocher assez bon pour nous laisser voyager avec ses sacs ou son chargement de bois ; c'est ainsi que je dormis dans nombre d'attelages.

S'il y eut un moment pénible, ce fut la traversée de la Manche par un temps qui me rendit malade sur la petite embarcation. Il m'arriva de penser que nous allions tous nous noyer tant la tempête faisait rage sur la mer hivernale, et je demandai plus d'une fois à Malchiah, quoique vainement, s'il était possible que je puisse mourir à cette époque durant ma mission.

J'aurais voulu lui parler de ce qui m'arrivait, mais il ne m'y autorisa pas, m'indiquant qu'il n'était pas visible pour les autres et que j'aurais l'air d'un fou à parler seul à voix haute. Quant à ne lui parler qu'en esprit, il me soutint que c'était trop imprécis. Je jugeai que c'était une esquive : il voulait que j'achève seul ma mission.

Nous passâmes enfin les portes de Paris sans encombre, et, tout en me disant que je trouverais Godwin dans le quartier de l'Université, Malchiah me rappela que je n'étais pas venu bayer aux corneilles devant la grandiose Notre-Dame mais pour trouver sans retard le dominicain.

Il faisait un froid aussi rude à Paris qu'en Angleterre, mais la marée humaine qui grouillait dans la capitale offrait une maigre chaleur. En outre, un peu partout brûlaient de petits feux autour desquels les gens se rassemblaient en déplorant l'hiver aussi épouvantable qu'inhabituel.

Grâce à mes lectures, je savais que l'Europe de l'époque entrait dans une période de glaciation qui allait durer des siècles et je me réjouis que les dominicains autorisent le port de bas de laine et de souliers de cuir.

Malgré les consignes de Malchiah, je me rendis aussitôt en place de Grève et marchai jusqu'à Notre-Dame, dont je contemplai longuement la façade récemment achevée. Je fus frappé, comme je l'avais aussi été à mon époque, par son ampleur et sa magnificence, et je songeai que j'avais devant moi ce qui allait devenir l'une des plus imposantes cathédrales du monde.

J'y entrai et la trouvai remplie de monde, certains agenouillés dans la pénombre, d'autres allant de chapelle en chapelle, et je m'inclinai sur les pierres nues, près de l'une de ses immenses colonnes, en priant que le ciel m'accorde force et courage. Ce faisant, j'eus l'étrange impression de passer par-dessus Malchiah, de court-circuiter en quelque sorte la hiérarchie. Je me répétai que c'était absurde, que nous travaillions tous les deux pour le même Seigneur et Maître, et mes lèvres murmurèrent cette prière que j'avais prononcée voilà si longtemps : « Seigneur Dieu, pardonne-moi de m'être éloigné de Toi. »

Je vidai mon esprit, n'écoutant que les conseils de Dieu. Être ainsi agenouillé dans cet immense et magnifique monument fit naître en moi une gratitude indicible. Mais, surtout, je fis ce pour quoi cette cathédrale m'était destinée : je m'ouvris à la voix du Créateur et baissai la tête. Soudain, je pris conscience que, bien que redoutant de faillir à ma mission pour Fluria, Meir et les juifs de Norwich, j'étais heureux. Cette mission était un présent sans prix et je ne pourrais jamais assez remercier le Seigneur de la mission qu'il m'avait confiée. Cela ne suscita aucune fierté en moi, mais plutôt un émerveillement. Et je me surpris à parler silencieusement à Dieu.

Plus je restais là, plus je me rendais compte que je menais une existence comme je n'en avais jamais connu à mon époque. J'avais alors si complètement tourné le dos à la vie que je n'y connaissais personne autant que Meir et Fluria ; je n'avais pour personne l'immense dévouement dont je faisais preuve pour cette jeune femme. Et la folie de la situation, le désespoir absolu et le vide implacable de ma vie me frappèrent brutalement.

Dans la pénombre, je contemplai au loin le chœur de la cathédrale et implorai le pardon. Quel misérable instrument j'étais ! Mais si mon absence de scrupule et ma ruse, ces talents cruels qui étaient les miens, pouvaient être utiles ici, je ne pouvais que m'émerveiller de la majesté de Dieu.

Une autre pensée plus profonde me hantait, mais je ne pus l'identifier. Il était question du tissu que forment le bien et le mal, de la manière dont le Seigneur peut extraire ce qu'il y a de glorieux dans les apparents désastres de l'être humain. Cette pensée était trop complexe pour moi. Je sentis que je n'étais pas apte à la comprendre entièrement – seul Dieu étant en mesure de discerner comment les ténèbres et la lumière se mêlent ou se distinguent –, et je ne pus qu'exprimer ma contrition et prier pour avoir le courage de mener ma mission à bien. Et je pressentis autre chose, d'une manière étonnamment soudaine : tout mal qui pouvait survenir n'avait rien à voir avec l'immense bonté de Fluria et de Meir, que j'avais moi-même constatée.

Finalement, je prononçai une petite prière pour que la Mère de Dieu intercède pour moi, puis je me relevai et sortis à pas lents afin de savourer la suave pénombre éclairée par les cierges avant de retrouver la froide lumière de l'hiver.

Il ne servirait à rien de décrire en détail la saleté des rues de Paris, avec leurs caniveaux centraux remplis de fange, ni les nombreuses maisons de trois ou quatre étages, ni la puanteur des morts dans l'immense cimetière des Innocents, où l'on menait toutes sortes de transactions sous la neige parmi les nombreuses tombes. Il ne servirait à rien de tenter de rendre l'impression d'une ville où tous – infirmes, bossus, petits et grands, armés de béquilles, ployant sous le faix ou marchant d'un pas pressé et dégagé – vaquaient, vendant, achetant, les uns détalant et les autres, riches, portés dans des litières ou foulant bravement la boue de leurs bottes, cette populace affairée, souvent vêtue de simples cottes et de manteaux à capuche, enveloppée jusqu'aux dents de laine, de velours ou de fourrure de toute espèce pour se protéger du froid.

Constamment, des mendiants tendaient les mains, et je ne cessais de leur donner quelques pièces avec un signe de tête devant leur reconnaissance éperdue, tant il semblait que l'or et l'argent que contenait ma bourse étaient inépuisables.

Mille fois je fus séduit par ce que je voyais, mais je devais résister. Je n'étais pas venu, comme me l'avait rappelé Malchiah, pour contempler la ville ; ni pour regarder les marionnettistes donner leur spectacle aux carrefours ; ni pour m'émerveiller, devant la porte ouverte des tavernes, de cette vie grouillante dans la rigueur de l'hiver, à une époque reculée et pourtant si familière.

Il me fallut moins d'une heure pour me frayer un chemin dans les rues étroites et encombrées afin de gagner le quartier étudiant, où je me retrouvai soudain entouré d'hommes et de garçons de tous âges vêtus de frocs et de bures. Presque tous avaient rabattu le capuchon de leur lourd manteau, et l'on pouvait distinguer le riche du pauvre à la quantité de fourrure qui bordait les vêtements et parfois même les bottes.

Tous s'affairaient autour des nombreux cloîtres et églises par des ruelles qui serpentaient à la lueur des lanternes accrochées aux murs. Pourtant, on m'indiqua facilement le prieuré des dominicains, avec sa petite église et ses grilles ouvertes, et je trouvai Godwin, que les étudiants m'avaient décrit comme un homme de haute taille, aux vifs yeux bleus et à la peau très pâle, assis sur un banc, en train de discourir dans la cour du cloître devant une assistance nombreuse.

Il parlait avec énergie et facilité un magnifique latin, et ce fut un pur délice de l'entendre s'exprimer – et les élèves lui répondre et le questionner – avec tant d'aisance dans cette langue.

La neige tombait moins dru. Çà et là, des feux réchauffaient les étudiants, mais le froid était terrible, et j'appris bientôt en surprenant quelques chuchotements que Godwin était si recherché, maintenant que Thomas et Albert étaient partis enseigner en Italie, que ses élèves ne pouvaient tous être admis à l'intérieur.

Godwin ponctuait de gestes expressifs les paroles qu'il adressait à cet océan de visages attentifs ; certains griffonnaient studieusement, d'autres étaient assis sur des coussins de cuir ou de feutre, voire à même le sol. Si je savais que Godwin était un homme remarquable, je fus étonné d'abord par sa haute taille, et, surtout, par ce rayonnement que Fluria avait tenté de me décrire. Ses joues étaient rougies par le froid et ses yeux flamboyaient de passion pour les concepts et les idées qu'il exposait. Il semblait investi dans ce qu'il disait et faisait. Un aimable rire ponctuait certaines phrases, et il se tournait d'un côté puis de l'autre pour englober chacun durant ses démonstrations.

Il portait des mitaines, tandis que presque tous les étudiants avaient des gants. J'avais les mains gelées, même si je portais des gants de cuir depuis que j'avais quitté Norwich, et je regrettai que Godwin n'en eût pas. Ses élèves étaient en train de rire d'un de ses traits d'esprit quand je trouvai une place sous les arches du cloître, contre un pilier. Il leur demanda alors s'ils se rappelaient une importante parole de saint Augustin, qu'ils furent nombreux à s'empresser de citer. Il s'apprêtait à se lancer dans un nouveau sujet quand nos regards se croisèrent ; il s'interrompit aussitôt.

J'ignore si d'autres comprirent pourquoi il s'était tu, mais, moi, je le savais. Quelque chose passa sans un mot entre nous, et j'osai hocher la tête. Puis, avec quelques mots distraits, il mit fin à son cours.

L'Heure de l'Ange

Il aurait été submergé par ceux qui venaient le questionner s'il ne leur avait dit patiemment qu'il avait fort à faire et qu'il était frigorifié, puis il me rejoignit, me prit par la main et m'entraîna dans le cloître, à travers de longs couloirs, jusqu'à sa cellule.

La pièce, Dieu merci, était spacieuse et chaude. Elle n'était pas plus luxueuse que celle de Junípero Serra à la mission de Carmel, que je voyais au début du XXIe siècle, mais elle débordait de choses merveilleuses.

Des charbons rougeoyant dans un brasero diffusaient une agréable chaleur, et il alluma rapidement plusieurs grosses chandelles qu'il plaça sur sa table et son lutrin, auprès de son lit étroit, puis il me fit signe de m'asseoir sur l'un des bancs.

Je songeai qu'il devait donner souvent des cours ici ou qu'il avait dû le faire avant que son assistance devienne trop nombreuse. Un crucifix était accroché au mur, et il me sembla apercevoir plusieurs petites images votives que je ne pus distinguer dans la pénombre. Un mince et dur coussin était posé devant le crucifix qui dominait une image de la Madone ; c'était sans doute là qu'il s'agenouillait pour prier.

– Oh, pardonnez-moi, dit-il d'un ton affable et généreux. Venez donc vous réchauffer auprès du feu. Vous êtes blême de froid et trempé.

Il m'ôta d'un geste vif ma houppelande, enleva la sienne et alla les accrocher au mur afin de les faire sécher. Puis, avec un linge, il m'essuya la tête et le visage avant d'en faire autant pour lui. Alors seulement il ôta ses mitaines et se réchauffa les doigts devant le feu. Je m'aperçus que son froc blanc et son scapulaire étaient élimés et rapiécés. Godwin était mince, et sa tonsure rehaussait la vivacité de ses traits.

– Comment me connaissez-vous ? demandai-je.

– Fluria m'a prévenu que je vous reconnaîtrais dès que je vous verrais. Sa lettre ne vous a précédé que de deux jours. L'un des lettrés juifs qui enseignent l'hébreu me l'a apportée. Et j'ai été inquiet depuis, non de ce qu'elle écrivait, mais de ce qu'elle me taisait. Elle m'a demandé de vous ouvrir entièrement mon cœur.

Il m'avait dit cela avec une grande confiance, et je sentis sa grâce et sa générosité quand il poussa l'un des petits bancs auprès du brasero et s'assit. Il y avait de la fermeté et de la simplicité dans le moindre de ses gestes, comme s'il n'avait plus besoin du moindre artifice depuis longtemps. Il plongea la main dans l'une de ses volumineuses poches, sous son scapulaire blanc, et en sortit la lettre, un parchemin plié, qu'il déposa dans ma main. Elle était en hébreu, mais, comme Malchiah me l'avait promis, je n'eus aucune peine à la lire.

Ma vie est entre les mains de cet homme, frère Toby. Accueille-le avec bienveillance, dis-lui tout et il te dira tout, car il n'y a rien qu'il ne sache sur les circonstances passées et présentes ; mais je n'ose ici t'en dire davantage.

Fluria n'avait signé que de son initiale. Mais personne ne pouvait mieux connaître son écriture que Godwin.

– Je me doutais que quelque chose n'allait pas depuis quelque temps, avoua-t-il. Vous savez tout. Alors laissez-moi vous dire, avant que je vous assaille de questions, que ma fille Rosa a été gravement malade durant plusieurs jours et a dit que sa sœur Lea souffrait grandement.

« C'était durant les plus beaux jours de Noël, quand les processions et les pièces devant la cathédrale sont plus délicieuses qu'à aucun autre moment de l'année. J'ai pensé qu'elle était peut-être simplement effrayée, nos coutumes chrétiennes étant encore nouvelles pour elle. Mais elle a soutenu qu'elle souffrait à cause de Lea.

« Ces deux enfants sont, comme vous le savez, jumelles, et il se trouve que Rosa peut éprouver parfois les mêmes choses que Lea ; il y a deux semaines, elle m'a dit que Lea n'était plus de ce monde. J'ai tenté de la réconforter, de la persuader que cela ne se pouvait. Je lui ai assuré que Fluria et Meir m'auraient écrit s'il était arrivé quelque chose à Lea, mais Rosa est convaincue que Lea n'est plus en vie.

– Votre fille a raison, admis-je tristement. C'est le cœur de tout ce drame. Lea est morte de passion iliaque. Rien n'a pu être fait. Vous savez comme moi qu'il s'agit d'un mal de ventre et de l'intestin provoquant de grandes douleurs. On en meurt presque à coup sûr. Et c'est ainsi que Lea est morte dans les bras de sa mère.

Il se cacha le visage dans les mains. Je crus un instant qu'il allait éclater en sanglots. Mais il répéta dans un murmure le prénom de Fluria puis, en latin, supplia le Seigneur de la consoler de la mort de son enfant. Il se redressa enfin et me regarda ; je vis la douleur sur son visage.

– Ainsi, cette belle enfant qu'elle avait gardée lui a été enlevée. Et Rosa demeure, robuste et saine, avec moi. Oh, quelle cruauté ! s'écria-t-il, les larmes aux yeux.

Son visage, si avenant, était assombri par la tristesse. Il secoua la tête avec une expression de sincérité presque enfantine.

– Je suis profondément navré, murmurai-je.

Nous restâmes un long moment silencieux en mémoire de Lea. Son regard semblait perdu dans le lointain. Il se réchauffa un peu les mains et les laissa retomber sur ses genoux. Je vis les couleurs revenir lentement sur son visage.

— C'est la mort, pourtant naturelle, de l'enfant qui a entraîné la persécution de Fluria et de Meir, dis-je après ce long silence.

— Comment cela se peut-il ?

Il y avait en lui une innocence indicible. Peut-être « humilité » serait-il un terme plus juste. Je ne pus m'empêcher de remarquer la beauté de cet homme, due non seulement à ses traits réguliers et à son visage lumineux, mais aussi à cette humilité et à la puissance qu'elle recelait. Un homme humble peut vaincre n'importe qui, et celui-ci semblait n'avoir rien en lui de cette fierté masculine où toute émotion et toute expression sont réprimées.

— Racontez-moi, frère Toby, ce qui est arrivé à ma chère Fluria. (Ses yeux s'embuèrent de larmes.) Mais, avant, laissez-moi vous dire, en toute sincérité, que j'aime Dieu et que j'aime Fluria. Dieu comprend cela.

— Je le comprends aussi. Je connais votre longue correspondance.

— Elle a été pour moi la lumière qui m'a maintes fois guidé. Et, bien que j'aie renoncé au monde pour entrer chez les dominicains, je n'ai pas renoncé à mes échanges avec elle, parce que cela n'a jamais représenté pour moi que le plus grand bien. La piété et la bonté d'une femme comme Fluria sont rares chez les gentilles, mais il est vrai que j'en connais fort peu. Il semble qu'une certaine gravité habite d'ordinaire les femmes juives. Fluria ne m'a jamais écrit un mot que je ne pouvais ou n'aurais pu partager avec d'autres pour leur bien – jusqu'à ce billet arrivé il y a deux jours.

Ces mots produisirent un effet étrange sur moi, car j'étais à moitié amoureux de Fluria pour ces raisons et je me rendais compte pour la première fois qu'elle était extrêmement sérieuse, habitée par ce que l'on nomme la *gravitas*. De nouveau, elle me rappela quelqu'un que j'avais connu mais que je ne pouvais identifier. Une certaine peur et une

L'Heure de l'Ange

certaine tristesse y étaient attachées. Mais, encore une fois, avais-je le temps d'y penser ? Cela aurait été commettre un péché que de songer à mon « autre vie ».

Je jetai un regard circulaire sur la cellule, avec ses nombreux livres posés sur les étagères et les parchemins étalés sur la table. Je regardai Godwin, qui attendait, puis je lui racontai tout. Pendant une demi-heure, je lui expliquai ce qui s'était passé.

– Imaginez le chagrin de Fluria, dis-je, puisqu'elle ne peut l'exprimer étant donné l'imposture qui doit être commise. Celle que nous devons réaliser à présent, insistai-je, tout comme Jacob quand il dupa son père, Isaac, puis plus tard Laban, afin d'accroître son troupeau. L'heure est à la dissimulation, car la vie de toutes ces personnes est en jeu.

Il sourit et hocha la tête sans s'opposer à ce raisonnement. Puis il se leva et fit les cent pas dans la petite pièce. Enfin, il s'assit à sa table et, sans plus me prêter attention, rédigea une lettre. Je le regardai griffonner, sabler sa lettre, griffonner encore. Puis il signa, plia le parchemin et le scella à la cire.

– Ceci est destiné à mes frères dominicains de Norwich, à frère Antoine, que je connais personnellement. Je me porte garant de Fluria et de Meir et je certifie ici qu'Eli, le père de Fluria, fut autrefois mon maître à Oxford. Je pense que cela changera quelque chose, mais ce ne sera pas suffisant. Je ne puis écrire à lady Margaret. Si je le faisais, elle jetterait sans nul doute ma lettre au feu.

– Il y a un danger dans cette lettre, objectai-je.

– Comment cela ?

– Vous y avouez connaître Fluria. Quand vous avez rendu visite à Fluria, à Oxford, quand vous êtes parti avec votre fille, les frères d'Oxford n'en ont-ils pas eu connaissance ?

– Le Seigneur me vienne en aide, soupira-t-il. Mon frère et moi avons tout fait pour garder le secret. Seul mon confesseur sait que j'ai une fille. Mais vous avez raison. Les dominicains d'Oxford connaissaient fort bien Eli, le chef de la communauté, qui parfois leur enseignait. Et ils savent que Fluria avait deux filles.

– Précisément. N'écrivez pas une lettre qui attire l'attention sur vos liens !

Il jeta la missive dans le brasero et la regarda brûler.

– J'ignore comment résoudre cela, admit-il. Je n'ai jamais affronté plus triste et plus affreux dilemme. Oserons-nous une imposture quand les dominicains d'Oxford pourraient informer ceux de Norwich que Rosa joue le rôle de sa sœur ? Je ne puis lui faire affronter ce danger. Non, elle ne peut entreprendre ce voyage.

– Trop de gens en savent trop. Mais il faut mettre fin à ce scandale. Oseriez-vous venir défendre ce couple devant l'évêque et le bailli ?

Je lui expliquai que le bailli soupçonnait déjà la mort de Lea.

– Que faut-il donc faire ?

– Tenter l'imposture, mais avec plus de ruse et entourée de plus de mensonges. C'est le seul moyen.

– Expliquez-moi.

– Si Rosa est disposée à jouer le rôle de sa sœur, nous l'emmenons sur-le-champ à Norwich. Elle prétendra être Lea et être allée retrouver Rosa à Paris. Elle pourra s'indigner qu'on ait voulu causer du tort à ses parents. Et exprimer l'envie de retourner auprès de sa sœur au plus tôt. En avouant l'existence d'une sœur jumelle convertie au Christ, vous fournirez une raison à son brusque départ pour Paris au milieu de l'hiver : elle voulait être avec sa sœur, dont elle a été séparée depuis peu de temps. Et vous n'avez aucune raison d'avouer que vous êtes leur père.

– Vous savez ce que dit la rumeur ? m'apprit-il soudain. Que Rosa est, en réalité, l'enfant de mon frère Nigel. Car

L'Heure de l'Ange

Nigel m'a soutenu durant tout ce temps. Comme je vous l'ai dit, seul mon confesseur connaît la vérité.

— Tant mieux. Écrivez dès maintenant à votre frère ; racontez-lui tout et demandez-lui de se rendre à Norwich. Cet homme vous aime, Fluria me l'a dit.

— Oh, certes, et depuis toujours, malgré les efforts de mon père pour infléchir sa volonté.

— Eh bien, qu'il fasse le voyage et jure que les enfants sont ensemble à Paris. Nous prendrons la route aussi vite que possible avec Rosa, qui prétendra être Lea, indignée et peinée du sort de ses parents, et pressée de retourner aussitôt à Paris avec son oncle Godwin.

— Ah, je vois de la sagesse dans ce plan. Mais il signera la honte de Fluria.

— Nigel n'est pas obligé de dire qu'il est le père. Laissons juste les gens le penser.

Il réfléchit longuement à mes paroles. Je savais qu'il envisageait les différentes implications. Les filles, en tant que converties, pouvaient être reniées et perdre ainsi leur fortune. Fluria avait parlé de cette éventualité. Mais je voyais bien une Rosa passionnée, faisant semblant d'être une Lea indignée et repousser ceux qui menaçaient les juifs de Norwich. Personne, dans la ville, n'aurait l'outrecuidance d'exiger que sa sœur soit elle aussi présente.

— Ne voyez-vous pas que ce stratagème arrange tout ? insistai-je.

— Si, et fort élégamment, répondit-il, toujours pensif.

— Il explique pourquoi Lea est partie. L'influence de lady Margaret l'a amenée à embrasser la foi chrétienne. Elle a donc désiré être auprès de sa sœur convertie. Dieu sait que tout le monde, en Angleterre et en France, cherche à convertir les juifs au christianisme. Et il est simple d'expliquer que Meir et Fluria ont fait tant de mystères parce que, pour eux, c'est une double déception. Quant à vous et à votre frère, vous êtes les parrains de jumelles nouvellement converties. C'est très clair dans mon esprit.

– J'essaie de me le représenter.

– Pensez-vous que Rosa puisse jouer le rôle de sa sœur Lea ? L'en croyez-vous capable ? Votre frère vous prêtera-t-il son concours ? Et pensez-vous que Rosa y sera disposée ?

Il réfléchit à cela un long moment puis déclara simplement que nous devions aller trouver Rosa le soir même, bien qu'il fût tard et que la nuit fût tombée. Par la petite fenêtre de la cellule, je ne voyais que l'obscurité, mais peut-être était-ce la neige qui avait recommencé à tomber.

Il se rassit et écrivit une autre lettre, qu'il me lut en même temps.

Cher Nigel, j'ai bien besoin de toi, car Fluria et Meir, mes très chers amis, et les amis de mes filles sont en grave danger, en raison de récents événements que je ne puis expliquer ici, mais que je te confierai dès que nous nous verrons. Je te demande d'aller aussitôt m'attendre en la ville de Norwich, où je me rends ce soir même, de t'y présenter au bailli, qui détient plusieurs juifs dans le château pour les protéger, et de lui faire savoir que tu les connais fort bien et que tu es le tuteur de leurs deux filles – Rosa et Lea – devenues chrétiennes et vivant à présent à Paris sous la tutelle de frère Godwin, leur parrain et dévoué ami. Sache que les habitants de Norwich ignorent que Meir et Fluria ont deux enfants et qu'ils sont fort surpris que la jeune fille qu'ils connaissaient ait quitté la ville.

Insiste pour que le bailli garde le secret sur cette affaire jusqu'à mon arrivée, où je t'expliquerai pourquoi tout doit être fait dès maintenant.

— Fort bien, dis-je. Pensez-vous que votre frère agira ?
— Mon frère, bon et aimant, ferait tout pour moi. J'en aurais dit davantage si je ne redoutais que cette lettre tombe entre de mauvaises mains.

Il sabla, signa et cacheta la lettre, puis il me fit signe d'attendre et quitta la cellule. Il s'absenta un long moment.

En contemplant la petite pièce qui sentait l'encre, le parchemin, le cuir des livres reliés et le charbon, je me surpris à penser que je serais heureux de passer ici toute ma vie ; d'ailleurs, je menais en ce moment une existence si supérieure à tout ce que j'avais connu jusque-là que je dus me retenir de pleurer. Mais l'heure n'était pas aux épanchements. Godwin revint, essoufflé et soulagé.

— La lettre partira à l'aube et ira bien plus vite que nous, car je l'ai confiée à l'évêque de Saint-Aldate, paroisse où se trouve le manoir de mon frère, qui la remettra à Nigel en mains propres. Je n'aurais pu parvenir seul à cela.

Nous reprîmes nos houppelandes et nous préparâmes à affronter la neige. Il allait remettre ses mitaines quand je glissai la main dans ma poche en murmurant une prière et en sortis deux paires de gants. *Merci, Malchiah !* Il les regarda, hocha la tête et les enfila. Je vis bien qu'il n'en aimait guère le cuir de belle qualité et la doublure de fourrure, mais il ne discuta pas.

— Allons trouver Rosa, dit-il, et demandons-lui ce qu'elle désire faire. Si elle refuse sa tâche ou pense ne pas en être capable, nous irons témoigner seuls à Norwich.

Il marqua une pause et répéta dans un murmure : « Témoigner. » Je me rendis compte qu'il était troublé par les mensonges qu'il devrait proférer.

– Ne vous inquiétez point, lui conseillai-je. Le sang sera répandu si nous n'agissons pas. Et toutes ces personnes innocentes mourront.

Nous nous mîmes en route. Dehors nous attendait, avec une lanterne, un garçonnet qui ressemblait à un tas de guenilles. Godwin lui indiqua que nous allions au couvent où demeurait Rosa. Bientôt, nous nous pressâmes dans les rues sombres, passant devant de bruyantes tavernes, suivant l'enfant à la lanterne dans les tourbillons de neige.

CHAPITRE XIV

Rosa

Le couvent de Notre-Dame-des-Anges était vaste, solide et fort bien doté. Je n'avais encore jamais vu de salle plus richement meublée que celle dans laquelle nous trouvâmes Rosa. À notre arrivée, on tisonna le feu et deux jeunes religieuses, habillées de laine, déposèrent du pain et du vin sur la longue table. Il y avait là plusieurs tabourets rembourrés et aux murs, comme sur les dalles cirées, des tapisseries splendides. Des chandelles brûlaient çà et là, et se reflétaient dans les carreaux en losange des fenêtres.

L'abbesse, une femme dont l'autorité ne faisait aucun doute, et manifestement dévouée à Godwin, nous laissa immédiatement entre nous. Rosa, vêtue d'un habit blanc couvrant une tunique blanche, était à l'image de sa mère, hormis ses yeux bleus éclatants.

L'espace d'un instant, je fus décontenancé de voir en elle le teint mat de sa mère allié à la vivacité de son père. En vérité, ses yeux ressemblaient tant à ceux de Godwin que c'en était troublant. Ses cheveux noirs et bouclés retombaient sur ses épaules et son dos. Elle était déjà femme, à quatorze ans, elle en avait les formes et le maintien.

— Tu es venu m'annoncer que Lea est morte, n'est-ce pas ? dit-elle aussitôt à son père, après qu'il lui eut baisé les joues et le front. (Il fondit en larmes en s'asseyant avec elle devant la cheminée. Elle lui prit les mains.) Si je prétendais que Lea est venue me visiter en rêve, ce serait un mensonge. Mais quand je me suis réveillée ce matin, j'ai eu la certitude non seulement qu'elle était morte mais aussi que ma mère avait besoin de moi. Et maintenant, te voici avec ce frère, et je sais que tu ne serais pas là à cette heure si l'on n'avait pas besoin de moi.

Godwin me demanda de présenter notre projet dans ses grandes lignes. Aussi brièvement que je le pus, je lui racontai les faits, et elle étouffa un cri en comprenant le danger que couraient sa mère et tous les juifs de Norwich, où elle n'était jamais allée.

Elle me raconta qu'elle s'était rendue à Londres lorsque de nombreux juifs de Lincoln avaient été traduits en justice et exécutés pour un crime tout aussi imaginaire, le meurtre du petit saint Hugh.

— Mais pensez-vous pouvoir jouer le rôle de votre sœur ?
— J'en suis impatiente ! J'ai hâte de tenir tête à ces gens qui osent prétendre que ma mère a tué sa fille. Il me plaira de contredire devant eux ces accusations insensées : j'en suis capable. Je puis soutenir que je suis Lea, car, dans mon cœur, je suis autant Lea que Rosa. Et je ne mentirai point lorsque je dirai que j'ai hâte de quitter Norwich et de retrouver au plus vite, à Paris, celle que je suis vraiment.

— Tu ne dois point trop en faire, lui dit Godwin. N'oublie pas : quelque colère ou dégoût que tu éprouves envers ces accusateurs, tu dois parler aussi calmement que Lea et te comporter avec la même douceur.

L'Heure de l'Ange

– Ma colère et ma détermination ne s'expriment qu'ici. Ayez tous deux confiance, je saurai quoi dire.

– Tu te rends bien compte que tu courras un grave danger si l'affaire se gâte ? insista Godwin. Tout comme nous. Quelle sorte de père laisserait sa fille s'approcher d'un feu aussi redoutable ?

– Un père qui sait qu'une fille doit accomplir son devoir envers sa mère, répliqua-t-elle. N'a-t-elle pas déjà perdu ma sœur ? N'a-t-elle pas déjà perdu l'amour de son père ? Je n'ai aucune hésitation et je pense que le fait que nous soyons jumelles est un grand avantage pour mener à bien cette imposture.

Sur ces mots, elle nous quitta afin de se préparer au voyage.

Godwin et moi allâmes prendre nos dispositions afin qu'un chariot nous emmène à Dieppe, d'où nous ferions voile à bord d'un bateau de location.

Le soleil se levait à peine quand nous quittâmes Paris, et je fus pris de doute, peut-être parce que Rosa était furieuse et sûre d'elle, et que Godwin paraissait innocent, même lorsqu'il se montrait prodigue envers le moindre serviteur, avec l'argent de son frère.

Rien de ce qui était matériel n'avait d'importance pour lui. Il brûlait de zèle et d'impatience de subir tout ce que la nature, le Seigneur ou les circonstances lui infligeaient. Une voix en moi me soufflait qu'un sain désir de surmonter l'épreuve qui nous attendait l'aurait mieux servi que la candeur avec laquelle il se précipitait vers le sort que le destin nous réservait.

Il était disposé à commettre cette imposture, bien qu'elle allât à l'encontre de sa nature. Lui-même avait connu toutes les débauches, me confia-t-il, une fois sa fille endormie loin de nous, sa conversion et son engagement envers Dieu n'ayant été que la révélation de celui qu'il était vraiment.

– J'ignore la dissimulation, reconnut-il. Et je crains de n'en être point capable.

Mais je trouvais qu'il n'avait pas assez peur. Il semblait devenu, dans son immense bonté, un peu simplet, comme cela arrive souvent, je pense, lorsqu'on se donne entièrement à Dieu. Il me répéta maintes fois qu'il espérait que le Seigneur arrangerait tout.

Il est impossible ici de relater tout ce que nous nous confiâmes durant le long trajet jusqu'à la côte, ni nos conversations tandis que le bateau était bousculé par les vagues, ou dans le coche qui nous mena sur des routes gelées et boueuses de Londres à Norwich.

Au cours de ce périple, je finis par mieux connaître Godwin et Rosa que je ne connaissais Fluria, et, bien que je fusse tenté de questionner Godwin sur Thomas d'Aquin et Albert le Grand (que l'on appelait déjà ainsi), nous parlâmes de sa vie parmi les dominicains, du plaisir qu'il éprouvait à enseigner à ses brillants élèves, et des études de Maimonide et de Rachi dans lesquelles il s'absorbait.

– Je ne suis pas un grand érudit pour ce qui est d'écrire, admit-il, sauf peut-être dans mes lettres à Fluria, mais j'espère que ma personnalité et mes actes marqueront l'esprit de mes élèves.

Quant à Rosa, elle se sentait coupable d'avoir savouré la vie parmi les gentils et, plus que tout, les processions et les pièces de Noël devant la cathédrale.

– Je garde toujours présent à l'esprit, me confia-t-elle pendant que Godwin sommeillait à côté de nous dans le chariot, que je n'ai pas renoncé à ma foi ancestrale par peur ou parce que quelque être malfaisant m'y aurait forcée, mais à cause de mon père et du zèle que je constatais en lui. Je ne doute pas qu'il adore le Seigneur de l'Univers que j'adore. Et comment pourrait-on condamner une foi qui lui a apporté tant de bonheur et de simplicité ? Je crois que ses yeux et ses manières ont plus fait pour me convertir que tout ce que l'on m'a jamais dit. Il est pour moi un exemple rayonnant de ce que je désire être. Quant au passé, il me pèse. J'ai peine à y penser, et maintenant que ma mère a perdu Lea, je ne peux que prier de tout mon cœur pour que, jeune comme elle est, elle ait de nombreux enfants de Meir ; c'est pour cela, pour leur vie à tous deux, que je fais ce voyage en cédant peut-être trop facilement à ce devoir.

Elle avait réfléchi à nombre de difficultés que je n'avais pas envisagées. Avant tout, où séjournerions-nous une fois à Norwich ? Irions-nous aussitôt au château, et comment jouerait-elle le rôle de Lea devant le bailli, sans savoir si Lea l'avait jamais approché ? En vérité, comment même pourrions-nous entrer dans la juiverie et chercher asile auprès du chef de la communauté, car, avec un bon millier de juifs à Norwich, il devait y en avoir plus d'un à la synagogue, et Lea n'était-elle pas censée les connaître et de vue et de nom ?

Je m'abîmai dans une prière silencieuse. *Malchiah, guide-nous !* implorai-je en moi-même, estimant que nous avions dangereusement présumé de nos forces. Le fait que Malchiah m'eût conduit ici ne signifiait pas qu'il n'y aurait aucune souffrance. Je repensai à ce mélange de bien et de mal qui m'avait tant frappé dans la cathédrale. Seul le Seigneur savait ce qu'étaient réellement le bien et le mal.

Tout pouvait arriver. Et le nombre de personnes impliquées dans notre projet m'inquiétait plus que je ne le laissais paraître à mes compagnons.

À midi, sous un ciel bas et nuageux, nous arrivâmes en vue de la ville ; je fus saisi d'exaltation, comme jadis lorsque je m'apprêtais à supprimer une vie, mais, cette fois, cette impression avait une autre résonance. Le destin de nombreuses personnes dépendait de ma réussite, et cela ne m'était encore jamais arrivé.

Quand j'avais exécuté les ennemis d'Alonso, je m'étais montré aussi impétueux et sûr de moi que l'était Rosa en cet instant. Et je ne l'avais pas fait pour Alonso. Cela, je le savais, à présent. J'avais agi pour me venger de Dieu Lui-même, à cause de ce qu'Il avait laissé arriver à ma mère, à mon frère et ma sœur. La monstrueuse arrogance de ce geste me saisit à la gorge et ne me laissa aucun repos.

Enfin, quand notre chariot tiré par sa paire de chevaux entra dans Norwich, nous mîmes un point final à notre plan. Rosa dormirait, fébrile, dans les bras de son père, les yeux clos, comme si elle était malade des suites de ce voyage, et moi, qui ne connaissais personne dans la juiverie, je demanderais aux soldats si nous pouvions ramener Lea chez elle ou si nous devions aller trouver le chef de la communauté dont dépendait Meir et si le soldat pouvait nous dire son nom.

Naturellement, je pouvais prétendre en toute innocence ne rien connaître des juifs, tout comme Godwin. En tout état de cause, notre plan serait facilité si Nigel attendait déjà son frère au château. Peut-être les gardes de la juiverie seraient-ils préparés à cette éventualité.

Mais aucun de nous n'était préparé à ce qui allait arriver.

Le soleil luisait faiblement derrière les nuages gris quand nous nous engageâmes dans la rue où habitait Meir, et nous fûmes surpris de voir de la lumière aux fenêtres. Meir et Fluria avaient-ils été relâchés ? Je sautai du chariot pour aller frapper à la porte.

Des gardes surgirent aussitôt, et un homme agressif, assez robuste pour me broyer entre ses mains, m'ordonna de ne pas déranger les habitants de la maison.

L'Heure de l'Ange

— Je viens en ami, dis-je à voix basse pour ne pas éveiller l'enfant malade que je désignai. J'amène Lea, la fille de Meir et de Fluria. Ne puis-je la conduire dans la maison de ses parents, où elle pourra se reposer et reprendre assez de forces pour aller voir sa famille au château ?

— Entrez donc, dit le garde en ouvrant la porte.

Godwin descendit du chariot et prit Rosa dans ses bras, la tête posée sur son épaule. À peine la porte ouverte, je vis un homme maigre aux cheveux blancs et rares et au front dégarni. Il portait un lourd châle noir par-dessus sa longue tunique. Ses mains osseuses étaient très pâles, et il regarda d'un œil vide Godwin et l'enfant.

Godwin étouffa un cri et s'immobilisa.

— Maître Eli, chuchota-t-il.

Le vieillard recula et nous fit entrer dans la maison.

— Allez dire au comte que son frère est arrivé, annonça le vieillard au garde, avant de refermer la porte.

Godwin déposa délicatement Rosa sur ses pieds. Elle aussi était blême en découvrant la présence de son grand-père.

— Je ne m'attendais pas à te voir ici, grand-père, dit-elle aussitôt de sa voix la plus douce.

Elle s'avança vers lui, mais, regardant droit devant lui, il lui fit signe de ne pas bouger. Glacial et distant, il flaira longuement l'air comme s'il respirait son parfum. Il se retourna alors d'un air dédaigneux.

— Dois-je croire que tu es ta pieuse sœur ? demanda-t-il. Penses-tu que j'ignore ce que tu as l'intention de faire ? Oh, tu es son double exact, comme je m'en souviens bien, et tes malfaisantes lettres de Paris l'ont poussée à se rendre dans l'église avec ces gentils ! Mais je sais qui tu es. Je connais ton odeur et je connais ta voix !

Je crus que Rosa allait fondre en larmes. Elle baissa la tête. Je la sentis trembler sans même avoir à la toucher.

La pensée qu'elle avait été cause de la mort de sa sœur avait déjà dû l'effleurer, mais en cet instant elle en éprouvait toute la violence.

— Lea, murmura-t-elle. Ma sœur bien-aimée. Je resterai brisée pour le restant de mes jours.

Une autre silhouette surgit de la pénombre et s'avança vers nous. C'était un jeune homme robuste, aux cheveux bruns et aux épais sourcils. Il portait lui aussi un châle et la rouelle jaune sur son habit. Il se plaça le dos à la cheminée.

— Oui, dit l'inconnu, tu es son double exact. Je n'aurais pu vous distinguer. Il est possible que le stratagème fonctionne.

Godwin et moi nous inclinâmes, lui sachant gré de ce léger encouragement. Le vieillard nous tourna le dos et alla lentement s'asseoir sur un siège auprès du feu. Le jeune homme lui parla à mi-voix, mais le vieillard fit un geste méprisant. Le jeune homme se tourna vers nous.

— Ne perdez pas de temps et soyez prudents, dit-il à Rosa et à Godwin. (Il semblait ne pas savoir comment agir avec moi.) Ce chariot, dehors, est-il assez grand pour accueillir votre père et votre mère, ainsi que votre grand-père ? Car, dès que vous aurez accompli votre tour, vous devrez tous partir au plus vite.

— Oui, il est assez grand, répondit Godwin. Et je vous accorde qu'il convient de se hâter.

— Je vais le faire placer derrière la maison. Une venelle y mène jusqu'à l'autre rue. Tous les livres de Meir ont été expédiés à Oxford et tous les autres biens précieux de cette maison ont été ôtés durant la nuit. Il aura fallu acheter les gardes, bien sûr, mais c'est fait. Soyez prêts à partir dès que vous aurez terminé.

— Nous serons prêts, répondis-je.

L'homme s'inclina et sortit dans la rue. Godwin jeta un regard d'impuissance vers moi, puis vers le vieillard. Rosa intervint.

L'Heure de l'Ange

— Tu sais pourquoi je suis venue, grand-père. Je suis venue accomplir cette duperie afin que ma mère ne soit plus soupçonnée d'avoir empoisonné ma sœur.

— Ne me parle point, rétorqua le vieil homme. Je ne suis pas ici pour une mère qui a livré sa fille aux chrétiens. (Il se retourna, comme s'il pouvait voir la lueur du feu.) Je ne suis pas non plus ici pour des enfants qui ont renié leur foi en faveur de pères qui ne valent pas mieux que des voleurs.

— Grand-père, je t'en supplie, ne me juge point, supplia Rosa en s'agenouillant devant son siège et en lui baisant la main.

— Je suis venu, poursuivit-il sans lui prêter attention, afin de fournir l'argent nécessaire pour sauver la juiverie de la folie de ces gens, folie que ta sœur a provoquée dans son inconséquence en entrant dans leur église. Je suis ici pour sauver des livres inestimables qui appartiennent à Meir. Quant à toi et à ta mère...

— Ma sœur n'a-t-elle pas chèrement payé son entrée dans l'église ? dit Rosa. Et ma mère, n'a-t-elle point déjà payé, elle aussi ? N'accepteras-tu pas venir avec nous et de te porter garant de mes déclarations ?

— Oui, ta sœur a payé pour son geste, dit le vieillard. Et, à présent, je suis venu. J'aurais dû soupçonner votre complot même si Meir ne me l'avait avoué, et je me demande bien pourquoi je l'aime encore, alors qu'il a été assez fou pour aimer ta mère. N'ayant point de fils, je l'aime. J'ai cru autrefois que ma fille et mes petites-filles étaient le plus grand trésor que je puisse posséder.

— Tu accepteras de nous aider pour le bien de Meir et de tous les autres, n'est-ce pas ?

— Tous savent que Lea a une sœur jumelle, dit-il d'un ton glacial. Tu prends un grand risque. J'aurais préféré que tu nous laisses acheter notre liberté.

– Je ne viens pas nier que nous sommes jumelles, répondit Rosa. Seulement déclarer que Rosa m'attend à Paris, ce qui est, d'une certaine façon, vrai.

– Tu me dégoûtes. J'aurais préféré ne jamais poser les yeux sur toi quand tu étais un nourrisson dans les bras de ta mère. Nous sommes persécutés, mais tu renies ta foi uniquement pour le plaisir d'un homme qui n'a aucune légitimité pour t'appeler sa fille. Fais ce que tu veux et finis-en. Je veux partir d'ici et ne plus jamais vous parler, ni à toi ni à ta mère. Je partirai dès que je saurai que les juifs de Norwich ne risquent plus rien.

Godwin s'avança alors vers le vieil homme et s'inclina devant lui en l'appelant maître Eli, espérant qu'il le laisserait lui parler.

– Tu m'as tout pris, dit le vieillard d'une voix dure en levant la tête dans sa direction. Que désires-tu de plus, maintenant ? Ton frère t'attend au château. Il dîne en compagnie du bailli et de cette dévote, lady Margaret, et il lui rappelle que nous sommes un bien précieux. Ah, que de pouvoir ! Si cet argent était suffisant...

– Ce n'est d'évidence point le cas, murmura Godwin. Rabbin bien-aimé, dites quelques mots pour donner à Rosa le courage nécessaire dans sa tâche. Si l'argent avait pu suffire, tout serait déjà apaisé... N'accusez pas Rosa de mes péchés. J'ai été assez mauvais dans ma jeunesse pour causer du tort par mon inconséquence. Je croyais que la vie était comme les chansons que je chantais en m'accompagnant du luth. Je sais désormais que ce n'est pas le cas. Et j'ai voué ma vie au Seigneur que vous aussi adorez. En Son nom et pour le bien de Meir et de Fluria, je vous conjure de me pardonner ce que j'ai fait.

– Épargne-moi tes prêches, frère Godwin ! s'écria le vieillard. Je ne suis pas l'un de tes sots élèves de Paris. Je

L'Heure de l'Ange

ne te pardonnerai jamais de m'avoir enlevé Rosa. Et maintenant que Lea est morte, que me reste-t-il, hormis ma solitude et mon malheur ?

– Il n'en va point ainsi, dit Godwin. Fluria et Meir auront des fils d'Israël, et des filles. Ils viennent de se marier. Si Meir peut pardonner à Fluria, pourquoi ne le pouvez-vous ?

Le vieil homme fut saisi de fureur. Il repoussa brutalement Rosa de la main même qu'elle tentait de baiser à nouveau. Elle tomba à la renverse, mais Godwin la retint et la releva.

– J'ai donné mille écus d'or à tes misérables frères prêcheurs, gronda-t-il d'une voix tremblante de colère. Que puis-je faire de plus hormis me taire ? Emmenez l'enfant avec vous au château. Faites vos simagrées devant lady Margaret, mais n'imaginez pas que la partie est jouée. Lea était d'une nature humble et douce. Ta fille est une Jézabel, garde cela présent à l'esprit.

– Seigneur rabbin, dis-je en m'avançant, vous ne me connaissez pas, mon nom est Toby. Je suis moi aussi un frère prêcheur, et j'accompagnerai Rosa et frère Godwin au château. Le bailli me connaît et expédiera l'affaire. Mais, je vous en conjure, le chariot attend derrière la maison : soyez prêt à y monter dès que les juifs cachés dans le château auront été libérés.

– Non, répliqua-t-il sèchement. Que vous quittiez la ville après votre comédie, c'est essentiel. Moi, je resterai pour m'assurer que les juifs sont en sécurité. À présent, laissez-moi. Je sais que c'est vous qui avez imaginé cette duperie. Mettez-la à l'œuvre.

– Oui, c'est moi, avouai-je. Et si quelque péril en découle j'en serai le responsable. Mais, je vous en supplie, préparez-vous à partir !

– Je pourrais vous donner le même conseil. Vos frères vous en veulent d'être allé à Paris quérir celle que vous prétendez être Lea. Ils veulent faire une sainte d'une enfant imprudente. N'oubliez pas que s'ils y parviennent vous souffrirez, comme nous autres. Vous souffrirez pour ce que vous tentez à présent.

— Non, dit Godwin. Personne ne pâtira, ici, et moins encore celui qui s'efforce de nous aider. Venez, Toby, nous devons monter au château. Rosa, es-tu prête à jouer ton rôle ? N'oublie pas que tu es malade à cause du voyage. Tu n'étais pas en état d'affronter une si longue épreuve ; tu ne parleras que lorsque lady Margaret t'adressera la parole, et tu te montreras calme et douce comme ta sœur.

— Me donneras-tu ta bénédiction, grand-père ? supplia Rosa, à mon grand regret. Et, sinon, prieras-tu pour moi ?

— Je ne te donnerai rien, répliqua-t-il. Je suis ici pour les autres, ceux qui offriraient leur vie plutôt que de faire ce que tu as fait.

Il se détourna d'elle mais il semblait malheureux de devoir la rejeter. Je ne comprenais pas son attitude, car Rosa me paraissait fragile et douce. Certes, elle était ferme et décidée, mais c'était une enfant de quatorze ans qui devait relever un défi difficile. Je me demandai si j'avais bien fait de suggérer cette solution ou si je n'avais pas commis là une terrible bévue.

— Très bien, dis-je en jetant un regard à Godwin, qui prit Rosa par l'épaule. Partons.

Un coup frappé à la porte nous fit sursauter.

J'entendis le bailli annoncer sa présence et celle du comte. Soudain, des cris fusèrent dans la rue et des gens commencèrent à cogner sur les murs.

CHAPITRE XV

Jugement

Nous n'eûmes d'autre choix que d'ouvrir et nous vîmes le bailli à cheval, entouré de soldats, ainsi qu'un homme, qui devait être le comte, debout auprès de sa monture et accompagné de plusieurs cavaliers de sa garde personnelle.

Godwin se jeta aussitôt dans les bras de son frère et lui chuchota quelques mots à l'oreille. Le bailli attendait. Un attroupement de personnages patibulaires se formait, certains portant des massues ; le bailli ordonna rudement à ses hommes de les disperser.

Deux des dominicains étaient là, ainsi que plusieurs prêtres de la cathédrale, en froc blanc ; la foule augmentait de minute en minute. Un murmure parcourut l'assemblée quand Rosa sortit de la maison et rejeta le capuchon de son manteau.

Son grand-père sortit à son tour, suivi du robuste jeune homme juif dont j'ignorais toujours le nom. Il s'immobilisa auprès de Rosa, comme pour la protéger, et j'en fis autant. Dans la foule, tout le monde se mit à parler, et j'entendis prononcer à plusieurs reprises le prénom de Lea. Puis l'un des dominicains demanda, implacable :

— Est-ce Lea, ou bien sa sœur Rosa ?

— Monseigneur, dit le bailli au comte, sentant manifestement qu'il avait attendu aussi longtemps que possible, nous devrions remonter au château et régler cette affaire. L'évêque nous y attend.

Un murmure déçu s'éleva dans la foule. Mais le comte embrassa Rosa sur les joues, et, ayant ordonné à l'un de ses soldats de céder son cheval, la hissa en selle et ouvrit la marche vers le château. Godwin et moi restâmes ensemble durant le trajet sur la route tortueuse, jusqu'à ce que nous arrivions dans la cour du château. Pendant que les hommes descendaient de cheval, je tirai le comte par la manche.

— Envoyez un de vos hommes quérir le chariot qui attend derrière la maison de Meir. Il serait sage qu'il soit ici devant les portes quand Meir et Fluria seront libérés.

Il acquiesça, appela l'un de ses soldats et l'envoya s'en occuper.

— Soyez assuré, me dit-il, qu'ils quitteront les lieux avec moi et escortés par mes gardes.

J'en fus soulagé, car il était venu avec une dizaine de soldats aux montures caparaçonnées et ne semblait ni inquiet ni effrayé. Il prit Rosa dans ses bras pour la faire descendre de cheval, et elle entra sous sa protection avec nous dans la grande salle. Je n'avais pas vu celle-ci lors de ma première visite et constatai aussitôt qu'un tribunal y avait été convoqué. À une table surélevée qui dominait la salle se tenait l'évêque, encadré des prêtres de la cathédrale et d'autres dominicains, dont le frère Antoine. Je vis aussi frère Jérôme, qui semblait accablé par cette situation.

L'Heure de l'Ange

Des exclamations stupéfaites s'élevèrent quand Rosa s'avança vers l'évêque, devant qui elle s'inclina humblement, comme tous les autres, dont le comte.

L'évêque, plus jeune que je ne l'aurais pensé, vêtu de son habit de cérémonie et coiffé de sa mitre, donna l'ordre que soient déférés Meir et Fluria ainsi qu'Isaac et sa famille.

– Que les juifs soient amenés, dit-il finalement.

Bon nombre des émeutiers étaient maintenant arrivés ainsi que quelques femmes et enfants. D'autres, plus échauffés encore, et qui n'avaient pas été autorisés à entrer, se firent entendre dehors jusqu'à ce que l'évêque ordonne qu'on leur intime silence.

C'est alors que je m'aperçus de la présence d'une rangée de soldats en armes derrière l'évêque – sa garde personnelle. Je m'efforçai de dissimuler mon inquiétude. D'une antichambre sortit lady Margaret, parée de soieries, et, avec elle, la petit Eleanor, qui pleurait. Lady Margaret était d'ailleurs elle-même au bord des larmes.

Lorsque Rosa retira son capuchon et s'inclina devant l'évêque, des voix s'élevèrent autour de nous.

– Silence ! ordonna l'évêque.

J'étais terrifié. Je n'avais jamais rien vu d'aussi impressionnant que cette cour : pourvu que les soldats présents parviennent à maintenir l'ordre…

L'évêque était manifestement en colère.

Rosa se tenait devant lui, encadrée par Godwin et Nigel.

– Vous voyez vous-même, monseigneur, dit le comte, que l'enfant est saine et sauve. Elle est rentrée, malgré bien des difficultés en raison de sa récente maladie, afin de faire connaître sa présence parmi vous.

L'évêque s'assit sur un siège à haut dossier tandis que les autres restaient debout. La foule, de plus en plus nombreuse, nous poussait.

Lady Margaret et Nell observaient Rosa. Soudain, celle-ci fondit en larmes et se cacha le visage au creux de l'épaule de Godwin. Lady Margaret s'approcha d'elle et posa affectueusement la main sur son bras.

— Es-tu en vérité l'enfant que j'aimais si tendrement ? Ou bien es-tu sa sœur Rosa ?

— Madame, dit Rosa en sanglotant, je suis revenue, laissant ma sœur à Paris, dans le seul but de prouver que je suis en vie. Je suis en grand désarroi en voyant le malheur que mon départ a causé à mon père et ma mère. Ne comprenez-vous point pourquoi je suis partie au cœur de la nuit ? Je devais rejoindre ma sœur, non seulement à Paris, mais dans sa foi chrétienne, et je ne voulais point entraîner la disgrâce de mes parents.

Ces paroles, prononcées avec la plus grande sincérité, laissèrent lady Margaret sans voix.

— Ainsi, tu jures solennellement, gronda l'évêque d'une voix de stentor, que tu es l'enfant que connaissaient ces gens et non la jumelle de cette enfant venue dissimuler ici que sa sœur a été assassinée ?

Un murmure parcourut l'assemblée.

— Monseigneur, déclara le comte, je connais les deux enfants qui sont sous ma tutelle. Celle-ci est Lea, fort souffrante encore de ce long et pénible voyage.

Soudain, l'attention de tous fut détournée par l'apparition des juifs retenus prisonniers. Meir et Fluria entrèrent les premiers, suivis d'Isaac le médecin et de plusieurs autres, reconnaissables à la rouelle qu'ils arboraient.

Rosa s'arracha aussitôt au comte pour se jeter dans les bras de sa mère, en larmes, en s'écriant, pour que tous entendent :

— Je t'ai causé une honte et une peine indicibles, et j'en suis navrée. Ma sœur et moi n'éprouvons pour toi que de l'amour, même si nous avons été baptisées dans la foi du Christ. Meir et toi pourrez-vous nous pardonner ?

L'Heure de l'Ange

Sans attendre de réponse, elle étreignit Meir, qui l'embrassa, bien qu'il fût blême de peur et qu'il répugnât manifestement à cette comédie. Lady Margaret posa sur Rosa un regard scrutateur et chuchota quelques mots à sa fille, qui alla aussitôt trouver Rosa.

– Mais, Lea, demanda-t-elle, pourquoi ne nous as-tu pas envoyé un message pour annoncer que tu allais embrasser la foi chrétienne ?

– Comment le pouvais-je ? demanda Rosa à travers ses larmes. Que pouvais-je dire ? Tu peux comprendre le déchirement que ma décision allait causer à mes parents chéris ! Que pouvaient-ils faire d'autre qu'envoyer les soldats du comte me conduire à Paris afin que je retrouve ma sœur ? Mais je ne voulais pas que l'on clame dans la juiverie que j'avais trahi mes parents bien-aimés.

Elle continua sur le même registre, pleurant si abondamment que personne ne remarqua qu'elle ne prononçait aucun nom familier tandis qu'elle suppliait chacun de comprendre ce qu'elle éprouvait.

– Si je n'avais vu cette magnifique procession de Noël, dit-elle soudain, frôlant d'un peu trop près le danger, je n'aurais jamais compris pourquoi ma sœur Rosa s'était convertie. Mais, l'ayant vue, j'ai compris, et à peine ai-je été assez remise que je suis allée la rejoindre. Je ne me doutais pas que l'on accuserait ma mère et mon père de m'avoir fait du mal.

– Nous te croyions morte ! s'exclama Eleanor.

Mais avant qu'elle ait pu poursuivre, Rosa lui coupa la parole.

– Comment avez-vous pu méconnaître la bonté de mes parents ? Vous qui êtes venues dans notre maison, comment pouviez-vous croire qu'ils pourraient me faire du mal ?

Lady Margaret et sa fille secouèrent la tête, murmurant qu'elles n'avaient fait que ce qu'elles estimaient juste et que l'on ne pouvait le leur reprocher.

Pour le moment, tout allait bien. Mais frère Antoine prit alors la parole.

— C'est un bien beau spectacle, dit-il d'une voix forte, mais, comme nous le savons très bien, Fluria, fille d'Eli, qui est venu ici aujourd'hui, avait des jumelles, et les jumelles ne sont pas ici ensemble pour la disculper. Comment pouvons-nous être sûrs que tu n'es pas Rosa ?

Un brouhaha approbateur accueillit ses paroles. Rosa n'hésita pas une seconde.

— Ma sœur, une chrétienne baptisée, viendrait-elle défendre mes parents s'ils avaient pris la vie de sa sœur ? Vous ne pouvez que me croire. Je suis Lea. Et je ne désire qu'une chose : retrouver ma sœur à Paris, accompagnée de mon tuteur, le comte Nigel.

— Mais quelle preuve avons-nous ? demanda l'évêque. Ces jumelles n'étaient-elles pas identiques ?

Il fit signe à Rosa de s'approcher encore. La salle résonna de voix irritées et contradictoires. Cependant, rien de tout cela ne m'inquiéta autant que de voir lady Margaret s'avancer vers Rosa en la fixant d'un regard soupçonneux.

Rosa répéta à l'évêque qu'elle jurerait sur la Bible être Lea. Elle regrettait que sa sœur n'ait pu venir, mais elle pensait que ses amies la croiraient.

— Non ! s'écria lady Margaret. Ce n'est pas la même enfant. C'est son double, mais son cœur et son esprit sont différents !

Je crus qu'il allait y avoir une émeute. Des cris furieux fusèrent de tous côtés. L'évêque demanda le silence.

— Qu'on apporte la Bible afin que l'enfant jure, dit-il. Et qu'on apporte le livre sacré des juifs pour que la mère jure que cette enfant est en vérité sa fille Lea.

Aussitôt, Rosa et sa mère échangèrent des regards affolés. La jeune fille se remit à pleurer et se réfugia dans les bras de Fluria. Celle-ci avait l'air épuisée d'avoir été retenue prisonnière, incapable de rien dire ni faire.

On apporta les livres : Meir et Fluria prononcèrent les mensonges que l'on exigeait d'eux. Quant à Rosa, elle posa sans hésiter la main sur l'énorme bible reliée en cuir et déclara, d'une voix sourde et brisée d'émotion :

— Je jure devant vous, par tout ce que je crois en tant que chrétienne, que je suis Lea, fille de Fluria et pupille du comte Nigel, venue ici blanchir le nom de ma mère. Et je désire seulement être autorisée à partir, certaine que mes parents juifs seront en sécurité et ne paieront aucune amende du fait de mon départ.

— Non ! s'écria lady Margaret. Lea ne s'est jamais exprimée avec autant de facilité, jamais de sa vie ! C'était une muette en comparaison de cette enfant ! Je vous le dis, celle-ci cherche à nous duper. Elle est complice du meurtre de sa sœur.

À ces mots, le comte se mit en colère.

— Comment osez-vous contredire ma parole ? tonna-t-il. Et vous, ajouta-t-il avec un regard noir vers l'évêque, comment osez-vous me défier quand je vous dis que je suis le tuteur chrétien de ces deux filles élevées par mon frère ?

— Monseigneur, dit Godwin, je vous en prie, n'allons pas plus avant. Rendez leurs maisons à ces bons juifs. Ne pouvez-vous vous représenter la douleur de ces parents qui ont vu leurs deux filles embrasser la foi chrétienne ? Si honoré que je sois d'être leur professeur et de les aimer d'un sincère amour chrétien, je ne puis qu'éprouver compassion pour les parents qu'elles ont abandonnés.

Un silence se fit, seulement troublé par la vague de murmures fébriles qui parcourut la foule. Il semblait que tout dépendait désormais de lady Margaret. Mais, alors qu'elle allait protester, brandissant l'index vers Rosa, Eli, père de Fluria, s'avança en s'écriant :

– Je demande à être entendu.

Je crus que Godwin allait défaillir. Fluria s'évanouit dans les bras de son mari. Mais le vieil homme imposa le silence à tous. Il fit quelques pas, guidé par Rosa, jusque devant lady Margaret et posa son regard aveugle sur elle.

– Lady Margaret, amie de ma fille Fluria et de son bon époux Meir, comment osez-vous défier la raison et l'esprit d'un grand-père ? C'est ma petite-fille, et je la reconnaîtrais, eût-elle mille jumelles. Voudrais-je serrer contre moi une enfant apostate ? Au grand jamais, non, mais c'est Lea, et je la reconnaîtrais, même si mille Rosa se trouvaient dans cette salle et prétendaient le contraire. Je connais sa voix. Je la connais comme nul voyant ne pourrait la connaître. Irez-vous défier mes cheveux blancs, ma sagesse, mon honnêteté et mon honneur ? (Il agrippa Rosa, qui se jeta dans ses bras, et la serra contre lui.) Lea, murmura-t-il. Lea, ma chère enfant.

– Mais je voulais seulement... commença lady Margaret.

– Silence, ai-je dit ! s'exclama Eli d'une voix caverneuse. Cette enfant est Lea. Moi, qui ai été le chef de la communauté des juifs durant toute ma vie, je l'atteste. Oui, ces filles sont des apostates et doivent être reniées par leurs semblables, et cela me peine grandement, mais il me peine plus encore de voir qu'une chrétienne, par son obstination, a incité cette enfant à abjurer sa foi. Sans vous, jamais elle n'aurait quitté ses pieux parents !

– J'ai seulement fait...

– Vous avez déchiré le cœur d'un foyer ! Et à présent, vous la rejetez quand elle a fait tout ce chemin pour sauver sa mère ? Vous êtes sans cœur, madame. Et votre fille, quel rôle joue-t-elle ici ? Je vous défie de prouver que ce n'est pas la Lea que vous connaissiez. Je vous défie d'avancer la moindre once de preuve qu'elle n'est pas Lea, fille de Fluria !

La foule applaudit.

– Le vieux juif dit vrai, murmura-t-on. Mais oui, il la reconnaît à sa voix.

Lady Margaret fondit en larmes.

– Je ne voulais causer de tort à personne ! gémit-elle en tendant les bras vers l'évêque. Je pensais sincèrement que l'enfant était morte et je m'en croyais la cause.

– Madame, dit Rosa d'une voix timide et haletante, rassurez-vous, je vous en conjure.

La foule se tut pour la laisser poursuivre. Et l'évêque rappela, agacé, le silence aux prêtres qui se chamaillaient, tandis que frère Antoine considérait tout cela d'un air incrédule.

– Lady Margaret, continua Rosa d'une voix brisée, n'eût été votre bonté envers moi, je ne serais jamais allée rejoindre ma sœur dans sa nouvelle foi. Ce que vous ignorez, ce sont les lettres qu'elle m'écrivit et qui ouvrirent la voie pour que je vous accompagne à cette messe chrétienne, mais c'est vous qui avez scellé ma conviction. Pardonnez-moi, pardonnez-moi de tout votre cœur, je vous en prie, de ne pas vous avoir écrit pour vous dire toute ma gratitude. Là encore, mon amour pour ma mère... Oh, ne comprenez-vous point ? Je vous en supplie !

Lady Margaret ne put résister plus longtemps. Elle prit Rosa dans ses bras et répéta qu'elle était navrée d'avoir été cause de tant de peines.

– Monseigneur, dit Eli en faisant face au tribunal, nous laisserez-vous retourner chez nous ? Fluria et Meir désirent quitter la juiverie après tout cet émoi, comme vous le comprendrez certainement, mais personne n'a commis aucun crime. Et nous nous préoccuperons de l'apostasie de ces enfants le temps venu, puisqu'elles ne sont encore que… des enfants.

Lady Margaret et Rosa, enlacées, sanglotaient en chuchotant avec la petite Eleanor. Fluria et Meir restaient cois, le regard fixe, tout comme Isaac le médecin et les autres juifs, sa famille, peut-être, qui avaient été retenus dans la tour.

L'évêque s'assit et eut un geste de dépit.

— Très bien, en ce cas, l'affaire est entendue, dit-il. Vous reconnaissez cette enfant comme Lea.

Lady Margaret hocha vigoureusement la tête.

— Dis-moi seulement, demanda-t-elle à Rosa, que tu me pardonnes pour la peine que j'ai causée à ta mère.

— Je le fais de tout mon cœur, dit Rosa, pendant que tout le monde s'agitait dans la salle.

L'évêque déclara l'affaire close. Le comte donna ordre à ses soldats de reprendre leurs montures et, sans attendre, il fit signe à Meir et à Fluria de le suivre.

Je restai pétrifié. Les dominicains s'attardaient, scrutaient d'un air soupçonneux accusés et témoins. Mais Meir et Fluria sortirent, suivis de Rosa, de lady Margaret et d'Eleanor qui sanglotaient et se tenaient par la main. Je vis toute la famille, maître Eli compris, monter dans le chariot et Rosa étreindre une dernière fois lady Margaret. Les autres juifs avaient commencé à redescendre la colline tandis que les soldats avaient enfourché leurs chevaux. J'eus l'impression de sortir d'un rêve quand Godwin me tira par le bras.

— Venez avant qu'il se passe quelque chose.

— Allez, protestai-je. Il faut que je reste ici. S'il arrive quoi que ce soit, je dois être présent.

Il voulut protester, mais je lui rappelai qu'il devait monter dans le chariot et partir. L'évêque se leva et disparut dans l'antichambre, suivi des prêtres de la cathédrale.

L'Heure de l'Ange

La foule, dispersée et impuissante, regarda le chariot descendre la colline, encadré par les soldats. Le comte lui-même suivait le chariot, droit sur sa selle, le coude plié comme si sa main reposait sur le pommeau de son épée.

Je tournai les talons et traversai la cour. Des traînards me dévisagèrent, ainsi que les dominicains qui m'emboîtèrent le pas. Arrivé sur la route, je pressai l'allure. Devant moi, les juifs poursuivaient leur chemin et le chariot s'éloignait. Puis les chevaux se mirent au trot, et tout le convoi accéléra. Il serait sorti de la ville sous peu. À la hauteur de la cathédrale, mon instinct me poussa vers elle, mais j'entendis des pas derrière moi.

— Et où penses-tu donc aller, à présent, frère Toby ? demanda frère Antoine d'un ton querelleur.

Je poursuivis mon chemin, mais il posa une main sur mon épaule.

— À la cathédrale, rendre grâce. Où irais-je ?

Je pressai le pas autant que je le pouvais sans courir. Soudain, je fus entouré par les dominicains, accompagnés d'une bonne partie des brutes de la ville, qui me considéraient avec curiosité et suspicion.

— Tu crois trouver asile là-bas ! s'exclama frère Antoine. Je crains que tu ne le puisses. (Nous étions au pied de la colline quand il me força à me retourner et brandit son index sous mon nez.) Qui es-tu, au juste, frère Toby ? Toi qui es venu ici nous défier, qui as ramené de Paris une enfant qui n'est peut-être pas celle qu'elle prétend être ?

— Vous avez entendu la décision de l'évêque.

— Oui, elle a force de loi, et tout ira bien, mais qui es-tu et d'où viens-tu ?

Je voyais déjà la façade de la cathédrale et m'engageai dans la rue qui y conduisait. Il tenta de m'arrêter, mais je lui échappai.

– Personne n'a entendu parler de toi, dit l'un des frères, personne de notre chapitre, ni à Paris, ni à Rome, ni à Londres. Nous avons écrit partout et nous savons que tu n'es pas des nôtres.

– Pas un d'entre nous, ne te connaît, moine errant ! clama frère Antoine.

Je continuai mon chemin, poursuivi par leurs pas, en me disant : *Tu les entraînes loin de Fluria et de Meir aussi sûrement que le joueur de flûte de Hamelin entraîna les rats loin de la ville.*

J'atteignais enfin le parvis de la cathédrale quand, soudain, deux des prêtres s'emparèrent de moi.

– Tu n'entreras pas dans cette église avant de nous avoir répondu. Tu n'es pas des nôtres. Qui t'a envoyé ici ? Qui t'a envoyé à Paris ramener cette fille qui prétend être sa propre sœur ?

J'étais entouré de visages d'hommes menaçants, de femmes, d'enfants, et des torches apparurent dans le crépuscule de cette fin d'après-midi d'hiver. Je me débattis mais ne parvins qu'à renforcer leur détermination. Quelqu'un m'arracha ma besace de cuir.

– Voyons les lettres d'introduction que tu transportes, dit l'un des prêtres en vidant la sacoche.

Il n'en tomba que des pièces d'or et d'argent qui roulèrent sur le sol. La foule poussa une clameur.

– Pas de réponse ? dit frère Antoine. Tu avoues que tu n'es qu'un imposteur ? Nous nous serions trompés d'imposteur depuis le début ? Tu n'es pas un frère dominicain ?

Je lui donnai un violent coup de pied et le repoussai, puis je me dirigeai vers les portes de la cathédrale et m'élançai vers elles, mais un jeune homme me saisit et me plaqua si violemment contre le mur de pierre que j'en restai étourdi.

L'Heure de l'Ange

Oh, si cela avait pu durer éternellement ! Mais je ne pouvais éprouver ce désir. Je rouvris les yeux et vis les prêtres retenir la foule en furie. Frère Antoine criait que c'était leur affaire et qu'ils la régleraient. Mais la populace ne voulait rien entendre.

On m'arracha mon manteau. Quelqu'un me tira brutalement le bras, et une douleur fulgurante remonta jusqu'à mon épaule. Puis on me plaqua de nouveau contre le mur.

Par bribes, comme si ma conscience vacillait, je vis lentement se peindre une scène affreuse. Les prêtres avaient été repoussés vers l'arrière. Il ne restait plus devant moi que les jeunes gens et les femmes les plus hargneux.

– Faux prêtre ! Faux moine ! Imposteur ! scandaient-ils.

Et, alors qu'on me criblait de coups de poing et de coups de pied en déchirant mes vêtements, il me sembla distinguer dans cette masse mouvante d'autres silhouettes. Toutes m'étaient familières. C'étaient celles des hommes que j'avais assassinés.

Ils étaient là, près de moi, enveloppés dans le silence, comme s'ils ne faisaient pas partie de la cohue, invisibles pour les ruffians qui se déchaînaient sur moi. Je vis l'homme que j'avais tué à Mission Inn et, juste à côté de lui, la jeune blonde que j'avais abattue des années plus tôt dans le bordel d'Alonso. Tous me regardaient, et, sur leur visage, je ne voyais nul jugement, nul plaisir, mais une interrogation et de la tristesse.

Quelqu'un m'avait saisi la tête et la cognait contre les pierres. Je sentis le sang couler sur ma nuque et dans mon dos. Puis je ne vis plus rien.

Je songeai avec un étrange détachement à la question que j'avais posée à Malchiah sans obtenir de réponse : pourrais-je mourir à cette époque durant ma mission ? Mais, là, je ne lui demandai rien.

Anne Rice

Alors que je succombais sous l'avalanche de coups de pied dans les côtes et le ventre, que j'avais le souffle coupé, que ma vision se brouillait, que la douleur irradiait tous mes membres, je ne murmurai qu'une prière : « Seigneur Dieu, pardonne-moi de m'être éloigné de Toi. »

CHAPITRE XVI

Le jour et l'heure

Rêver. Entendre de nouveau ce chant comme un gong qui résonnait, puis se dissipait alors que je revenais à moi. Les étoiles s'éloignaient, le vaste ciel noir pâlissait.

J'ouvris lentement les yeux.

Plus aucune douleur.

J'étais allongé dans le lit à baldaquin de Mission Inn. Entouré du mobilier familier de la suite. Un long moment, je fixai des yeux le ciel de lit en soie quadrillée et je me rendis compte, je me forçai à me rendre compte, que j'étais revenu à mon époque et que je n'éprouvais aucune douleur dans le corps.

Je me redressai lentement.

– Malchiah ?

Pas de réponse.

– Malchiah, où es-tu ?

Silence.

Je sentis quelque chose en moi sur le point de se déchaîner et j'en fus terrifié. Je murmurai une fois encore son nom sans m'étonner de ne recevoir aucune réponse.

Mais j'étais certain d'une chose, cependant. Je savais que Meir, Fluria, Eli, Rosa, Godwin et le comte avaient quitté Norwich sans encombre. J'en étais sûr. Quelque part au fond de mon esprit embrumé, je voyais ce chariot escorté de soldats s'éloigner sur la route de Londres. Ce fait me semblait aussi réel que tout dans cette pièce, qui paraissait très réelle, effectivement palpable. Je baissai les yeux. J'étais un peu débraillé, mais je portais l'un de mes costumes : un pantalon, une veste et un gilet en toile ainsi qu'une chemise blanche au col déboutonné. Des vêtements habituels.

Je glissai une main dans ma poche et découvris que j'avais sur moi les papiers que j'utilisais pour venir en ce lieu sous mon identité. Pas celle de Toby O'Dare, bien sûr, mais le nom que j'utilisais quand je me déplaçais sans déguisement. Je les remis dans ma poche et me levai pour gagner la salle de bains et me regarder dans le miroir. Pas de bleus, aucune marque.

Mais je regardai mon propre visage pour la première fois depuis des années. Je vis Toby O'Dare, vingt-huit ans, qui me regardait.

Pourquoi pensais-je que je porterais le moindre bleu ou la moindre marque ?

Le fait est que j'avais peine à croire que j'étais encore en vie, que j'avais survécu devant la cathédrale à ce qui ne pouvait être que la mort que je méritais. Et, si ce monde ne m'avait pas semblé aussi réel que celui-ci, j'aurais cru que j'avais rêvé.

Je fis le tour de la chambre, dans un état second. Je vis ma sacoche de cuir et me rendis compte à quel point elle ressemblait à celle que je transportais au XIIIe siècle. Mon ordinateur était là aussi, celui que j'utilisais uniquement pour mes recherches.

L'Heure de l'Ange

Comment tout cela était-il arrivé ici ? Comment moi-même y étais-je arrivé ? L'ordinateur, un MacBook, était ouvert et branché, tel que je l'aurais laissé après m'en être servi.

Pour la première fois, je compris que tout ce qui était arrivé était un rêve, un produit de mon imagination. Le seul problème, c'est que je n'aurais jamais pu l'imaginer. Jamais je n'aurais pu rêver Fluria, Godwin ou le vieil Eli, ni la manière dont il avait changé d'avis durant le procès au moment crucial.

J'ouvris la porte et sortis sur le patio. Le ciel était d'un bleu limpide et le soleil me réchauffa la peau ; après les cieux neigeux et la boue que j'avais connus pendant ces dernières semaines, ce fut comme une caresse. Je m'assis à la table en fer forgé et sentis la brise me frôler, juste assez pour atténuer les rayons cuisants – cette bonne vieille fraîcheur qui semble toujours flotter dans l'air du sud de la Californie. Les coudes sur la table, je me pris la tête dans les mains. Et je pleurai. Je pleurai tant que je suffoquai. La douleur que j'éprouvais était si affreuse que je ne pouvais la décrire, y compris pour moi-même.

Des gens passaient auprès de moi, et peu m'importait qu'ils me voient, peu m'importait ce qu'ils pensaient. À un moment, une femme s'approcha et posa la main sur mon épaule.

– Puis-je faire quelque chose ? chuchota-t-elle.

– Non, personne ne peut. Tout est fini.

Je la remerciai de sa gentillesse et pris sa main dans la mienne. Elle hocha la tête en souriant et partit rejoindre son groupe de touristes, qui disparut dans l'escalier de la rotonde.

Dans ma poche, je trouvai le ticket du voiturier ; je descendis, traversai le hall, passai sous le campanaire et le donnai à l'employé avec un billet de vingt dollars. Je restai éberlué, regardant tout autour de moi comme si je venais pour la première fois – le campanaire et sa rangée de cloches, les zinnias qui fleurissaient l'allée, les grands et sveltes palmiers qui s'élevaient comme pour désigner un ciel bleu sans nuages.

– Tout va bien, monsieur ? demanda le voiturier en revenant vers moi.

Je m'essuyai le nez et m'aperçus que j'avais encore des larmes. Je sortis un mouchoir de ma poche.

– Oui, oui, ça va, répondis-je. Je viens juste de perdre des amis proches, mais je ne les méritais pas.

Il ne sut quoi répondre et je ne pouvais lui en vouloir.

Je montai dans ma voiture et roulai aussi vite que je le pus jusqu'à San Juan Capistrano.

Tout ce qui s'était passé se déroulait dans mon esprit comme un immense ruban, et je ne remarquai rien des collines, de l'autoroute, ni des panneaux d'affichage. Dans mon for intérieur, j'étais dans le passé, tout en conduisant instinctivement dans le présent.

Quand j'entrai sur le terrain de la mission, je jetai sans grand espoir un regard autour de moi en murmurant de nouveau : « Malchiah... »

Il n'y eut pas de réponse ni personne qui lui ressemblât, ni de près ni de loin. Rien d'autre que les familles habituelles qui se promenaient parmi les parterres de fleurs. Je me rendis tout droit à la Serra Chapel. Par bonheur, il n'y avait pas grand monde à l'intérieur, et les quelques personnes présentes y priaient.

Je remontai la travée centrale, les yeux fixés sur le tabernacle et la lampe rougeoyante sur la gauche, j'eus envie de m'allonger sur le sol les bras en croix et de prier, mais tout le monde serait accouru si je m'étais mis dans cette posture. Je ne pus que m'agenouiller au premier rang et murmurer la prière que j'avais prononcée quand la populace m'avait attaqué.

— Seigneur Dieu, j'ignore si c'était un rêve ou la réalité. Je sais seulement que je suis à Toi désormais. Je ne veux plus être rien d'autre que Tien.

Je me rassis sur le banc et pleurai silencieusement pendant près d'une heure. Je ne fis aucun bruit pour ne déranger personne. Quand quelqu'un s'approchait, je baissais la tête et fermais les yeux, et les gens passaient leur chemin pour aller prier ou allumer un cierge.

Je regardai le tabernacle et me vidai l'esprit ; de nombreuses pensées m'assaillirent. La plus accablante fut que j'étais seul. Tous ceux que j'avais connus et aimés de tout mon cœur étaient à jamais loin de moi. Jamais je ne reverrais Godwin et Rosa. Ni Fluria ni Meir. Je le savais. Et je savais que jamais, de toute ma vie, je ne verrais les seules personnes que j'avais vraiment connues et aimées. Elles étaient parties loin de moi ; nous étions séparés par les siècles et je ne pouvais rien y faire ; et plus j'y pensais, plus je me demandais si je reverrais Malchiah.

J'ignore combien de temps je restai dans la chapelle. À un moment, je me rendis compte que le soir approchait. J'avais répété au Seigneur combien j'étais navré de toutes les mauvaises actions que j'avais commises, Lui demandant si les anges avaient fabriqué cette illusion pour me montrer que j'étais égaré, ou si j'étais réellement allé à Norwich et à Paris, Lui disant qu'en tout cas je ne méritais pas la miséricorde qu'ils m'avaient témoignée.

Puis je sortis et retournai à Mission Inn.

La nuit était tombée, entre-temps, car nous étions au printemps et elle venait de bonne heure. Je gagnai l'Amistad Suite et me mis à mon ordinateur.

Je n'eus aucune peine à trouver des images de Norwich, des photos du château et de la cathédrale, mais celles du château étaient radicalement différentes de la forteresse normande que j'avais vue. Quant à la cathédrale, elle avait été considérablement agrandie au cours des siècles.

Je tapai « juifs de Norwich » et lus avec une sorte de terreur l'horrible histoire du petit saint William. Puis, les doigts tremblants, je tapai « Meir de Norwich ». À ma grande stupéfaction, apparurent de nombreuses références le concernant. Meir, le poète de Norwich, était une personne réelle. Je me radossai, vaincu. Un long moment, je fus incapable de rien faire. Puis je lus les brefs articles expliquant que cet homme n'était connu que par un manuscrit de poèmes en hébreu dans lequel il s'était nommé et qui était conservé au musée du Vatican.

Après quoi je fis une recherche sur de nombreux autres noms, mais je ne trouvai pratiquement rien en rapport avec ce qui s'était passé. Aucun récit de massacre à cause d'un autre enfant.

La triste histoire des juifs de l'Angleterre du Moyen Âge s'achevait brusquement en 1290 par leur expulsion du royaume.

Je restai pensif.

Au terme de nombreuses recherches, j'avais appris que le petit saint William marquait la première affaire de meurtre rituel attribué aux juifs, accusation qui devait revenir à maintes reprises au Moyen Âge et aux époques suivantes. Et que l'Angleterre avait été le premier pays à expulser toute sa population juive. Certains territoires et villes y avaient déjà procédé auparavant, mais l'Angleterre était le premier pays.

Je connaissais la suite. Les juifs avaient été autorisés à revenir, des siècles plus tard, par Cromwell, parce qu'il était convaincu que la fin du monde était proche et que la conversion des juifs avait un rôle à y jouer.

Je quittai mon ordinateur, les yeux fatigués, me laissai tomber sur mon lit et dormis des heures. Au petit matin, je me réveillai. La pendule de chevet indiquait 3 heures – c'est-à-dire 6 heures à New York, et l'Homme Juste serait à son bureau.

J'allumai mon mobile et composai son numéro.

À peine eus-je entendu sa voix que je lui déclarai :

– Écoutez, plus jamais je ne tuerai. Je refuse de faire du mal à quiconque dans la mesure du possible. Je ne suis plus votre tueur à l'aiguille. C'est terminé.

– Je veux que tu viennes me voir, mon garçon.

– Pourquoi ? Pour me tuer ?

– Lucky, comment pourrais-je faire une chose pareille ? dit-il d'un ton qui semblait aussi sincère que blessé. Mon garçon, je m'inquiète de ce que tu pourrais te faire à toi-même. Je m'en suis toujours inquiété.

– Eh bien, à partir d'aujourd'hui, vous n'avez plus à vous en soucier. J'ai un travail à accomplir.

– Et lequel ?

– Écrire un livre sur une chose qui m'est arrivée. Oh, ne vous inquiétez pas, cela n'a rien à voir avec vous ni aucune des missions que vous m'avez confiées. Tout restera secret, comme depuis toujours. On pourrait dire que je vais suivre le conseil du père de Hamlet. Je vous laisse au ciel.

– Lucky, tu as perdu la tête.

– Oui.

– Mon garçon, combien de fois ai-je essayé de te dire que tu travaillais pour les gentils depuis toujours ? Il faut que je sois plus clair ? Tu travailles pour ton pays.

– Cela ne change rien. Je vous souhaite bonne chance. Et, à propos de chance, je tiens à vous dire mon vrai nom, Toby O'Dare, et je suis né à La Nouvelle-Orléans.

– Qu'est-ce qui t'est arrivé, mon garçon ?

– Vous saviez que c'était mon nom ?

– Non, nous n'avons jamais réussi à remonter au-delà de ton arrivée à New York. Tu n'es pas obligé de me dire tout cela. Je ne le répéterai pas. Nous sommes une organisation que tu peux quitter, mon garçon. Tu peux t'en aller. Je veux juste savoir où tu vas.

J'éclatai de rire. Pour la première fois depuis mon retour, je riais.

— Je t'aime, mon garçon.

— Oui, je sais, patron. Et, d'une certaine manière, je vous aime aussi. C'est tout le mystère de cette affaire. Mais je ne suis plus bon, maintenant, pour ce que vous voulez. Je veux faire quelque chose d'utile de ma vie, même si c'est seulement écrire un livre.

— Tu m'appelleras de temps en temps ?

— Je ne pense pas, mais vous pouvez toujours garder un œil sur les librairies, patron. Qui sait ? Peut-être qu'un jour vous verrez mon nom sur une couverture. Il faut que je vous laisse. Je veux vous dire… enfin, ce n'était pas votre faute, ce que j'étais devenu. J'en étais seul responsable. D'une certaine manière, vous m'avez sauvé, patron. Quelqu'un de bien pire aurait pu croiser ma route et cela aurait pu être encore plus terrible. Bonne chance, patron.

Et je raccrochai avant qu'il ait pu répondre.

Durant les deux semaines suivantes, je séjournai à Mission Inn. Je tapai sur mon ordinateur portable toute l'histoire que j'avais vécue. Je racontai l'arrivée de Malchiah et relatai la version de ma vie telle qu'il me l'avait racontée.

Je relatai tout ce que j'avais fait, pour autant que je me le rappelais. Ce fut si douloureux de décrire Fluria et Godwin que j'eus beaucoup de mal, mais écrire me semblait la seule chose à faire, et je persistai. Finalement, j'ajoutai en notes les faits avérés que je connaissais sur les juifs de Norwich, les livres qui en traitaient, et le fait surprenant que Meir, le poète, avait réellement existé. Puis j'écrivis le titre du livre : *L'Heure de l'Ange*.

L'Heure de l'Ange

Il était 4 heures du matin quand je mis le point final. Je sortis dans le patio, le trouvai désert et plongé dans l'obscurité, et je m'assis à la table, l'esprit vide, attendant que vienne l'aube et que les oiseaux commencent à chanter. J'aurais pu pleurer encore, mais il me semblait que je n'avais plus de larmes.

Voici ce qui était réel pour moi : je ne savais pas si c'était ou non arrivé. Si c'était un rêve ou si quelqu'un avait concocté cette histoire pour me mettre au pied du mur. Je savais seulement que j'étais totalement transformé et que je ferais n'importe quoi, vraiment n'importe quoi pour revoir Malchiah, entendre sa voix ou simplement le regarder dans les yeux. Je voulais seulement avoir la confirmation que cela avait été bien réel, ou perdre cette certitude qui me rendait fou.

Une autre pensée m'effleura, mais je ne m'en souviens pas. Je me mis à prier. Je priai de nouveau Dieu de me pardonner pour tout ce que j'avais fait. Je songeai aux silhouettes que j'avais aperçues dans la foule et je fis un acte de contrition profondément sincère pour chacune d'elles. Je fus ébahi de pouvoir toutes me les rappeler, même les hommes que j'avais assassinés au tout début, il y avait si longtemps. Puis je priai à voix haute.

– Malchiah, ne m'abandonne pas. Reviens, ne serait-ce que pour me conseiller un peu sur ce que je dois faire. Je ne sais pas si je mérite que tu reviennes ni si je méritais que tu m'apparaisses la première fois. Mais je t'adresse cette prière : ne m'abandonne pas. Ange de Dieu, gardien de mon corps et de mon âme, j'ai besoin de toi.

Personne ne pouvait m'entendre dans le patio silencieux et obscur. Il n'y avait que la légère brise matinale et les dernières étoiles qui pâlissaient dans le ciel brumeux.

– J'ai besoin de ceux que j'ai laissés derrière moi, lui dis-je. J'ai besoin de l'amour que j'ai éprouvé pour toi, pour eux, et du bonheur, du bonheur pur que j'ai connu en m'agenouillant à Notre-Dame pour remercier le ciel de ce qui m'était accordé. Malchiah, que cela ait été réel ou non, reviens à moi.

Je fermai les yeux, guettant les chants des séraphins. Je tentai de les imaginer devant le trône de Dieu, de voir cette radieuse lumière et d'entendre leur infini et glorieux chant de louange.

Peut-être que dans l'amour que j'avais éprouvé pour ces gens à cette époque lointaine j'avais entendu un peu de cette musique. Peut-être l'avais-je entendue quand Meir, Fluria et les leurs avaient quitté Norwich en toute sécurité.

Un long moment s'écoula avant que je rouvre les yeux.

Le jour s'était levé, toutes les couleurs du patio se détachaient, distinctes. Je contemplais les géraniums violets au pied des orangers dans leurs poteries de Toscane et me disais qu'ils étaient d'une immense beauté quand j'aperçus Malchiah assis à la table, en face de moi.

Il me souriait. Il était en tout point semblable à la première fois où je l'avais vu. Une silhouette délicate, des cheveux noirs ébouriffés et des yeux bleus. Il était assis de biais, un coude sur la table, me regardant à peine, comme s'il avait été dans cette position depuis un long moment.

Je me mis à trembler et levai les mains comme en prière, pour étouffer le cri qui montait dans ma gorge. Je chuchotai, d'une voix tremblante :

– Merci, mon Dieu.

– Tu t'en es merveilleusement tiré, dit-il avec un petit rire.

Je fondis en larmes et pleurai comme à mon retour. Une citation de Dickens me revint en mémoire, et je la prononçai à voix haute, car cela faisait longtemps que je la connaissais par cœur : « Nous ne devrions jamais avoir honte de nos larmes, car c'est une pluie qui disperse la poussière qui recouvre nos cœurs endurcis. »[1]

---

1. *Les Grandes Espérances*, chapitre 19.

Cela le fit sourire, et il hocha la tête.

– Si j'étais humain, je pleurerais aussi, chuchota-t-il.

– Pourquoi es-tu ici ? Pourquoi es-tu revenu ?

– À ton avis ? Nous avons une autre mission et guère de temps à perdre, mais tu as quelque chose à accomplir avant que nous commencions, et tu dois t'en acquitter sur-le-champ. J'attends depuis des jours. Mais tu écrivais l'histoire que tu devais écrire, et ce que tu dois faire à présent n'est pas clair pour toi.

– Qu'est-ce que cela peut être ? Laisse-moi m'en charger et mettons-nous en route pour notre prochaine mission !

J'étais trop enthousiaste pour rester assis, mais je me contins et le regardai avec impatience.

– N'as-tu rien appris de concret de la manière dont Godwin a traité Fluria ? demanda-t-il.

– Je ne comprends pas de quoi tu parles.

– Appelle ton ancienne petite amie de La Nouvelle-Orléans, Toby O'Dare. Tu as un petit garçon de dix ans. Et il a besoin d'entendre des nouvelles de son père.

Note de l'auteur

Ce livre est une œuvre de fiction. Cependant, des événements et personnages réels ont inspiré certains de leurs équivalents dans ce livre.

Meir de Norwich a réellement existé, et un manuscrit de ses poèmes en hébreu est conservé au musée du Vatican. Mais on ne sait presque rien de ce personnage, en dehors du fait qu'il vécut à Norwich et nous laissa ce manuscrit. Il est décrit par V. D. Lipman dans *Les juifs du Norwich médiéval*, publié par l'Association d'histoire juive de Londres, qui présente également les textes de Meir dans leur langue d'origine. À ma connaissance, il n'existe aucune traduction anglaise de ces poèmes.

Le Meir de mon roman est un personnage fictif destiné à rendre hommage à un homme dont nous ne savons presque rien.

Les noms des autres personnages, notamment Fluria, Lea et Rosa, sont des noms utilisés par les juifs de Norwich, puisés dans le livre de V. D. Lipman et d'autres sources. Là encore, il s'agit de personnages de fiction. Il y a réellement eu un Isaac, à Norwich, qui était un médecin réputé, mais le portrait que j'en fais est imaginaire.

À l'époque, Norwich était dotée d'un bailli qui peut sans conteste être nommément identifié, ainsi que d'un évêque, mais je n'ai pas souhaité utiliser leurs noms ni préciser aucun détail les concernant puisqu'il s'agit ici de personnages de roman.

Le petit saint William de Norwich a réellement existé, et la tragique accusation de meurtre rituel par des juifs est racontée dans le livre de Lipman, ainsi que par Cecil Roth dans son *Histoire des juifs d'Angleterre* publiée par Clarendon Press. Il en est de même pour le petit saint Hugh de Lincoln et l'émeute des étudiants d'Oxford contre les juifs. Roth et Lipman ont constitué une immense ressource pour moi.

De nombreux autres ouvrages ont été d'une aide précieuse pour la rédaction de ce livre, notamment : *Les Juifs de l'Occident chrétien médiéval, 1000-1500*, de Robert Chazan, publié à la Cambridge University Press, et *Le Juif dans le monde médiéval, 315-1791*, de Jacob Rader Marcus, publié par la Hebrew Union College Press de Cincinnati. Citons encore deux autres sources : *La Vie des juifs au Moyen Âge*, d'Israel Abrahams, publiée par la Jewish Publication Society of America, et l'*Encyclopédie de la civilisation juive médiévale*, de Norman Roth, publiée par Rutledge. J'ai consulté bien d'autres ouvrages, trop nombreux pour être mentionnés ici.

Les lecteurs s'intéressant au Moyen Âge disposeront d'abondantes sources, notamment des livres sur la vie quotidienne au Moyen Âge et même de grands livres d'images destinés à la jeunesse mais pouvant éclairer tout lecteur. Il existe de nombreux ouvrages sur les universités, villes, cathédrales, etc.

Je remercie particulièrement la Jewish Publication Society of America pour ses nombreuses publications sur l'histoire et la vie des juifs.

L'Heure de l'Ange

Au cours de mon écriture, j'ai été inspirée par Lew Wallace, auteur de *Ben-Hur*, un grand classique captivant que peuvent apprécier juifs et chrétiens. J'espère que mon livre aura le même intérêt pour les lecteurs de ces deux confessions comme pour ceux d'autres confessions ou n'en ayant aucune. Je me suis efforcée de faire un portrait juste des relations complexes entre juifs et chrétiens dans cette époque trouble de persécutions.

Concernant les anges et leur rôle dans les affaires humaines, j'aimerais diriger le lecteur vers le livre mentionné dans ce roman, *Les Anges*, du frère Pascal Parente, publié par Tan Books and Publishers, Inc., qui a constitué pour moi une véritable bible pour la rédaction de cet ouvrage. Tout aussi intéressant est l'ouvrage de Peter Kreeft, *Anges (et démons)*, publié par Ignatius Press. Une grande et vénérable source d'information sur les anges et les croyances chrétiennes qui leur sont liées est la *Somme théologique* de saint Thomas d'Aquin.

Je remercie enfin Mission Inn et la mission de San Juan Capistrano, qui existent réellement et m'ont réellement et considérablement inspirée pour ce livre.

Ce livre a été écrit pour le plaisir du lecteur, mais, s'il lui donne envie de creuser les sujets abordés, j'espère que mes notes l'y aideront.

J'aimerais, pour conclure, ajouter ici ma fervente prière.

« Ô très fidèle exécuteur des ordres de Dieu, très saint ange, mon protecteur, qui, depuis le premier instant de mon existence, veillez toujours avec sollicitude à la garde de mon âme et de mon corps, je vous salue, et vous remercie en union avec tout le chœur des anges que la bonté divine a commis à la garde des hommes. »

Anne Rice

Composition : Compo-Méca S.A.R.L.
64990 Mouguerre

Impression réalisée par
pour le compte des Éditions Michel Lafon

Imprimé en Espagne par JCG

Dépôt légal : février 2010
ISBN : 978-2-7499-1162-5